Константин Георгиевич Паустовский

Повесть о жизни

第四部

满怀希望的时期

———

生 活 的 故 事

[俄] 康·帕乌斯托夫斯基 著

姜敏 译 王志耕 校译

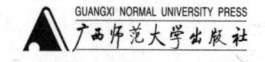

广西师范大学出版社

·桂林·

生活的故事
SHENGHUO DE GUSHI

出　品　人：刘春荣
责任编辑：王辰旭
助理编辑：田　晨
特约编辑：罗敏月　郑夏蕾
装帧设计：王　烁
责任技编：郭　鹏

Повесть о жизни © Константин Георгиевич Паустовский
本作品中文专有出版权由中华版权代理总公司代理取得，由广西师范大学出版社独家出版。
著作权合同登记号桂图登字：20-2014-292 号

图书在版编目（CIP）数据

生活的故事：全6册／（俄罗斯）康·帕乌斯托夫斯基著；王丽丹等译．—桂林：广西师范大学出版社，2019.6
ISBN 978-7-5598-1654-2

Ⅰ．①生… Ⅱ．①康…②王… Ⅲ．①自传体小说—俄罗斯—现代 Ⅳ．①I512.45

中国版本图书馆 CIP 数据核字（2019）第 038732 号

广西师范大学出版社出版发行

（广西桂林市五里店路 9 号　邮政编码：541004）
　网址：http://www.bbtpress.com
出版人：张艺兵
全国新华书店经销
广西广大印务有限责任公司印刷
（桂林市临桂区秧塘工业园西城大道北侧广西师范大学出版社集团有限公司创意产业园内　邮政编码：541199）
开本：880 mm × 1 230 mm　1/32
印张：57.625　　　　　字数：1 429 千字
2019 年 6 月第 1 版　　2019 年 6 月第 1 次印刷
定价：318.00 元　（全 6 册）

如发现印装质量问题，影响阅读，请与出版社发行部门联系调换。

第四部

满怀希望的时期

目 录

奥斯塔普·本德尔的先祖 / 1
胶合板迷宫 / 24
大麦粥 / 29
封锁 / 34
错综复杂的情况 / 48
"和平起义日" / 54
奥地利海滨浴场 / 68
甘油肥皂 / 75
劈家具 / 88
亚麻布证件 / 104
被盗的演讲稿 / 119
关于画家科斯坦季之死的假消息 / 125
"年轻人,您想要什么?" / 137
"我向您保证会出现莫泊桑的" / 148
"那个"男孩子 / 163
苦役般的工作 / 173
近的和远的 / 184
出于高尚目的的闹剧 / 193
缓慢的时光 / 205

229 / "再见,我的敖德萨,光荣的卡兰金!"

241 / 十一级

259 / 塔夫里达的卫城

274 / 黑夜深处

奥斯塔普·本德尔的先祖

一九二〇年二月的一天,北风刺骨,邓尼金部队逃离了敖德萨,最后又往城市里投了几发榴霰弹。榴霰弹在空中爆炸,发出稀疏的声响。

白军逃离敖德萨后留下一座被劫掠一空的城市。风把一团团烧焦的纸和满是油污的邓尼金钞票吹到排水管跟前。这些钞票就是被人随手扔掉。用它们甚至连一个橄榄果都买不了。商店都关门了。透过窗户,可以看到一群群红褐色的大老鼠在落满灰尘的柜台间急匆匆地翻来刨去。原来的一些集市广场——普里沃淄、托尔奇基和巴拉霍尔基——全都变成了铺着卵石的荒地。只有饿得摇摇晃晃的猫咪迟疑地跑过广场,想找点残羹剩饭。但是那时在敖德萨根本就没有什么吃剩下的东西。

剩下的一点可怜兮兮的食物瞬间就没了踪影。想到在这个偌大的空旷的港口城市里除了带铁锈味的自来水什么都弄不到,心里便顿生寒意。这细细的水流是自来水设备奇迹般地从德涅斯特河抽送来的。

那时我住在敖德萨黑海街兰杰斯曼大夫空置的疗养院里。

有几个记者和我一起住在那里。其中一个是彼得格勒的记者雅沙·利夫什茨，他是一个极其活跃的人，只关注政治和报社工作，此外心无旁骛。我在上一部自传体中篇小说《未知世纪的开端》中谈到过他。

苏维埃部队到来的前不久，雅沙曾对我说，应该搬出兰杰斯曼的疗养院，因为布尔什维克进驻敖德萨后疗养院将收归国有，不管怎样也会把我们赶出去。

"可能会有一些大麻烦！"雅沙以听天由命的口吻说道。

到底会有什么大麻烦，他没有解释。但在那个年代预料会有麻烦已成为人们的一种日常心理状态，所以我就没有再问他。

我和雅沙在疗养院附近向善于钻营的房主租了一间下房，房主普罗斯维尔尼亚克是一位还俗的神父。

下房位于一个荒芜的花园内，花园四周是高高的围墙，围墙是用一种叫"蛮石"的石头垒成的。一座两层的楼房使这间下房避开了街上的喧嚣。在那个兵荒马乱的时期住在这间下房里，就像在城堡里一样，日子过得很平静。看来，普罗斯维尔尼亚克本人把下房称为"基督山堡垒"[1]不无道理。

在我们之前，普罗斯维尔尼亚克把下房租给了新罗西斯克大学的一位政治经济学教授，那是一个姓施维塔乌的俄罗斯化的德国人。那位教授把下房改造成了小巧方便的独门独院，在其周围种植了雏菊，还把自己的藏书也运来，但他预感到危险时期的临近，很快就放弃了这一切，去了君士坦丁堡。

---

1 这一称谓与法国作家大仲马的小说《基督山伯爵》有关。

教授的藏书几乎都是经济学方面的德文书籍，一排排地摆放得十分整齐，就好像不曾有什么人碰过。并且书都是用那种哥特字体印刷的，让我觉得极其枯燥无趣。

书籍散发着来苏尔消毒水味和调料丁香的刺鼻气味。从那时起，对于我来说，这种气味就意味着厌倦，特别是调料丁香的气味，那种黑色、像小圆钉帽一样的热带植物的种子的气味。

不过教授的藏书里有全套的《布罗克豪斯－埃弗隆百科辞典》[1]，共八十六卷。这是值得羡慕的财富。

生活在施维塔乌留下的书籍和物品之间，我在脑海中已经形成了对这位教授的印象。当然了，他一定自我感觉良好，梳洗得干干净净，面颊红润，留着浅棕色的胡子，戴着金丝眼镜，眼神里闪现的是老童男常有的那种空洞。这位想象中的前辈让我不快。因而每当方便的时候，我都把窗户全部敞开，让室外清新的空气冲淡这个下房里教授那种中规中矩的沉闷气息。

在描述以下事件之前，首先应该说一说黑海街。我爱上了这条城郊的街道，深信它是世界上最别致的一条街。

从城里通往黑海街的那段路就是一种对抗逆境的良药，我常常体会到这一点。我时而由于遭受什么挫折，灰心丧气地从城里返回，但只要我一进到黑海街的那些了无人迹的小巷——天文台巷、斯图尔扎巷、炮台巷，耳闻老槐树枝叶的簌簌声响，眼观围墙上常春藤在冬日金灿灿阳光的照耀下葱葱郁郁地生长，感受大海的气息拂面而过，内心就立刻恢

---

[1] 1890年至1907年由俄国印刷业者埃弗隆与德国布罗克豪斯合作出版、由俄国学者撰写的《布罗克豪斯－埃弗隆百科辞典》。

复了平静和轻松。

这些小巷都围有篱笆栅栏，房舍隐没在花园深处僻静的篱笆小门后。所有小巷都通向黑海街。这条街在海边高高的陡岸边缘延伸开去。这里用"延伸"一词未必合适，因为街道并不长。几分钟就可以走完。

从黑海街可以一览无遗地看到大海——不管天气如何，大海总是那么壮美。往左下面看，兰热隆港与卡兰金港清晰可见，被风暴冲刷削磨的旧防波堤从此处弯弯曲曲地通向大海。右面是陡峭的红褐色海岸，海岸上滨藜和布满尘土的灰菜丛生，雾霭弥漫，海岸通往阿卡迪亚别墅区和喷泉区，通向雾气浓重的海滨浴场，大海经常把脱离锚链的浮动鱼雷抛至浴场。

黑海街是敖德萨的海洋前哨，所有出入港的轮船都要从它旁边经过。黑海街上花园的喧响表明风力的大小。我们学会了根据这些喧响判断风力，就像海员根据蒲福[1]刻度盘了解风力一样。

也有其他声响，甚至不是很大的声响，也能让我们了解天气状况。比如说，成熟的板栗掉在人行道上发出的频繁响声说明风势渐强，达到了四级。

黑海街总是荒无人迹。这里数量稀少的居民更喜欢蜗居在家中，因此当街上出现一个面色黝黑、赶着劣马的卖炭工时，这会被看成不可思议的事情。这首先是因为当时木炭卖得像金子一样贵，还因为卖炭工用浓重阴郁的嗓音喊出温柔的字眼，无所顾忌地暴露出他做的是什么私人买卖：

---

1 蒲福（1774—1857），英国军事水文地理学家和地图绘制专家，海军少将。

"卖炭了，小木炭，小木炭儿啊!"

那一时期的日常生活并不舒适，所以，对于被生活的风暴抛到黑海街上的人们来说，黑海街仍不失为"救命岛"，尽管也许这种感觉有一定的欺骗性。

那时伊里亚·阿诺尔多维奇·伊利夫还不是作家，他穿着破旧的衣服在敖德萨市内游逛，带着一个梯子修理电网。肩上扛着这个梯子的伊利夫像是安徒生童话里扫烟囱的细高个儿工人。

伊利夫是一个电工，他干活慢吞吞的。伊利夫站在梯子上，夹鼻眼镜的镜片不时闪出微光，他机警地俯瞰着自己脚下喧闹不绝的千家万户和各个机关中所发生的一切。

显而易见，伊利夫见到了很多可笑的事情，因为他总是时不时暗自发笑，尽管他常常沉默不语。

几十个暂时还没有被描述、没有被揭露的奥斯塔普·本德尔[1]摇摇晃晃地在伊利夫旁边走过。他们没有特别关注他，只是偶尔说说风凉话，揶揄他知识分子做派的夹鼻眼镜和吊腿裤。有时他们还是会问伊利夫要不要焊接用的盐酸（那时早就没有天然的盐酸了），或者要不要在犹太会堂剪下的三米电线。

在这些时候，伊利夫就开始兴致勃勃地和人家讨价还价，就是为了听到一连串最新的敖德萨俏皮话、咒语和骂人的话。

流行的咒语经常在变换，这与很多事情相关，比如，国内战争前线的战况，英国的"壮丽"号战列舰是否在君士坦丁堡停泊，或者波罗的

---

[1] 奥斯塔普·本德尔是伊利夫和叶·彼得罗夫合著的讽刺小说《十二把椅子》(1928)中的主人公之一，在俄语中成为"骗子"的代名词。

海水兵队的表现,据说,这支水兵队驻扎在磨坊主韦因施坦家里。

当时最时髦的咒语是:"别叫我走到我要去的地方。"这一咒语中包含着明显的暗示——走在敖德萨的街道上是危险的。

但是伊利夫修理电网的时间不长。很快,敖德萨的供电站就不运营了,而且就像敖德萨人所预料的那样,永远关停了。

我之所以回忆起伊利夫和他作品中的人物——无所畏惧的骗子奥斯塔普·本德尔,是因为甚至在那些形势严峻的日子里,行骗在敖德萨也大行其道,甚至一些优柔寡断的人也深受感染。他们也开始相信旧货摊上一个古老的定律:"要想有吃的,就要在旧货市场卖掉背心上的袖子。"[1]

行骗之风终于也渗透到我们文学家和记者的圈子里来了。

我和雅沙·利夫什茨连一戈比的苏维埃政权的货币都没有。剩下的咸鳀鱼只能维持一天了。写字台里还丢着两块黑面包干。面包干也散发着教授藏书的来苏尔消毒水和调料丁香的那种讨厌气味。

应该预先采取点什么措施,避免落到山穷水尽的地步。但命运就像在故意和我们作对,无论是我还是雅沙都无计可施。再说在这样一座空城里能想出什么办法呢?这里还没有任何机关、报社、市场,也没有发行苏维埃货币!当时我们只能坐吃山空,等待这一切好转,但是几乎不可能再这样等待下去了——我们已经饿得东倒西歪,甚至恶心了。

因此,我们宁愿静静地躺在房间里,盖着破旧的大衣,蒙着头——总能等到点什么吧。

下房里寒意浓重,与冰窖毫无二致。我们用旧报纸把马口铁小炉子

---

1 意为"做到不可能做到的事",因为背心无袖。

生上火，小炉子很快烧得通红。但是炉子又迅速变凉了，就像烧旺时一样迅速。

苏维埃军队占领敖德萨后的第五天，我在基辅的中学同学沃洛佳·戈洛夫奇涅尔来到了我们的住处。大约在这之前两周我在杰里巴索夫街遇到了他，尽管他高度近视，戴着金丝眼镜，一副饱经风霜的样子，但仍旧老爷派头十足，他在街头卖着打火机。

沃洛佳还带来一个满脸皱纹、猴头巴脑的人，那个人说起话来又快又不清楚，就好像嘴里含着好多小石子。

"啊哦，"沃洛佳·戈洛夫奇涅尔面无表情地指了指那个人，"我荣幸地为你们介绍一下托列利同志，这是他的笔名。'在俗世'，按照你们的房主、那位还俗神父的说法，姓勃柳姆基斯。他是敖德萨的采访记者。他有一个主意。"

我们从大衣里伸出脑袋，默默地打量着那位有着什么主意、带着歉意微笑着的托列利同志。

"托列利还是托里切利？"雅沙吹毛求疵地问道。他的耳朵有点背。

"托列利，"沃洛佳·戈洛夫奇涅尔沮丧地又说了一遍，"这不重要。他的主意关乎我们的艰难境况。我提到的托列利同志，在俗世姓勃柳姆基斯的这位，也和你们两位一样身陷困境，即便是我，弗拉基米尔·戈洛夫奇涅尔[1]，基辅教授、口腔科医师之子，大名鼎鼎的游泳冠军，也免不了如此悲惨。鉴于托列利同志语言表达能力很强，还是由他本人来告诉大家他的主意。"

---

[1] "沃洛佳"是"弗拉基米尔"的昵称。

奥斯塔普·本德尔的先祖　7

沃洛佳说话时喜欢用这种胡闹的口吻，还是在中学时我就已经习惯了。

于是托列利说了一些什么，但语速太快，我们只听见了一些奇怪的声响，就好像是什么人敲土耳其鼓发出的那种断续而急促的声音。

"让我来翻译一下，"沃洛佳·戈洛夫奇涅尔不动声色地说道，"托列利同志认为应该马上非常严肃地、尽最大可能地把他的想法付诸行动。"

原来，托列利同志在还俗神父普罗斯维尔尼亚克临街的二层楼里租了一间房。他听这位还俗神父说我们是首都记者。托列利非常羡慕首都记者，尽管无论如何他也不会同意为了一份在《俄罗斯言论报》的工作离开敖德萨。如果您问"这是为什么"，原因很简单：那时在敖德萨可以随意"制造"轰动效应。譬如，可以在《敖德萨邮报》上发一则新闻，说在工人聚集的佩列瑟普郊区的一条经线断裂了，幸而有消防队的英勇努力，一场殃及全市的灾难才得以避免。在莫斯科和彼得格勒想要发行一期这样的报纸根本不可能。

托列利指出，现在问题不在于此。问题在于怎样才能不被饿死。为此就需要至少联合四位经验丰富的记者的力量。应该去铤而走险，然而可能明天我们就能，像托列利温文尔雅地表达的，"享用"面包了，或许甚至可以拿到预付的报酬，我们大家都能得到几张"柠檬弹"。那时面值为一百万卢布的苏维埃纸币被称为"柠檬弹"。

托列利没有解释他的主意的实质性内容，他要我们无条件地信任他。

"提前声张是会遭毒眼的！"他坚定地说道。

对此我们并没有感到惊讶。现在我们无所谓：销声匿迹也好，铤而走险也好，都无所谓！我们饿得头脑迟钝，二话没说，满口应承。

"那么，"托列利说，"明天我来找你们，和你们一同进城。"

他戴上了草帽，之前他一直把草帽放在背上，嘻嘻哈哈地说了几声:"回见,回见!"之后就消失了。

"对——啊,"雅沙·利夫什茨若有所思地说道,"'强大的飓风横扫一切'。所有的东西都卖完了,所有的东西都吃光了。"

"您这是在说什么?"沃洛佳问。

"我说托里切利同志的破草帽挡不住敖德萨冬天肆虐的北风。"

"你们想象一下,"沃洛佳说,"他有一个妹妹。一年前她妹妹双腿瘫痪了,几乎不能走路。他们住的是一间房。他照顾妹妹多有耐心啊!在他可怜兮兮的外表下有着博大的胸怀!这是值得莎士比亚书写的话题啊!"

"这个托里切利要搞什么名堂?"雅沙问,"我们可别卷进什么蠢事里边去啊。"

沃洛佳说什么事情都可能发生,说完就走了。我们又把大衣盖到头上。但我很长时间还是暖和不过来,也睡不着。

黎明时分我醒了,窗外的空气好像被脏兮兮的群青着了色的水,即便看起来都有一种粗劣的感觉,并且冷风飕飕。显而易见,这风是直接从极地刮过来的。我厌恶地想到,很快就应该起床了,去城里,冷风会往衣领里钻,浑身都会被冻僵。

要不然,不去?盖着大衣,蜷缩成一团,把自己身上的全部热气集中在一起,然后慢慢入睡,从这团热气中——仿佛从新年枞树的棉絮中——抽出一个轻盈、柔和的梦,那是一个蓝色的、快乐的梦,那种能带给你温馨感觉的梦,其柔软就像用自己的脸触碰一个熟睡孩子的脸颊时所感受到的一样。

我期待着这样的梦,但未能如愿,却听到花园里北风呼啸肆虐。后来在寒风的呼啸声中掺杂进了执着而刺耳的敲门声——这是托列利同志来找我们了。

我们取道亚历山大公园去城里。北风掀起沙砾，拍打着脸颊，扬起粗糙的尘土。黎明时分的锌色雾霭中，锌色的大海翻滚着喧嚣的浑浊的巨浪。公园里小天文台顶上插着的锌质风向标吱吱嘎嘎转个不停，令人厌烦。

"春天不会来，"雅沙说，"温暖的太阳也不会有！什么都不会再有了！这一切都是没被赶尽杀绝的知识分子的幻想。"

托列利轻轻叫了一声，半截又停住了。我没有马上想到他是在笑。他那被风吹得发红的眼睛里闪着微微泛红的泪光。

"您这是带我们去哪里？"雅沙审慎地问道，"我预感到我们要可怜兮兮地去冒险。"

"我发誓我会把你们带到敖德萨的第一家苏维埃机关，"托列利匆忙答道，"最终它们必然是要成立的，这些机关！顺便说一下，你们自己是同意去冒险的。"

沃洛佳·戈洛夫奇涅尔在缆绳街的拐角等我们。

市里空荡荡的。一些人骑着马走在缆绳街上，头上戴着破旧的羊羔皮高帽，上面系着红布头，马蹄踏着路面，一路发出时断时续的清脆声响。他们甚至看也没看我们一眼。各家各户的门洞里都有淘气的男孩子探出头来，随后院子里传来母亲们的大喊大叫：

"回来，你们这些死不了的！这真是祸害啊，这哪里是孩子！回来！"

于是男孩们就不再露头了。

后来一辆破汽车装着破破烂烂的家具，慢慢驶过这条街，街两侧房屋的窗户被震得直晃动。车厢里坐着一个手握步枪的红军战士，吸着烟。男孩们的身影重新出现在门洞里，又瞬间消失，身后是又一番嘶哑的喊叫："回来，你们这些野孩子！一定要让你们尝尝阴曹地府的大火的厉害!"

一股奇妙、提神的马合烟味辗转飘来,在街上弥散开。我不由自主地咽了一口唾沫。

"跟上这辆汽车,"托列利气呼呼地对我们小声说道,"这里有门道!"

我们加快了脚步。卡车开到黎塞留[1]街后,拐往歌剧院方向,最后停在一栋阴暗的楼房附近。那是黎塞留和德·里瓦斯[2]时期留下的建筑之一。这一类的建筑使敖德萨具有了热那亚、佛罗伦萨,甚至巴黎的优美卓越的特点,一些敖德萨人这样认为。

这座古典主义风格的建筑附近的人行道上堆放着一个普通苏维埃机关的财产(显而易见,这一机关存在的大部分时间都是在车上):一卷卷扯断的纸,缠在木杆上的褪色红布条幅,摇摇晃晃的办公桌,脆弱得不堪一击、柜门重重一响就能被震得稀里哗啦倒在地上的格子柜,被灰蓝色杀虫剂染了色的木框里褪了色的肖像画,有点歪斜的开水桶,还有很多箱子。

所有这些财产都是由一个水兵看守着,他的红褐色头发就像缠绕在一起的金属丝,又蓬松又浓密,所以他的海军帽根本没有碰到头,靠着这蓬松的头发,帽子似乎就是自己立在空中的。

楼房的大门上钉着一块写有"敖德萨奥普罗德科姆古勃"字样的粗布。

"到这边来!快!"托列利说,突然冲到一边,蹿到歌剧院附近的帕

---

[1] 黎塞留(1585—1642),法国红衣主教,著名的政治活动家、外交家,1624年至1642年任法国首相,法国海军之父。
[2] 何塞·德·里瓦斯(1749—1800),又名奥西普·米哈伊洛维奇·德里巴斯,西班牙人,自1772年在俄国军队任职,后升任俄国海军上将。

莱罗亚尔小广场。在那里长着金属丝般头发的卫兵发现不了我们。

此刻托列利根本不是昨天在黑海街或者就在一小时前给人的那种可怜兮兮的感觉了。他的脸上焕发出灵感的光彩。但我想不到这灵感从何而来。他有些浮肿的眼皮下眯成两条缝的眼睛里透着狡黠。

"首先应该弄清楚,"他说,"奥普罗德科姆古勃是什么意思?"

我知道这是一个名称的缩略形式,就做了解释。这个缩略语的意思是"省粮食特别委员会"。

托列利蹲下身子,用他那瘦骨嶙峋的巴掌拍了一下自己的膝盖,小声笑了起来。

"我们不需要比这更好的机关了,"他尖声说道,"歪打正着!"

这时沃洛佳·戈洛夫奇涅尔发怒了。

"您听着,托里切利先生,"他说道,"您给我们解释一下,这是什么马尼法尔基,或者简单一点说,这是什么勾当?要不然我们就撇下您一走了之。"

沃洛佳把所有他不明白的东西都称为"马尼法尔基"。

于是托列利说了他的"主意"和计划,我们觉得他的计划不仅非常危险,而且闻所未闻地愚蠢。

"你们听着,"他说,"你们也知道什么是机关吧?或者你们不知道?你们也清楚,任何一个看重自己的机关,如果不出版什么报道性的小报或者简报,通报自己的工作情况,它是不是就无法生存?或者,它至少不能没有自己的报道科。你们清楚这一点吧?非常好!那你们想没想到这个科需要报纸撰稿人?特别是采访记者。而且你们知道吗,假如没有报道科,机关的领导,即便是福特[1]先生本人,也会像陷在水洼里的小鸡雏,各种事情会让他手忙脚乱、狼狈不堪?我们要在省粮食特别委员会成立一个报道科。我们要用手摇油印机刊印出有模有样的简报,告知市民:三桶来自奥恰科夫的耐放的鳀鱼、一车皮来自蒂拉斯波尔的玉米和醋渍西红柿已经到达敖德萨,可以分发给急不可耐的居民。你们知道这意味着什么?这意味着敖德萨将开始生活!"托列利喊道,"生活!"

"您为什么这么自信地认为这个机关里还没有报道科呢?"雅沙问道,"托里切利同志,您过于倚重自己了。"

"哈!"托列利高声喊道,"再来一次:哈!如果您愿意,再来二十次'哈'!你们也看见了,他们甚至还没有把自己的破烂儿运到楼里呢。他们还是一些乳臭未干的年轻人。啊,如果这里已经有报道科了,那么敖德萨的机关不止这一家。那样的话,我们就去另一个机关。在那里设立一个报道科。"

我们大家都不再说话了,托列利的逻辑把我们镇住了。

"要有一个戴眼镜的气度不凡的人,他说俄语要像演员卡恰洛夫[2]那样,"托列利说,"我认为戈洛夫奇涅尔同志是最合适的人选。他要做我们的科长。您,"他指着我说,"当副科长,利夫什茨同志是经济师,我呢,是采访记者。但主要的是要从水兵、从这个拿步枪的红头发大力士身旁跑过去。行动!快!干这种事拖拖拉拉的最危险。"

我们一副公事公办的模样走到神秘的省粮食特别委员会的入口近

---

[1] 显然,这里指的是亨利·福特(1863—1947),美国企业家,美国汽车工业的创立者之一。
[2] 瓦·伊·卡恰洛夫(1875—1948),苏联著名电影演员。

奥斯塔普·本德尔的先祖　13

前。托列利在后面跟着,假模假式地吹着口哨,尽力躲在我们背后。

红褐色头发的哨兵坐在箱子上,拉着一条毛茸茸的白狗的两个前爪。

"为叔叔表演一个!用后腿站起来!"水兵故意用那种严厉的嗓音说着,"为叔叔表演一个!毛茸茸的小鬼头,小狗崽!为叔叔表演一个!"

小狗摇了摇尾巴,叫了几声,明显表示,这样的礼遇让它受宠若惊,但它并不会表演。

"它是夜里跑到这栋楼里来的,"水兵告诉我们,"之后就不想走了。这样彬彬有礼的小狗,你们简直无法相信!饿着肚子呢,这家伙!看来只能把它带到队里了。唉,就是,只能如此!"他温和地说。然后他又拍着小狗的脊背说:"啊,对,还得带上这样可笑的差劲的小狗!唉,对,把这样一条毛茸茸的狗带回去,就得用水兵的供给来养着它!"

那条狗啪啪地甩着尾巴,兴奋地叫着。

我们从水兵旁边走过去,快速溜到省粮食特别委员会庄严的拱门下。我看了看其他伙伴。他们面带微笑,却神色惊慌。

"啊,多么棒的小伙子!"雅沙·利夫什茨突然说了这么一句。

"谁?"托列利问道。

"当然不是说您!"

几个红军战士在灯光昏暗的走廊里搬着办公柜,脚下的球鞋踏踏作响。柜门时不时自己就开了,然后马上又砰的一声合上了。红军战士小声骂着人。

"就是说,是这样,"沃洛佳·戈洛夫奇涅尔说,"现在我们要打听到这个机关的首长在哪个房间,然后我们去找他,请他接收我们在这里工作。"

托列利挥了挥手,往后退了退,发狠地、不屑一顾地看了看沃洛佳。

"您想干什么？"他从嗓子眼里挤出声音悄悄地问，"您完全疯了还是神志清醒着呢？或者您还是个毛孩子？您想让他们把我们直接从这儿送往肃反委员会，把我们统统枪毙吗？人家从街上来了之后——叭的一下，我们就没命了！直接去找首长！我们是什么人？我们算什么？黄色刊物低级趣味的记者！您会把大家都害死的。如果因为您的鲁莽，这么完美的计划彻底失败，最终竹篮打水一场空，那么我何必绞尽脑汁、冥思苦想呢？难道能按您说的那么做吗？"

"那怎么做？"戈洛夫奇涅尔不知所措地问。

我和雅沙也慌了神。

"既然你们不知道该怎么做，那么就靠我吧！"托列利傲慢地答道，"我会告诉你们怎么做。没有什么首长！我们自己就是首长！跟我走！"

托列利往前走，我们心里暗自叫苦，后悔卷入这当中来，很不自信地跟在他后面。

幸好没有谁注意我们，我们终于来到二楼空无一人、满是尘土的走廊里，走廊尽头是一个门已经坏了的厕所和暗处的楼梯。

"也许最好就在这儿。"托列利说道，然后他推开了第一个房间的门。

门打开了，我们进到房间里，里面很空旷，地板上杂乱放着接种天花方面的资料，还有写着"与猪旋毛虫病作斗争"字样的宣传画，此外别无他物。

托列利拾起宣传画，从口袋里拿出一只蓝色铅笔，把宣传画放到窗台上，没写字的那一面朝上，用十分讲究修饰效果的文书笔体写上"报道科"，然后他又想了想，在下面用稍微小些的字体附上"科长——В. Л. 戈洛夫奇涅尔"的字样。

我们就像被响尾蛇迷惑住的兔子，眼睛须臾不离地注视着托列利的操作。

托列利从裤子口袋里掏出一个装着几个图钉的小纸盒,到走廊里,把写好的东西按在门上。

"这就行了!"他说道,满意地搓了搓手,"全部搞定。计划的第一步结束。现在只剩下静观其变,等待时机了。请你们坐到窗台上吧!"

沃洛佳·戈洛夫奇涅尔有一包像泥炭一样又黑又干的库班烟草。我们几个人坐在积满灰尘的窗台上,抽上了烟,开始等待。我们小声说着话。托列利一个人吹着口哨,他吹的是《风流寡妇》[1]中的圆舞曲。

"见鬼,"雅沙含糊地说道,"大概我们真的会被枪毙吧?"

托列利嗤之以鼻。

我们坐在那里,侧耳细听着渐渐充满这个机关的杂乱无章的喧哗声。甚至什么地方还响起那种发颤的电话铃,仿佛是来自地狱的呼叫。

窗外看得见兰热隆斜坡,但不是整个斜坡,而只看得见其美丽如画的一部分。大海泛着蓝色,北风已经平息下来了。

"我们是冒牌货,"雅沙再一次嗓音阴沉地说道,"数三个数的工夫,我们就会被揭穿。趁现在还不晚,最好离开。"

这时托列利大发雷霆。

"我却非常非常喜欢这样!"他高声喊道,"好啊!再来一次!别惹我笑。您在哪里看见了冒牌货?难道我们不会诚实工作吗?如果我们找到了发挥知识分子力量的合适位置,那么这就是一个平常的正当的想法,仅此而已!"

---

[1] 原籍匈牙利的奥地利作曲家弗朗茨·莱哈尔(1870—1948)的轻歌剧。

"托列利，您是斯宾塞，"沃洛佳说，"是康德！是彭加勒总统！您给我这有名无实、岌岌可危的报道科科长吃了定心丸。听了您这番话，我如虎添翼，精神倍增。"

"小声点！"雅沙突然恶狠狠地悄声说道。"别再耍宝了！有人过来了！"

确实有人在走廊里走，马刺叮当作响，脚步沉沉的，仿佛中世纪骑士团长的那种脚步声。马刺叮当作响的这个人在我们待的房间门口停下脚步，重重地清清嗓子，待了一小会儿，推开了门。

我们一下子不寒而栗。

显而易见，门口站着的是威名远扬的游击队中一位天不怕地不怕的指挥员。一双乌黑的眼睛上方耷拉着浓密蓬乱的花白眉毛。胡乱刮过的脸上泛着些许铁青色。他腰间别着一把有着木枪托的大毛瑟枪，斜挎着一个野战包，带套的手枪、马合烟、打火机和揉成一团的纸币把弗伦奇式军上衣胸前的口袋塞得鼓鼓的。这么多东西把两个口袋都撑破了，所以这个带着毛瑟枪的人每动一下就有珍贵的马合烟从口袋的破洞里漏出来。

这个别着毛瑟枪的人专注地打量了一下我们，然后目测了一下房间的大小，竟出人意料地用牧笛一样尖细的嗓音说：

"你们好，朋友们！我们认识一下吧。卡尔普·波利卡尔波维奇·卡尔片科。在人民教育部门任过职，现在是你们的警卫长。这里谁负责这个如此出众的部门？好像是 В. Л. 戈洛夫奇涅尔同志？他在这里吗？"

"是的，我就是。"沃洛佳小心翼翼地答道。

"我恳请您，"警卫长说，"最晚不迟于一小时后给我上报一份你们需要的物资的清单，要有您的签字。别疏忽大意，别让其他更厚颜无耻的科室把物资都抢光。您清楚，报道科总是当傻瓜。这方面我有经验。

为什么会那样呢？亲爱的 В. Л. 戈洛夫奇涅尔同志，那是因为知识分子和各种各样的坏家伙打交道时都表现得过于软弱。应该让别人尝尝利爪和铁拳的厉害！瞧！"警卫长向我们握起了肤色发红、汗毛很重的拳头。为了让我们看清，他甚至把拳头向不同方向转了转。"常言道，装模作样挥拳一百次，不如实实在在痛打一次！各种各样的坏家伙都得夹着尾巴服服帖帖的，那样就秩序井然了。这家伙，"他拍了拍毛瑟枪，"给人洗脑也比专用的氯化铵要好用。别担心。我不会让你们受委屈的，因为我从父亲那里遗传了对爱劳动的知识分子的尊重。你们知道吗，一位诗人说得完全正确：'播种理性、善良和永恒的事物吧……'[1]"

他突然打住话头，倾听起来。从走廊里传来几个人叽叽咕咕的说话声。他推开房门，急匆匆跑到屋外，带着女人的哭腔嚷道：

"你们没长眼睛，还是怎么的？你们给我排芭蕾呢！这里是报道科，你们却把会计科需要的保险柜搬到这里!!搬回去！走后面这个楼梯把它抬到一楼去。你们弄得整个这栋楼都在晃动，地板也像瓦一样被弄坏了。这是一些多么讨厌的人啊，真的！甚至看都不想看你们一眼！"

门外一阵重重的喘气声后，突然响起撞击的声音。走廊里有什么东西倒了，窗框发出破裂声，玻璃叮当响着飞了出去，警卫长绝望地喊道（人们通常是抱着头这样大喊）：

"把住!!!把住它，把住那鬼东西。不然，你们把楼都弄倒了！把住，我说！……"

就在那时我们第一次感到地下好像一震。整座楼颤动了一下，又摇

---

[1] 诗句出自俄罗斯诗人尼·阿·涅克拉索夫的诗《致播种者》(1876)。

晃了一下。一阵雷鸣般的隆隆巨响从我们所在的二楼传向一楼。我们头顶的阁楼晃动起来，天花板上的涂料开始往下掉白渣。听得见脚步声嗒嗒作响，人们四散奔逃。

第二次地震般的撞击声与警卫长嘶哑的喊叫响成一片：

"离开平台，他妈的！难道你们自己看不见怎么了吗！闪开！"

省粮食特别委员会楼内发生的这场地震像开始时那样，突然间平息下来了。我们来到走廊里。走廊里石灰弥漫，尘土飞扬。走廊像是被重重的铁犁犁过，地板上出现了一道道槽。窗户的一角被砸坏了。下面，在一楼暗处的那个楼梯的平台上，从二楼掉下来的罪魁祸首——铁柜子歪斜地倒着，一动不动，上面还捆着断了的绳子。楼梯的栏杆完全被碰断了，却奇迹般地由一根生锈的铁丝吊在那里。

几个搬东西的红军战士低着头，愁眉苦脸地站着，看着办公柜，好像在看一个亡故者。显而易见，他们是后勤人员，在他们身上我没有看到半点军人的模样。

警卫长也站在办公柜旁边，陷入了沉思。他看见了我们，用靴子尖踢了柜子一脚。马刺发出刺耳的响声。

"看到这头公牛了吧？"警卫长问道。"差点就伤了人。那么，戈洛夫奇涅尔同志，把物资清单给我拿过来。也别不好意思。拟清单时有点'富余量'。"

从这一时刻起我们才开始相信，托列利的"天才"计划即便不是完全成功了，那么至少也成功了一半。

物资清单拟好了。托列利拿给了警卫长。办这件事的同时，他还和警卫长交上了朋友，对省粮食特别委员会的情况有了了解。用托列利的话说，警卫长原来是个"一流的小伙子"。

我们都觉得很开心，特别是当房间里出现了第一批桌椅的时候。甚至雅沙的心情也变好了。他不再说那些丧气话，尽管在必须填写履历表时，他还时不时地回想起可怕的时刻。

可是，对我们的考验没有就此结束。走廊里再一次传来了脚步声，而这一次是好几个人的脚步声。我们迅速坐到目前还空着的桌子旁。桌子上甚至连墨水瓶都没有。

门又打开了，走进房间的是一个瘦弱的年轻人，穿着用士兵外套改成的大衣，戴着一顶褪色的大学生帽。他透过厚厚的近视眼镜镜片细细地打量着我们。

这位是省粮食特别委员会的首长、曾就读于哈尔科夫大学法学专业的阿金同志。

他的随员也跟着走进了房间。随员都是一些穿着厚实的学生制服、扎着嘎吱作响的武装带的棒小伙子。

阿金的出场很像罗马帝国的皇帝——那位温情的哲学家和诗人马可·奥勒留的列队出行，由身披铠甲、腰挎宝剑、威风凛凛、飒飒生风的军团士兵前呼后拥着。

我们很长时间都无法相信，这个一副病容、性格温和的人就是为敖德萨市供应粮食的机关的首长。这是一个吵吵嚷嚷、粗野的机关，急功近利者、损公肥私者、不法之徒、浑水摸鱼之辈、捞外快者等各色人等会立刻将其团团围住，试图蜂拥而入。

阿金少言寡语，但意志坚定，所以，在他的办公室门口，满脸通红、沸反盈天、蜂拥而至的明的暗的投机倒把分子却像波浪一样平息下来，他们一夜暴富的狂热愿望也随之烟消云散。

"原来我们还有一个报道科。"阿金说完，吧嗒一下嘴，微微一笑。

我心头一沉。

阿金把我们都打量了一番，又微微一笑。

"谁负责这个科？是您？很高兴，同志。您姓什么？戈洛夫奇涅尔？您不会是那个著名的犹太复国主义者戈洛夫奇涅尔的亲戚吧？不是吧？哦，这样好些。有时候同姓的人也能够让人不快。这都是您的同事？都是记者吗？非常非常高兴！希望我们在工作中能够配合默契，尽管你们这个科室的职能我还不是十分清楚。"

托列利发出了一声令人费解的长音，显而易见，那意思是想表明我们理所当然会配合默契。

阿金向他转过身来，头稍稍偏向一边，好像在细细琢磨托列利急切之间说出的那些话，并等他继续说下去。但是托列利满头大汗，沉默不语。

"啊，我明白，"阿金说了这么一句，友好地朝托列利笑了一下，"您完全正确。"

他让沃洛佳·戈洛夫奇涅尔一小时后到他办公室参加各科科长的会议，讨论各项工作规划，然后朝我们点了点头，就走出了房间。

沃洛佳·戈洛夫奇涅尔站在那里，脸色煞白，用托列利的话说，"像个磨面工人"。

在挨过令人痛苦的两小时后，沃洛佳回来了，红光满面，兴高采烈，他还没走进门，就喊了起来："起立，小丑们！"并分发给大家每人十万卢布、一张面包券和一份有一百二十个问题的调查表。此时调查表已经不会再让我们胆战心惊。我们相互祝贺并感谢了托列利。他整个人容光焕发，一副得胜者的姿态，按照莫斯科人的习惯，和我们每一个人都亲吻了三次。

傍晚时分，我们科已经具备了一个真正的编辑部的模样。一个小桌子上放着一台全新的手摇油印机。

油印机上方的墙上挂着一张巨大的海报：戴着绿色勇士头盔的红军战士把刺刀刺入恶龙长满鳞片的腹部。恶龙的嘴里往外喷着一团暗红的火焰。宣传画的下方写着"打倒反革命怪物！"的字样。

在沃洛佳·戈洛夫奇涅尔的办公桌上方挂着一个纸板。上面是打印出来的各个领袖的肖像，各个肖像的四周由橡树叶围绕着。不知何故，领袖们彼此之间十分相像，简直就是亲兄弟。原来印刷的液体油墨在纸板上洇开来，领袖们面部的轮廓都变成了模糊不清的大黑点。

警卫长卡尔普·波利卡尔波维奇·卡尔片科给我们送来了宣传画，表示对我们的特别关照。

生活给人的感觉又是美好的了，隔壁的临时面包房烤制的面包热乎乎的，烤得稍稍有点焦，散发着啤酒花的清香，非常好吃。我还从来没有吃过这样点缀着细碎硬皮儿、香味扑鼻的面包。

一切都进行得十分顺利，但我和雅沙心里总是惴惴不安。一天夜里，雅沙在没铺床垫的硬板床上辗转反侧，难以入睡，他对我说：

"回头你们想怎么办，请自便，我明天要去找阿金，把这桩胡闹的事和盘托出。交代我们怎么到了省粮食特别委员会。"

"那好，我们一起去吧。"

到了第二天早晨，我们到了阿金那里。那天敖德萨市已经感受到了春天的气息。阳光变得越发灿烂了。海的上空飘浮着大片大片洁白的云朵，聚在一起，又弥散开来，显露出一块一块湛蓝的天空。

甚至在阿金的办公室都能感觉到春天脚步的临近。阳光从窗户照射进来，照到潮湿的地板上，被照到的地方升起团团蒸汽。

阿金靠在扶手椅的靠背上，客客气气地听我们说完，点点头，悄声笑起来。

"我也等着这个坦白呢，"他说道，"不过，说实在的，我以为你们还会迟一点才来坦白。这一切我都清楚。不能说我对你们的非分之想持赞赏的态度——你们的所作所为离犯罪只有一步之遥。不过，因为这一切不是你们想出来的，而是那个有着不光彩的意大利姓的矮个子家伙策划的，所以你们没有什么特别的过错。如果猜不到这其中必定有不光彩的事，那么我就是毫无用处的领导了。"

"您是怎么猜到的?"雅沙问。

"首先按照规划我们这里根本就没有什么报道科。它就是在省粮食特别委员会里突然冒出来的。从一开始我们亲爱的警卫长卡尔普·波利卡尔波维奇就有所怀疑。他第一个向我报告说，那些人看起来是有知识的人，无论如何也不是骗子，或许会是不错的工作人员，用不着大动干戈惩办他们。不过，说实话，让我把日期往前倒，把你们这个自封的科室列入机关，可不是什么容易的事。最令人称奇的是，这个科的存在确实是必要的。没有它会是一个明显的损失。为此请接受我的谢意。"

胶合板迷宫

人行道边的老金合欢树已经开花了。周围到处散落着淡黄的金合欢花。

入春前的时节,省粮食特别委员会从黎塞留大街迁到了这些街道上金合欢树最集中的地方——杰里巴索夫大街上的"北方旅馆"。

革命最初几年的显著特点是各种机关很难固定安置在一个地方,总是搬来搬去。一个机关大张旗鼓地搬到某一个楼后,首先就要在其中设置数不胜数的胶合板(或者如南方所说的"合成板")隔间,那些隔间的门也是清一色的胶合板门。

如果把某一机关的胶合板迷宫拉成一条线,或许这堵胶合板墙能沿着环城的波尔托弗兰克大街形成对整个敖德萨的合围之势。

胶合板挡板从来不会一直顶到天花板,它们纵横交错,形成一些最稀奇古怪的拐角,把各段楼间的平台一分为二,形成许多昏暗神秘的过道、狭窄的通道和死角。

如果可以掀掉这些布满隔间的机关的房顶，或者把它们从阁楼到地下室纵向剖开，那么一个混乱的人类蚁穴的画面就会呈现在惊诧不已的观众眼前。这个蚁穴里挤满了特殊种类的蚂蚁——人蚁。他们一天书写的纸张可以堆积如山，他们夜间把它们藏进一个个胶合板小屋里，就像藏进蜂房里一样。

胶合板挡板上理所当然地还会贴上一沓沓命令、通告，以及床单大小的整张整张的墙报。

在用胶合板隔出的走廊里，放着供应开水的锌皮桶，桶上还有一个用铁链拴着的白铁皮杯。桶旁边稳稳坐着一个女通信员——莫佳大婶或者拉娅大婶，从这一刻起，机关开始完全运转起来。

我有时甚至觉得，无论什么性质的机关，假如没有胶合板隔间和女通信员，都是不可思议的，并且，只有在有了女通信员和胶合板的情况下，机关才能欣欣向荣、蓬勃发展，机关的工作才能得到全面的讨论，参与这种讨论的还有"莫佳大婶"，不管是本机关的，还是各个邻近机关——关系友好的或者敌对的机关——的所有"莫佳大婶"，都会参与进来。每一个"莫佳大婶"都维护她所在的那个机关的威望。对于她而言，《内部规章》是非常重要的东西，不应遭到批评，看上去这个规章就像是万军之主的上帝在行政机关的西奈山顶上亲自授予管理员的！

在这些由胶合板隔断打造的迷宫里，可以看到很多有趣的东西，首先就是出纳室，一个让人憋闷的小屋，它有一个在胶合板上开出的歪歪斜斜的小窗口。

在省粮食特别委员会所在的那栋楼里，出纳室的窗口上方用蓝色铅笔写着："同志们！填写数额请用文字大写，请勿让出纳员裁剪纸币。请自裁！（据省粮食特别委员会第1807号令）。"

这个神秘而有点让人害怕的"请自裁！"的字样解释起来很简单：出纳员拿到的纸币都是大幅连张的，他不得不花功夫把整幅的纸币裁剪成单张纸币。出纳员做这个事做烦了，于是他给大家发放工资时就开始发整幅没裁开的纸币。

根据单张钞票的不同面值，印着钞票的那一大幅纸币的价值也有所不同。比如，一幅大纸能印二十张面值为一千卢布的纸币，这一幅大纸的价值就相当于两万卢布；如果面值是十卢布的纸币，一幅大纸能印六十张，这样一幅大纸的价值就相当于六千卢布[1]。

但有时出纳员只用整幅纸币是不能把钱付清的，他只得用剪刀从大幅纸币上剪下所需的数额。

出纳员对此并不反对：归根结底，这道工序占用不了多少时间。但是，有些态度倨傲的工作人员拒绝领取整幅的钱，要求出纳员用裁好的纸币进行支付，由此时不时爆发争吵。

每当这时，暴躁易怒的老出纳员就砰的一声关上出纳室的胶合板小窗，从里面喊："怎么的？你们自己剪一剪，你们的手会烂掉吗？你们自己不想剪，那么就让你们的孩子剪。让他们也享受享受！"

出纳员砰的一声关上小窗，这种做法是一种特殊的强大心理攻势，虽然机关不允许这么做。我自己也对这种攻势有所感受，我深信狠狠关上的出纳室小窗简直让所有的工作人员惊慌失措，对孩子多的人和醉鬼尤其灵验。每个人都会产生一种难以解释的心理，相信这扇窗户再也不会打开了，所有的钱都已下发，分文不剩，从此以后钱就会在生活中销声匿迹。

---

1 原文如此，这可能是作者的疏忽，应该是六百卢布。

面对这扇关闭的胶合板小窗，即便是最乖张的领钱者，也总是会缴械投降、低头服输，甚至开始后悔。于是出纳员打开小窗，带着忧伤从眼镜上方久久地看着抗议者，摇摇头。

"您不觉得害臊吗，年轻人！"他说，"你们就会耍横，可是稍稍帮一下财务工作人员的忙，自己剪一剪要发的钱，却从来也没有你们的份儿。在这儿，打红钩的地方用文字写一下钱数吧。"

为了给省粮食特别委员会的工作人员普及一下货币流通方面的知识，出纳员在出纳室近旁的胶合板隔断上贴了国内流通的苏维埃钱币的模板，旁边再贴上国内不流通的钱币的模板。

那是一套稀罕的纸币收藏品。这套纸币之所以没被偷走，是因为有先见之明的出纳员用木工胶把纸币粘在了胶合板上，无论用什么方法也扯不下来。但这套纸币出现的第二天，警卫长卡尔片科还是发现了有人试图弄走这套纸币——不知是谁要用钢丝锯去锯那块贴着纸币的胶合板。

那时几乎所有的钱币都有别称。面值为一千卢布的纸币叫"大块头"，面值为一百万卢布的叫"柠檬弹"。面值为十亿的纸币有一个响亮的别称——"柠檬雷"。所有小面值的纸币也有非常出人意料的称谓。敖德萨人给三十卢布、五十卢布的零钞取的别称则特别温柔。

在当时不能流通的纸币中有些是非常古怪的：例如，印在纸牌背面的一百卢布。这种纸币是乌克兰的偏远城市——不知是奇吉林，还是斯拉武塔发行的。还有像驳船样子的敖德萨纸币，白军的"钟票"和"叶尔马克"票，乌克兰的"卡尔博瓦涅茨"，一百卢布的"亚叶什尼察"，"萨格"，以及其他许多各式各样的钞票和"辅币"，它们的价值有赖于各个不同的城市——从克雷若波利到索斯尼察、从什波拉到格卢霍夫——所拥有的可疑的财产。

胶合板迷宫　27

靠近我们省粮食特别委员会出纳室的那面墙看上去就像一幅画。几乎每一个工作人员领钱时都要对这些钱操作同一道工序：把一整幅钞票按在胶合板上，在上面再放一张纸，然后使劲在那张纸上摩擦，以便去掉上面多余的黏糊糊的油墨浮色。

这之后纸上、胶合板上都留下了钱币非常清晰的印记，以至于饶舌的人说可以依此做钱币的模板，和真钱一样流通使用。

领取工资后到处都是钱币油墨的印记。手指上、桌子上、纸上、书上，我们都能找到纸币发行的序列号码和财政部人民委员的签名。

大麦粥

我们领取的几十万卢布工资全都用在隔壁公共食堂的伙食上了。日复一日,在那里我们每天吃两到三勺大麦粥,粥里加了某种貌似凡士林的绿色的东西。托列利肯定地说,这是一种军械用油。

此外,我们还吃些烤焦的面包和海虹类的东西。

这种面包有一个令人惊奇的特点:面包皮与里面的瓤是分开的。它们构成了两个似乎互不相容的地质层。这两层之间有一定的空间,其中灌满了浑浊的、带点酸味的液体,一种用面包做的、发苦的克瓦斯。

有些人喜欢吃这种面包,他们吸那个汁液,而且断言它能治关节肿胀。

那时出现这种关节肿胀是由于营养不足和寒冷。只要碰一下肿胀的地方,立刻就会出现剧烈的疼痛,并且会持续很久。此外,每次要洗手时,肿胀的地方都会崩裂、流血。冷的时候这些地方非常疼,而暖和的时候又开始奇痒难忍。

我喝了这种用面包做的汁液，我可以证明，肿胀没有因此消失，我却反而开始感到烧心得厉害。

我们把小海贝——海虹——的肉加盐煮。这种东西吃起来有一种非常重的鱼石脂的味道。

此外，要自己去兰热隆采海虹，必须用刀把海虹从沿岸的岩石上割下，当然是在风平浪静、天气暖和的时候。因此，海虹只能是夏季的食物。

我们焦急地盼望着夏季的到来。夏天我开始捉鰕虎鱼和羊鱼。港口宽阔的防波堤上，菜园已经现出莹莹绿意，菜园四周用锈迹斑斑的铁管和破铁皮做的栅栏围着。西红柿的叶子散发着宜人的香味，预示着不久以后就能收获"红果"（在敖德萨这样叫西红柿）了。饥饿的幽灵变得苍白，但并未远去。饥饿就隐匿在近旁。我们一直都能感觉到它近在咫尺，知道哪怕稍一疏忽，它就又会现身，并且会比先前更令人痛苦、更令人惊恐不安。

至于我自己，只要弄到几片糖精，我就觉得自己非常幸福。我喝着放上糖精、用甜菜干儿和焦面包皮泡的茶，感到一股富有生机的气息和力量涌入我的血管，使日渐枯竭的血液恢复活力。

钱都用于买大麦粥和水了，一桶水要花费五百卢布。剩下的钱几乎不够买任何东西，连买火柴和劈柴都不够。在敖德萨颜色像硫黄的金合欢木全都被劈成细劈柴条来卖，而且只按重量卖。

因此我不得不去偷劈柴。对此我并不羞于承认，即便做这种事有很大的危险，甚至有时还要冒失去生命的危险。

当然——还用说吗！——我们宁愿用报纸和其他纸张把我们忠实的小铁炉生上火。可是旧报纸也得偷。

从道德的角度看，偷劈柴和偷报纸是同一性质的事情。但是，从实用的角度看，显而易见，报纸和劈柴没有什么可比性。报纸只能提供片刻的温暖，更确切地说，只能给人暖和的暗示，但却会使整个院子和花园到处都是烧过的纸和黄色的灰，招来还俗神父普罗斯维尔尼亚克的责难。

我们主要是在阿卡迪亚偷劈柴。这是海岸边离敖德萨最近的别墅区。

夏季到来时，阿卡迪亚很像罗马的那些别墅——博尔盖塞、阿利多布兰迪尼或者孔蒂——的废墟。垂死的常春藤缠绕着灰泥脱落、裂纹斑斑的圆柱。圆柱是被人有意打坏的，就是想证实圆柱是砖砌成的，不能当劈柴。

几条蜥蜴在窗洞上晒太阳取暖，那里金黄色的染料木藤牢牢钩住破损的石头窗台，正开着花。燕子在壁柱上筑了巢。敞廊里落满灰尘的大翅蓟长势非常茂盛，就好像是长在一些大石碗里。

蚂蚁在大理石石板上铺设着宽阔的亚庇乌斯道路[1]。与南面毁坏的罗马斗兽场类似，我熟悉的水泥蓄水池也是从南面，从靠大海的那一侧坍塌的。蓄水池的底部长满了干枯的野草和蜡菊。

尽管这些废墟形成后总共才过了那么两年的时间，却完全是一派古代的气息，这种气息使得荒无人烟的阿卡迪亚的色彩中具有了帕加马王国[2]和埃拉多斯[3]积满尘土的青铜的色调。

---

1 亚庇乌斯道路，古罗马监察官亚庇乌斯·克劳迪乌斯于公元前312年用石块铺设的第一条道路，从罗马到卡普亚，后来修到布林西迪。亚庇乌斯道路几乎完整地保存了下来。
2 帕加马王国系公元前283年至公元前133年小亚细亚西北部的一个古国。特洛伊的城堡也被称为帕加马。
3 埃拉多斯即指古代希腊。

夏季时如此。冬季，特别是在我们仗着胆子潜入阿卡迪亚的阴雨之夜，废墟黑漆漆一片，令人恐惧。一月的北风在废墟里呼啸，把干硬的雪粒一阵阵拍在我们脸上。那时无法想象，什么时候敖德萨夏季的太阳会在这片废墟之上升起，当和缓的风掠过完好无损的百年古树的叶丛，还会发出轻轻的簌簌声。

我和雅沙一个冬天总共只偷了三次柴，但说实话，都很有成效。有两次我们每人拖回了一块木板，还有一次我们甚至成功地偷回了一副门框。

这些劈柴够我们用一整个冬天，但这全仗着雅沙发现了一种瞬间就能把小铁炉烧热、同样瞬间把炉子上的茶烧开的好方法。其关键在于，生火时要用细如麦秸的劈柴。这种做法使得火焰很旺，但保持的时间很短，只消耗微不足道的一点劈柴。

我非常清楚地记得我们去偷劈柴的夜间远征。首先，我们白天去侦察，寻觅到一座里面的木质构件还没有被偷光的别墅。侦察时，雅沙照例气冲冲地和我争论莎士比亚剧本的真实性或者《凡尔赛和约》所造成的经济后果。

侦察完后，我们便出发进行正式的远征。天黑以前，我们沿着海岸往阿卡迪亚的方向走，冬天在海岸上应当不会有人发现我们。我们把还俗神父普罗斯维尔尼亚克的一个手摇钻和他的一把小猎斧带在身上，藏在大衣里。因为还俗神父借给我们工具，依照严格的协议，他可以从我们这儿得到生茶炊的引火柴。我们只把劈柴分给托列利——他患病卧床的妹妹需要经常保持温暖。

我们在阿卡迪亚附近一个废弃的亭子里等着天黑下来，很久以前这个亭子里卖加糖浆的塞尔查矿泉水。

我们摸黑找到了白天选好的那座别墅。我们小心翼翼地靠近它，时时刻刻侧耳倾听。只要稍有一点动静，我们就在遇到的第一道围墙后躲避起来。

我们害怕的根本不是警察。阿卡迪亚没有警察，也不可能有。有谁会想到去守卫废墟，守卫光秃秃的树枝在风中呼啸的花园，以及风暴肆虐之夜黑雾弥漫、寒冷的沿海地带呢？我们想要躲避的不是警察，而是偷劈柴拿去卖的小股匪徒，还有贪婪的小贩。那时市场上挤满了这种人。

第一天夜里我们就突然遭遇了他们，他们差点没用短筒枪打伤我们。他们开枪的时候还对我们发出非常可怕的恐吓声，吓得我们头发竖起，血液都要凝固了。

最艰难的是拆地板上的木板。做这件事应当完全没有响动，但生了锈的钉子总是发出容易让我们露出马脚的尖锐声音。我们的手都磨出了血，指甲弄断了，因为紧张，两腿一直发抖。

木头地板非常重，简直就像生铁板。我们两个人费了九牛二虎之力，跌跌撞撞，勉强把木板拖回了我们住的下房，累得精疲力竭。

我生了小铁炉，雅沙倒在地板上被压坏的床垫上，把自己、小铁炉、敖德萨、协约国，以及世间的一切都骂了一通，呻吟着赌咒发誓，无论如何再也不去偷劈柴了。

我心里也高兴不起来。我觉得，我和雅沙好像彻底堕落了，如果再这样下去，我们俩也会变成通常的偷柴贼。但是热茶的诱惑力是那么强大，我们立刻就忘却了自己良心上这些可怜的自责了。喝完茶后，雅沙立刻睡着了，我则躺在教授那张硬邦邦的长沙发床上，久久倾听着夜间的各种声音。

封锁

在人的记忆的模糊地带里，有许多乍看起来神秘，而实际上只是没有得到解释的东西。

譬如，对于重大事件的记忆，说起来，有时也是那样虚无缥缈，就像对极为乏味的一天的记忆。

我在自己的作品中尽力避免这种虚无缥缈的写法，但我不确信是否完全做到了这一点。记忆留给我们的往往是对一个时代的主观印象，然而这种印象在我们看来却是客观而准确的。例如，一九二〇年年末和一九二一年在敖德萨发生了许多耸人听闻的轰动性事件，然而这段时期的全部生活在我的记忆储存中却是一段比较平和的时光。这怎么解释？

那几年敖德萨变得空空荡荡。一部分工人跟随红军的最初几批部队、粮食队和水兵队去了北方，去了苏维埃俄罗斯。这还是在外国武装干涉者和邓尼金出现之前的事。部分居民为了免受挨饿之苦、逃避白军征募，离开敖德萨，涌向了乡村。

城市里大工厂几乎绝迹。一家黄麻纤维厂、几家罐头工厂、船舶修理厂就算是最大的企业了。主宰城市的是聚集着一批流氓无产者——装卸工人、无业游民和大老粗——的港口。而顽强又善于变通的敖德萨居民则聚居在广阔的城市郊区。

外国武装干涉期间，留在敖德萨的工人想方设法支持布尔什维克地下工作者。

地下工作者隐藏在采石场和市内。尽管会遭到逮捕和枪杀，他们仍然勇敢地开展工作，甚至在有法国人和邓尼金部队驻扎的情况下成功召开了布尔什维克州代表会议，定期出版地下报纸《共产党人》，大量散发传单，支持印刷厂、有轨电车、电报局罢工的职员，炸毁运载外国武装干涉者军用物资的列车，还成立了军事革命委员会，在苏维埃军队占领敖德萨最初的那段时间，这个委员会担负起全城临时政权的职责。

苏维埃军队攻克城市之前不久，在别里斯拉夫和彼列科普附近同白军作战时，邓尼金部队的反间谍组织枪杀了九个年轻的布尔什维克地下工作者，在处决他们之前，对他们极尽严刑拷问之能事，这些中世纪的拷问方式甚至使麻木不仁的敖德萨居民都感到震惊。

我记得伊达·克拉斯诺肖金娜的故事，她表现出难以想象的坚定和不可摧毁的勇敢精神。反间谍人员把全部的怒气都发泄到她身上。

在被处死之前，地下工作者给他们自由的战友写了一封信。这封信里的话语朴素而荡气回肠："我们就要死去，但我们正在获得胜利。"

这些话语里包含着年轻人的热情和必然胜利的宏大信念，这种热情和信念从那时起就成为革命青年不可或缺的品质。

邓尼金部队第二次到来前夕，敖德萨的工人队伍又大大减少了。几乎所有的工厂都关闭了。港口杂草丛生。生活明显出现停滞迹象，只有疯狂的投机买卖进行得热火朝天，毒焰嚣张。

此外，在敖德萨，从北方来的人和敖德萨人在意识上存在着巨大的差距：从北方来的人在革命氛围中已经生活两年多了，而敖德萨人只是在这种氛围中度过了最初的几个月时间。

我也经历了不止一次，可以说是三次十月革命：第一次是在一九一七年十月的那些日子里，在莫斯科；第二次是一九一九年，在基辅；第三次是一九二〇年，在敖德萨。

革命不仅仅把在北方业已形成的国家组织形式和日常生活形式带到了敖德萨，而且把受到革命风暴洗礼、与敖德萨居民的实际经验格格不入的新人带到了黑海之滨的南方。

出现了一些坚决果断、铁面无情的人（敖德萨人不加任何区分、无一例外地把他们称为"政委"），他们确切地知道，他们需要做什么，革命意识才能在形形色色、过于冲动、倾向于采取无政府主义行动的敖德萨居民中间取得胜利。

对当时敖德萨的生活给人以平静印象还可以做如下解释：在敖德萨，一九二〇年冬天和一九二一年全年都是封锁时期。大海像一大块了无生机的白布，数月波澜不惊，见不到一缕从轮船上冒出来的烟。

遭到破坏的铁路、形形色色的匪帮的突然袭击、没有任何政权的"未开化地域"、被炸毁的桥梁——这一切使得敖德萨与已建立苏维埃政权的北方断绝了联系。

这也使得敖德萨的生活具有一些与外界隔绝的特点，即便对我们西南方的革命事件只有最粗略的了解，也不能不发现这一特点。

夜里，我睡在教授的沙发床上，经常醒来，倾听夜的动静。从某些时候起，这成了我喜爱的一件事。

夜一片静谧。我久久地倾听着这静谧，静得耳朵里仿佛发出嗡嗡的声音，有时我能听到遥远的炮声。那是法国"利亚·斯卡尔普"号护卫舰每天夜里在向奥恰科夫开炮。

凝重的沉寂和隆隆炮声意味着封锁。

迄今我只是在历史书籍或者像青铜器上的铜绿一样古老的海战小说里读到过这个词。但我还是十分清晰地想象出封锁的情形。

这是什么呢？空旷、有护卫快艇带着不祥之兆疾驰而过的海面，毫无意义地向郊区菜园发射的炮火，灯光已经熄灭的灯塔，港口入口处被炸毁的运输船，沉船露在海面上的主桅，遥远的、与银河的闪烁交相辉映的探照灯光束，还有由于饥饿而产生的全身轻飘飘的感觉。

依我当时所见，如果这些就是封锁的特征，那么敖德萨的封锁可以说是很典型的。

以上所说的一切在当时都成了敖德萨生活的内容。尽管有时我们自己也觉得，其中现实与想象是那么紧密地交织在一起，无法把它们截然区分开来。

尽管承受着饥饿、房子里的冰冷潮湿、经济崩溃和孤独（雅沙在春季临近时搬到了城里，我一个人留在了黑海街），有时我仍能感受到难以名状的高昂情绪的涌动。我把这归于自己还年轻，尽管那时我也不那么年轻了——当时我已快三十岁了，但我感到自己仿佛是一个年仅十八岁的人。对所有成年人——正派务实的和行事审慎的——我是持敌对态度的，尽管有时面对他们我也会像小孩子一样感到胆怯。

敖德萨的一切，甚至持续了整整一个春季和夏季的封锁，都在我心里引发了这样一种年轻人的心态。

就像我已经提到的,对封锁的想象是与大海联系在一起的,海天交接之处看不见一缕从轮船上冒出的烟。当时在敖德萨就是这样。对此我很喜欢。

大海是那样荒凉,就像人甚至还没有学会造木筏的时代一样。可以一连几周和几个月从林荫道上向远处眺望,除了波浪涌动、阳光闪耀,别无他物。

偶尔,在地平线上会出现稀奇古怪的帆船队。它们扬着鼓起的白帆,趾高气扬地向前航行,但驶近之后却变成令人生畏的雪山,突然向被遮暗的水面投下道道闪电和隆隆雷声。

大海响应这些乌云的声音,把一声雷鸣变成很多雷声交织的隆隆轰鸣。这些轰鸣从四面八方震撼着辽阔的海域。

我利用所有闲暇的日子,离开城市到大喷泉区最远的几个车站去。

春天开始了。春天来到这个沿海的草原地带,比在其他植被丰富的地方更令人感动。或许这是因为,这里每一枝从废弃电车生锈的轨道下伸展出来的花朵,每一只微微颤动、在大海温暖的气流中驱走翅膀上潮气的蝴蝶,都是那样引人注目。

这股气流从陡峭的红褐色悬崖下升腾起来,仿佛均匀而有力的呼吸,从战后堆满轮船和木船残骸的海滨浴场上升腾起来。我觉得甚至有一道热腾腾的气流从分舰队中"桑特"号驱逐舰的船身上传来。这艘驱逐舰被丢弃到大喷泉旁沿岸的峭壁堆中,它插入峭壁间,根本没有人想要把它从里面拖出来。

海水在它的主舱和底舱涌进涌出,发出低沉的声响。一些螃蟹顺着船舷信心满满地爬上甲板,在铆接起来的铁板上暖和一下。

而大海还是那样荒凉,以致让人觉得,倘若我们在海面上发现希腊人的三层划桨战船的青铜船头,或者腓尼基人[1]的彩色帆船,我们也不会感到惊讶,尽管这都是早就销声匿迹的古代船只。

古迹的概念与荒凉的概念总是相关的。要知道在神话般的三层划桨战船时代,地球上人烟稀少,因此,不言而喻,那时地球上所有的海洋和大陆也都是非常荒凉冷清的。

现在黑海上一片空旷,部分是因为封锁,还因为白军逃离敖德萨时带走了整个所谓的贸易船队——罗皮特("俄罗斯航运贸易协会")、黑海-多瑙河航运公司、志愿船队的所有客轮、货轮、拖船、驳船和汽艇。

贸易船队被带往地中海的各个港口。在那里白军司令部把船队统统卖给了外国公司。

白军也带走了私人轮船,甚至像著名的船主沙亚·克拉波特尼茨基名下那样的破轮船也难逃此运。沙亚是海港城市敖德萨的笑柄。他出奇地吝啬,背信弃义。连马车夫也不愿意让他赊账。只有别无出路的倒霉蛋才会同意在克拉波特尼茨基名下的轮船上做事。想从克拉波特尼茨基那儿拿到工钱,得抓着他的衣领,从他身上把钱抖落出来("抖落"一词恰如其分)。

从敖德萨开往阿克尔曼的一艘陈旧的明轮船"屠格涅夫"号属沙亚所有,卡塔耶夫在中篇小说《孤帆白光》里曾经描写过这艘船。一部分土生土长的敖德萨人对这一说法提出异议,他们确信无疑地说,"屠格涅夫"号是属于"米舒列斯父子"轮船公司的。

---

[1] 腓尼基人,是一个古老的民族,生活在今天地中海东岸,即今天的黎巴嫩和叙利亚沿海一带。

在石油港湾的后身一个堆放垃圾的地方，即"舰船墓地"，堆着几艘散了架、计划要拆毁的轮船，其中锈蚀严重、再无使用可能的"季米特里"号，也属于臭名昭著的沙亚轮船公司。这艘轮船差点在我的生活中扮演一个悲剧性角色。

港口像一个潟湖，静止不动。它已经失去本来的功用，变成了养鲭鱼和鰕虎鱼的鱼池，变成了年迈的钓鱼者最中意的所在。

防波堤长满了燕麦（撒落的麦粒发了芽）和芬芳的黄色洋甘菊。系船的铁桩上都覆盖着那么厚的一层层铁锈，所以要费很大劲才能看清上面铸的文字。那些文字说明这些铁桩出自敖德萨的别利诺－芬德里赫造船厂。

港口看守人在宽阔的防波堤上开辟了菜园，种起了菜。

在我一生所见过的众多菜园中，这些菜园是最富有诗情画意的。在酸涩的西红柿丛中，菜园主人放了一个箱子，来代替木凳，可以在上面坐一坐、吸吸烟、听听各种各样的交谈。

所有的菜园里都立着稻草人和其他巧妙的装置，为的是驱赶麻雀。稻草人被装扮成流浪汉和酒鬼的模样，穿着破海魂衫和用破烂的麻袋布做成的肥脚裤。

这些流浪汉用破布做成的脑袋上还戴着孩子的棉兜帽或者压坏的大礼帽。这些歪戴的大礼帽使得稻草人有了一些戏谑、同时又厚颜无耻的样子。让人觉得戴着这些大礼帽的主人当下就要跳起"死神之舞"或者康康舞了。

卡兰金防波堤上一个菜园里的稻草人最受人们喜爱。这个稻草人装扮成一个老滑头的模样，戴着一顶商船船长的便帽，一只手里还拎着一瓶伏特加。人们给这个老滑头起了个外号:"公爵花园[1]里的若拉"。

瓶子里装的是海水,以代替伏特加。但这不妨碍港口的常客们赞赏菜园主人巧妙的设计,他们大声嚷着向菜园主人致意。

在各种各样驱赶麻雀的装置中,只有一个小小的风车得到普遍承认。只要稍有海风拂动,它的胶合板叶片就会转动起来,打到挂在细绳之上的碎玻璃片上,由此发出相当悦耳的密集的叮当声,这样的声音对麻雀来说却不可忍受。

还有缠着五颜六色的破布条的竹竿。布条随风飘扬,卷曲成一团,然后再松散开来。

所有这一切(包括港口上的稻草人)都是封锁的间接特征。敖德萨的封锁暂时是平静的(夏初,连老相识"利亚·斯卡尔普"号也离开了敖德萨海岸),因此,封锁期间,还有居民在做各种和平时期才做的、有时颇有田园诗情调的事情。

红军与波兰白军的战事没有延伸到敖德萨。这里是平静的。只是偶尔在海上,而且总是在奥恰科夫和金布伦沙嘴方向传出大炮的轰鸣。这是从克里米亚驶来的弗兰格尔[2]的巡洋舰"卡古尔"号,在毫无意义地向海岸开炮。我们的岸防炮台立刻开炮把它赶走,于是"卡古尔"号巡洋舰乐得返回塞瓦斯托波尔,带着一副履行了职责的样子——凶猛地冒着烟、钢质的船头搅动着大堆大堆熠熠闪光的泡沫,主桅的斜桁上飘扬着褪了色的安德烈耶夫旗。

还有其他一些封锁迹象。一小块又干又硬的玉米面包和十个杏子就

---

[1] 公爵花园是敖德萨最古老的花园之一,建于1810年。
[2] 彼·尼·弗兰格尔(1878—1928),沙俄及内战时期的白军将领。

被认为是足够丰盛的食物了。

我们这些省粮食特别委员会的工作人员知道需要付出怎样的努力，才能使这个城市达到半饥半饱的程度，才能像福音书中的寓言故事所讲的那样，用五个饼喂饱几千人。

面包是凭卡供应的，或者像当时敖德萨的说法，"凭字母"供应。对这种说法的解释是这样的：卡上印着字母表中从 A 到 Я 的所有字母，面包的发放量取决于字母的顺序，凭字母 A 领的面包最多，凭字母 Я 领取的面包只有一点点，看上去只够金丝雀吃的。

我是凭字母 K[1] 领取面包的。

我喜欢排长队。尽管每个队的生命是短暂的，却很有吸引力。一些伤脑筋的谣言、笑话、突然出现的惊慌失措、对某个人表达的生活智慧带有嘲讽意味的讨论，当然，还有争吵，使排队有一股活力。争吵就像爆破弹一样突然间爆发，但又慢慢平静下来，就像爆炸后灰尘渐渐消散开来一样。

打架的情况很少出现，即使打架也没有什么危险可言，只不过是张开五指相互推搡一下胸部而已。

有一次在敖德萨排队时，我见过一个令人称奇的场景。就说话之少和姿势的富于表现力而言，我觉得它是街头争吵的典范。

队伍中站着一位温和的犹太老人，他穿一件长及脚后跟的破黑大衣，戴着一顶满是灰尘的圆顶礼帽。他微笑着，头部微微摇晃，透过一副非常厚的眼镜片善意地打量着排队的人们。他不时从大衣口袋里掏出

---

1 在28个俄文排名字母中排第11位。

一本小书，书的黑色封面上清晰地印着大卫盾[1]标志。老人读一两页后又把书放回口袋。

这当然是一位学者，或许，甚至是一位犹太长老，一位来自波尔托弗兰克大街的老哲学家。生活的所有不幸都不能搅扰他泰然自若的心境以及他对人们的善意，也不能打消他淡蓝色的、孩子般的眼睛里的笑意。

一个举止放肆的年轻人在队伍附近转来转去，留意着队伍的动向。他头戴钉着一枚小纽扣的便帽，脚上穿着一双松松垮垮的金黄色鞋子，闪闪发亮。

那时皮鞋是极其少见的。大家穿的都是木底鞋。整个城市充斥着木底鞋细碎的敲击声。每逢早晨，敖德萨人跑着去上班，那种敲击声尤其频繁。如果闭上眼睛，那么可以认为敖德萨的全体居民都在敲着响板欢快地跳舞。因此，那个放肆的年轻人金黄色的皮鞋在排队的人群中引起了默默的羡慕，人们赞赏的目光和叹息声流露出了这一点。

那个年轻人在琢磨，怎样不太被人注意，也不引起争吵，而混进队列中去。最后他看见了那位带着书的老人。自然，他觉得这位老人是温顺和对恶行不抵抗的化身。于是年轻人决定采取行动。他灵巧地把肩膀插到老人和前面的人之间，客气地把老人往后挤一挤，就站到了老人的前面，还不经意地说了一句：

"抱歉！"

老人还是那样温和地微笑着，弯起胳膊，把自己尖尖的小胳膊肘稍稍一拐，打量了一下，突然间以迅雷不及掩耳之势用这胳膊肘朝年轻人

---

[1] 大卫，公元前11世纪至前约950年以色列犹太国王。大卫盾也称大卫星，犹太民族的标志。

胸部"心窝"下面猛地一击。同时老人似乎是要修正年轻人的话,非常平静地说:

"不,是我抱歉!"

年轻人打了一个嗝儿,身体飞了出去,背部撞到一棵金合欢树上。便帽从他头上掉了下来。他捡起帽子,头也不回地向十字路口走去。直到十字路口他才转过身来,向老人举起拳头耍横,还带着哭腔说:

"苦役犯!老土匪!"

排队的人保持沉默。这件事让人猝不及防,集体的想法还没有形成,也没有找到明确的表达形式。而那位老人呢,从口袋里掏出书,全神贯注地读起来,看上去像是在搜寻适合在波尔托弗兰克大街寂静的庭院里与老朋友们探讨的什么真理。

一部分敖德萨居民觉得封锁的那些日子是平静的,只是因为他们完全不清楚城市之外在发生什么事情。实际上,对于还很年轻的苏维埃政权来说,局势是紧张和残酷的。要想摆脱城市所面临的危险,需要巨大的应变能力和对自己力量的信心。

问题在于白军从敖德萨逃离后,大约有邓尼金部队的七万官兵滞留在城郊和德国人移民区,以及所有这些利本塔尔、柳斯特多尔夫、马里因塔尔[1]地区。

盟国[2]还指望依靠他们在敖德萨发动暴动,并用其舰队的炮火从海上支援他们。

---

1 上述地点均为当时的德国人占领区。
2 泛指支持白军的西方国家。

除此之外，在郊区——摩尔达万卡、布加耶夫卡、斯洛鲍德卡-罗曼诺夫卡侨民区、远磨坊区和近磨坊区——根据保守的估计，还有大约两千名土匪、强盗、小偷、贼人的眼线、伪造假币者、赃物收购者，以及其他可疑的人。

这一由形形色色的人组成、容易冲动的群体的整体情绪难以捉摸。一般来说，匪徒们具有歇斯底里和喜怒无常的特点。谁也无法知道，如果发生暴动，他们会有怎样的表现。

那时在敖德萨的苏维埃军队很少。然而，盟国的分舰队已经在敖德萨沿岸巡弋，还派出了意大利的"拉基亚"号驱逐舰到前面侦察。

这时发生了一件事，使整个局势都被改变了。"拉基亚"号驱逐舰驶往大喷泉区灯塔的过程中船侧碰到了水雷。从表面看，这一事件只是从海上传到城市里的一阵轻微的轰隆声。所以这响声并没有惊扰到任何人。

根据敖德萨省委的命令，黄金海岸、大喷泉区、科瓦列夫斯基别墅、柳斯特多尔夫一带的渔夫们——都是些经验丰富、沉着冷静的人——立即驾驶着自己的平底帆船赶到发生爆炸的地点，救起幸免于难的意大利人，从即将沉没的驱逐舰上抬下遇难者的遗体，并且在分舰队的舰艇赶去支援之前就把遇难者遗体运到了岸上。

遇难的意大利人的遗体被运到了敖德萨。这一情况通过无线电通知给了分舰队司令。通知中说，发生这样不幸的事件，全城同悲，敖德萨将负责安葬英勇的意大利海员，并邀请分舰队司令前来参加这一隆重的葬礼，并且请求派水兵队来向死难者致最后的敬意。

海军上将回电表示同意——他别无他法。

到了第二天早晨，从港口到火车站附近的库利科沃原野——那里已备好阵亡将士公墓，红军部队以及我们的水兵队不带武器，列队站立。

所有房屋上都挂着表示致哀的旗子。送葬队伍经过的路上撒满了鲜花和侧柏枝。

十万敖德萨人参加了这一葬礼——当时的全体市民几乎倾城而出。

棺椁由港口的工人抬着。跟在他们后面的是晒黑的意大利水兵们,他们拿着步枪,枪口朝下。

外国舰队上的乐队和敖德萨的混合乐队奏着哀乐。敖德萨的混合乐队没有丢脸,肖邦的《葬礼进行曲》令人心碎的悲伤乐声使得敏感的敖德萨女人潸然泪下,不时掀起披肩角来擦拭眼睛。

新阿索斯修道院会馆的教堂里响起悲哀的送葬钟声。房顶上观看的人群黑压压站成一片。

墓地上有些人做了致辞。意大利人听致辞时"举枪致敬"。然后,军舰上告别的远程齐射炮声与库利科沃原野上的排枪射击声汇成一体。阵亡将士公墓成了一座耸立的放满鲜花的金字塔。

葬礼之后,敖德萨的布尔什维克在从前的凡科尼咖啡店内为外国水兵们举办了晚宴。阿金同志几乎把全部不可动用的粮食储备都用在了这次晚宴上。

在举行了这样的葬礼之后,当然也就谈不到炮击和暴动了。外国舰队上的水兵也不会允许这样的事情发生。他们感谢布尔什维克给予他们死难战友的尊重,为得到友好接待而深受感动。

老海军上将(人们说他长得像朱塞佩·威尔第[1])明白,战事暂时输了。他命令分舰队返回君士坦丁堡。于是分舰队消失在晚间黑海的烟雾

---

1 朱塞佩·威尔第(1813—1901),意大利作曲家。

中，对邓尼金部队的军官弃之不顾，让他们听天由命。

敖德萨省委允许携带武器的外国水兵队进市里，冒了一次很大的风险。但这是一种高尚的冒险，敖德萨的布尔什维克安排了这次葬礼，面对外国武装干涉者，打了一场不流血的胜仗。

省委的工作人员深信，葬礼必将激发分舰队的水兵与我们的工人、士兵团结一心的热情，任何命令都无法破坏这种团结。

封锁很快解除了。来自赫尔松的第一批木帆船抵达港口，运来了杏子。

此后，在一个万里无云的明媚早晨，在卡兰金防波堤附近有两艘土耳其小帆船靠岸，小帆船来自斯库台，如彩蛋般色彩明艳——那是敖德萨的第一批商船。

第二天，各家报纸隆重宣布，两艘土耳其小帆船已到达港口，运来一公斤打火机用的电石、玻璃珠串、镀金手镯和一小桶油橄榄。

当然，问题不在于有无这一公斤打火机用的电石，而在于从今以后大海自由了。我感觉，大海甚至也迅即发生了变化：在一阵阵海风的吹拂下，大海快活地喧响起来，雪白的浪花熠熠闪光，此前我还从没见过这样雪白的浪花。

现在每天都可以期待西南方向蔚蓝的海面上出现远洋轮船黄色的烟囱、巨大的船身、新奇的旗帜、庄严的汽笛声和锚链长久的隆隆声。这响声始终是对航海者的一个允诺，他们可以在一个陌生却美好的国度合法休息了。

错综复杂的情况

沃洛佳·戈洛夫奇涅尔喜欢带有哲理地说,我们的生活取决于各种情况的稀奇古怪、出人意料的交错组合。每当这时他会援引契诃夫的《伊万诺夫》中的话证明自己的正确性:

"我们的生活……人的生活就像一朵在原野上怒放的花朵:来了一只山羊,吃掉了花——花就不存在了……"

托列利同意沃洛佳的说法,他说,也许整个地球上的生活都是有规律地运行着,但要说到敖德萨,就不能确保如此。

他断言,敖德萨是一个古怪的城市,这里一切皆有可能,甚至会出现因为几把维也纳木椅而引发一场巷战的事。这时托列利就回忆起一九一九年敖德萨经历外国武装干涉期间的一件事。

外国武装干涉者把敖德萨划分成四个区:法国区、希腊区、彼得留拉区、邓尼金区。每个区都是用一排排维也纳木椅与邻区隔开。有一次,彼得留拉士兵趁着一个法国哨兵离开岗哨去方便的时机,把一部分椅子往自己这边拖，把别人的一大块地盘占为己有[1]。用托列利的说法，愤怒的哨兵引起了"影响极大的骚动"，甚至还开枪了。

但不管怎样，在下面要说到的这件事情上，沃洛佳·戈洛夫奇涅尔确实是正确的：出现了各种情况的稀奇古怪、出乎意料的交错组合（或者像沃洛佳所说的，"奇巧的组合"）。

在封锁最紧张的时候，几乎完全与外界隔绝的状态使敖德萨的生活甚至带上些许无忧无虑的意味，就在这样一个夏日的清晨，托列利到我住的下房来敲门。

"起床！"他隔着门对我喊道，"好像敖德萨开始了新的武装干涉。"

我赶紧起床。在敖德萨，无论发生什么事都不会让人感到意外。我和托列利从兰热隆港口旁的陡岸上看到蒙着一层轻柔的浅蓝色薄雾的港湾，见到了像托列利用绮丽的词汇所描写的，"有玫瑰色手指的曙光女神"——大海上空飘荡着的被宁静的朝霞照亮的缕缕薄云，还有港口清澈的水面上的两艘庞大笨拙、悬挂法国国旗的远洋轮船。

紧挨着这两艘轮船停泊的是一艘形态优美、舰身像灰色雪茄一样修长的法国鱼雷驱逐舰"博里中尉"号。透明的烟从它的烟囱里流泻出来，甲板上的一些铜质部件像几十个炽烈的太阳闪耀着。

我们向港口走去，但那里不放我们进去。港口被红军战士和我们的水兵部队封锁了。

法国运输船缓慢地、小心翼翼地驶近码头。

我们了解到，指挥"博里中尉"号鱼雷驱逐舰的是一位温文尔雅的

---

[1] 原文如此。按道理应是把作为界标的椅子往对方那边推，才能占有更多地盘。

法国知名航海作家克洛德·法列尔，《在鸦片的烟雾中》一书的作者。

这件事本身就非常有意思。但即刻开始的、从法国运输船上下船的情况更有意思得多。

从船上队列严整、保持肃静下来的不是雇佣兵，也不是咖啡色皮肤的塞内加尔人，甚至也不是法国外籍军团的士兵，而是我们的俄国士兵，他们穿着崭新的保护色军装，却没带武器。他们和旧的沙皇俄国部队士兵唯一的区别是锃亮的黄皮革制成的、轧轧作响的皮护腿。

士兵们在码头列好队，在苏维埃军队指挥员的陪同下去兵营。

是的，一小时后我们已经知道了全部情况。这里所说的"全部情况"指的是，第一次世界大战期间，依照尼古拉二世的突发奇想，俄国的一个步兵军团，即所谓远征军团，被派到了法国。这些士兵是从符拉迪沃斯托克由海路运到马赛的。

军团在马赛登陆，在纷纷向官兵们抛散鲜花、欣喜万分的法国妇女面前，整装列队通过巴黎。

共和国总统在凯旋门附近检阅了俄国军队。士兵们唱着雄赳赳的歌曲在总统面前通过：

留着额发[1]的小伙子们，痛苦不是不幸！

后来俄国发生了革命，俄国士兵自然拒绝继续作战，于是法国人把他们带到了后方，到了战俘营。我们的士兵在那里待了几年，要求返回

---

[1] 旧时哥萨克男性剃光头只在额头留一绺或一圈头发。

祖国，还不时组织暴动，引起了法国政府的惊慌。

最终法国人决定摆脱俄国人，把他们装上远洋运输船，与苏维埃政府协商好，由舰队护航，把他们送回敖德萨。

敖德萨的全体居民涌上港口的斜坡，欢迎俄国士兵归来。拥抱他们，亲吻他们，给他们送鲜花。

但之后发生了完全令人费解的事情。

当卸载结束，运输船立刻离开码头，在"博里中尉"号鱼雷驱逐舰的护送下开始向沃龙佐夫灯塔那边的碇泊场进发，这时，从我们的黑海街方向响起了雷鸣般的火炮齐射，榴霰弹在运输船船头的前方纷纷爆炸，形成一个火力带。

运输船关闭了发动机，而鱼雷驱逐舰调转船身，以船舷面对敖德萨，它战斗室上的紫光灯立刻炫目地闪动起来：这是鱼雷舰开始与岸上进行某种紧急谈判。

在被封锁的滨海林荫大道上架起了枪炮。表情专注严肃、腰间挎着毛瑟枪的水兵一言不发地抓紧忙活着。

顿时整个敖德萨都知道了，运输船的底舱里藏着大批武器，甚至包括轻型坦克。

法国人决定来个一箭双雕：摆脱掉这些要革命的俄国士兵，而在离开敖德萨返回君士坦丁堡的途中顺路去克里米亚，卸下给弗兰格尔的武器。

敖德萨当局从远征军团的士兵那里了解到这一情况，并通过无线电请求莫斯科给予指示。

莫斯科方面命令不放行法国运输船，并要求法国人把为弗兰格尔部队准备的武器卸在敖德萨，以避免不必要的流血。

法国人负隅顽抗。在敖德萨人们都在说，这一偷运武器的无耻欺诈事件是德·安瑟伦将军一手策划的。甚至他的盟军——邓尼金部队——都认为德·安瑟伦像木头塞子一样愚蠢,像泼留希金[1]一样吝啬。

两天过去了。全敖德萨的人都聚在岸上,猜测这一切将如何收场。法国人还在负隅顽抗,运输船的锅炉蓄足了蒸汽,因为烟囱一直在冒烟。

显而易见,法国人在寻求某种摆脱困境,同时能保持一点高雅的气度的办法。不过,他们当然没能想出什么办法,除了诉诸武力。

法国军事舰队将一支很有实力的分舰队从君士坦丁堡派到了敖德萨。分舰队司令向敖德萨发出无线电报,威胁说,如果他们的运输船得不到放行,就要用重炮向城市开火,把整个城市夷为平地。

莫斯科建议给法国人放行,以挽救敖德萨。我迄今仍记得我们了解了这一情况后的那种强烈的痛苦和懊丧。那时我们在海上还没那么强大,无法与法国的整个分舰队开战。

法国运输船离开的那天,我去了喷泉区,从那里可以看见开阔的海面。我从陡峭的岸上看到,海上的天际线笼罩在一层浓重的、无法穿透的烟雾中。这就是驶来的法国分舰队。舰队在距岸边几海里的地方停着,等待他们的运输船到来。

运输船全速驶离,"博里中尉"号鱼雷驱逐舰紧随其后,在两艘运输船间穿梭,转来转去。我们的一个炮台还是没忍住,朝着撤离的法国人发出一排榴霰弹齐射。

当时我深深地为法国、法国人,为伟大的法国文化,为狄德罗和伏

---

[1] 果戈理小说《死魂灵》中著名的吝啬鬼形象。

尔泰、雨果和斯丹达尔、左拉和科罗[1]、巴斯德[2]和德拉克洛瓦,为所有的法国伟人(我们当中没有什么人把他们与俄罗斯人区分开来)感到刻骨铭心的屈辱。在我们看来,他们像普希金、托尔斯泰、契诃夫一样亲切。他们的形象因为这些法国政治掮客及其代表——像公鸡一样傲慢的德·安瑟伦将军——而受到严重损害。我想象,假如斯丹达尔或者雨果还在世,他们会以怎样冷静的鄙视态度要求处决这位将军,以惩戒他这种懦弱的卑鄙行为。

---

1 让·巴蒂斯特·卡米耶·科罗(1796—1875),法国画家。
2 路易·巴斯德(1822—1895),法国科学家,现代微生物学和免疫学的奠基人。

"和平起义日"

在敖德萨电灯早就不亮了。人们把它忘了。灯泡上落了一层厚厚的灰尘。如果偶尔按一按开关,它们会因为生锈而发出尖叫声。

我们当中唯一一个为此感到高兴的人是沃洛佳·戈洛夫奇涅尔。

"每个时代,"他非常自信地说道,就像发现了一个非同寻常的真理,"都有它自己的风格。当代的风格就是要接近宗法制时代的生活。你们自己想一想,电已经归于一去不复返的时代了。有轨电车的轨道上长满了荨麻。土豆在城市的广场上开着花。烟臭的最后一些分子从空气中消失殆尽。如今我们穿的不是一般的鞋,而是希腊式的厚底靴,我们不喝伏特加,而喝纯净的水。依我看,这样好极了。黄金时代开始了。"

有一次,我身体不舒服。我没去省粮食特别委员会,在下房里一直躺到晚上。正值暮春时节。栗树花开,海面上升起一轮朦朦胧胧的月亮。

我在小煤油灯昏暗的光晕中心情平静地读《布罗克豪斯-埃弗隆百科辞典》的第十卷,突然发生了一件莫名其妙、令人不安的事情——

天花板下面电灯泡里细细的灯丝变黄了，还远远没有达到完全发光的程度，就不再增加亮度，静静地停滞下来。灯丝向周围的一切洒下如此暗淡、令人不快的光，房间似乎变成了停尸间。

我呆呆地望着灯泡，思量着灯光为什么会这么暗淡。显而易见，功率不够强劲的电流费劲地通过生锈的电线，勉强冲过挤满灰尘、包着没有黏性的绝缘带的接头，又在被蛛网缠绕的电表机件中受阻。

"最终它会亮起来的。"我给自己打气，但光没有逐渐增强，反而变得更弱了。但这灯光尚能照亮橡木书柜里教授那一排排令人感到压抑的书。

我想，这灯突然亮了，当然不会是没有原因的。这是一种让人猜不透的警告。当然，不是我一个人这样想。敖德萨城里开始出现表面看不出来的惊慌。敖德萨人明白，灯光出现之后将发生不愉快的事情。但会发生什么事呢？

托列利给了我这方面的暗示。他敲门走进下房，脸色发黄，眼睛好像变白了。他的胳膊上搭着一件水鼠皮领的崭新女大衣。

"我请求您，"托列利急切地说，"把这件大衣挂在您的衣架上吧。挂几天。这是我妹妹的大衣。"

我困惑不解，但还是从托列利手中接过大衣，把它挂到了衣柜里。大衣很轻，散发着香水味。看起来，托列利的妹妹拉希尔——一个还很年轻、面容姣好、因为长雀斑而肤色呈红褐色的女人——生病后一次也没有穿过这件大衣。

"怎么回事？"我问托列利。

"这里有一个逻辑。"托列利不自然地嘿嘿一笑，搓了搓手，"我和您都非常清楚，敖德萨供给发电厂的煤粉仅仅能用三夜。然而，给电站送电了。也就是说，三夜之内一定会发生什么事。并且这个'什么事'

一定需要电灯亮起来。"

"到底会发生什么事呢?"我不知所措地问。

"我怎么知道?!"托列利耸了耸肩,"圣巴托罗缪之夜[1]!屠杀婴孩[2]!劫持萨宾人的姑娘[3]!庞贝城的末日!看您更喜欢什么了。向您致意,明天见!"

之后他就走掉了,弄得我一头雾水。

最后我也没有理出头绪,就躺下睡了。我按了灯的开关后,开关发出吱吱的响声,但灯泡并没有熄灭。我开始把开关按来按去。它响得更刺耳、更厉害了,但灯泡一直亮着。它连闪都不闪。于是我就爬到椅子上,用报纸裹住灯泡,试图把它拧下来。但灯泡粘在灯头上了,所以,啪的一声,就像一声枪响,灯泡爆了,灯熄灭了,现在是永远熄灭了。

我没关窗就躺下了。大海的喧响时而无精打采地传到下房中的我的耳畔,时而不紧不慢地向房子之外退去,很快就令我昏昏欲睡。

拂晓时分我醒来了。窗外的侧柏树枝上积聚着露水。花园里寂静、空旷。只在总放着一个石灰桶的墙角出现了一个看不清形状的黑乎乎的大家伙。

我端详了这一堆黑乎乎像干草垛似的东西很长时间。那里面有什么东西让人害怕,但我还是克服恐惧心理,从窗户爬出去,到了花园里,

---

1 圣巴托罗缪之夜,指1572年8月24日(圣巴托罗缪节)前夜在巴黎由叶卡捷琳娜·美第奇和吉兹家族组织的天主教徒对新教徒的大屠杀。
2 屠杀婴孩,据福音书载,罗马统治犹太人的希律王得知未来的犹太王耶稣诞生在伯利恒,但不知其具体所在,便下令杀死伯利恒所有的婴孩。
3 劫持萨宾人的姑娘,罗马历史传说时期的事件:邻近的部族萨宾人不愿把女儿嫁给罗马人,罗马皇帝罗慕洛邀请萨宾人去过节,趁机抢走了萨宾人的许多姑娘。

走到这堆东西近前。

这堆东西是几件旧的，但很贵重的毛皮大衣。一件海狸皮领子的黄鼠狼毛皮大衣，两件老式春秋两季穿的厚呢大衣，还有一件卡拉库尔羔羊皮的女大衣和一件袋鼠皮的女式短上衣。

在毛皮大衣这一层的下面，我发现了一个矮凳，锦缎蒙面，镀金的凳腿奇异精巧。有一次，我在剧院看《黑桃皇后》时，在老伯爵夫人脚下见过这样的凳子。

我想把凳子拉出来仔细看看，但我是自不量力——刚把它拿起来，马上又摔掉了。我觉得凳子好像是灌满了铅。

我用脚踢了踢它，听见在它里面，在路易十四时代典雅的锦缎下面有什么金属的东西发出叮当的响声。它越发神秘了。但在解开这个谜之前，我先跑到最近的一家小店买面包。这家小店一天只营业两小时。我担心去迟了，就没有面包吃了。

我返回后，那一堆毛皮大衣上已经盖上了干草和旧树叶，盖得那么精细，谁也不会想到这里藏着什么东西。

这件事如同所有不可思议的事情一样令我心绪难平。我知道出这个院子唯一一扇便门的钥匙在普罗斯维尔尼亚克手里，于是我就去找他，看他做何解释。

在我们而言，普罗斯维尔尼亚克的行为一直好似一种晴雨表。如果他遇到我或者雅沙时，不正眼看我们，做出一副没听见我们说话的样子，和我们说话时不时打断我们，冲着厨房里从前当过修女的女用人大喊大叫"涅奥尼拉，不要倒那么多素油！"或者其他类似的话，那么这就意味着，敖德萨苏维埃政权的地位在一定程度上发生动摇了，不过只是在最小程度上。

假如普罗斯维尔尼亚克怀着戒备之心对人很客气,用两只手往上托着自己的黑色胡子,笑时发出的是那种不自然的男低音,那么这就说明苏维埃政权是稳固的。

这一次普罗斯维尔尼亚克拘谨而客气,但却因为愤恨而翻着白眼。听我讲完那一堆毛皮大衣和凳子的情况,他谦卑但又郑重地答道:

"您,备受尊敬的康斯坦丁·格奥尔吉耶维奇,作为苏维埃政权机关的职员,对你们那些当家人的所作所为也负有某种责任,尽管责任有限。您应该知道,从即日起敖德萨被宣布进入'和平起义日'。按照当局的解释,这个'和平起义日'将持续四天时间。"

"我还没去过城里,"我回答,"'和平起义日'是什么?"

"既然这样,我请您全面了解一下情况!"普罗斯维尔尼亚克把一张灰色的纸放到我面前的桌子上。他的手在发抖。"这是昨天晚上十一点我亲手从自家墙上揭下来的。"

我看了一遍敖德萨执行委员会的命令,命令上说,从今天起,有产阶级的财物将成为人民的财产,为了对其进行没收,在敖德萨宣布实行"和平起义日"。

在这一天,将无一例外地没收所有公民多余的物品和粮食,清单上列举的最低必需品除外。

我浏览了一遍这张清单。上面印着"每个公民可留下使用的东西有:一套外衣、一套内衣、一双皮鞋(靴子除外)、一顶帽子",以及其他等等,清单中甚至列出"一把汤勺、一把茶匙、一把刀、一把叉子、一个杯子、最低需要的做饭器皿和一百克糖"。

"如发现黄金和贵重物品、外汇,还有奢侈品和投机买卖的物品,藏匿此类物品者将被按叛国罪和反革命罪送上法庭。"

"完蛋了!"普罗斯维尔尼亚克突然说了一句,我甚至打了个寒战。我第一次从他尽是甜言蜜语的嘴里听到这样发狠的话。

"那么,丹尼尔·谢苗诺维奇[1],"我说,"劳您大驾,请把您所有的东西从我窗下拿走,藏到您想藏的地方去。您可想而知,我可不想因为您的遭虫蛀蚀的毛皮大衣和塞满金子的凳子而被枪毙。"

"您大错特错,康斯坦丁·格奥尔吉耶维奇,"这位还俗神父把两手放到胸前柔声说道,"您不必发火。确实,有两件毛皮大衣是我的,而凳子是伦南坎普夫将军的姨妹拿来的。我心肠慈悲,不能拒绝她,因为我是当着她的面藏了自己的家当。请您站在我的位置想一想。天一黑,我就把这些都拿走。"

"好吧。"我同意了,"等到晚上就等到晚上吧。"

普罗斯维尔尼亚克大概忘了自己是一个还俗的神父,他向空中举起双手,就像在讲道台上一般用那种富有煽动性的、虚伪的声调说(同时,有一瞬间他的两眼放射出狂怒的火焰):

"自相残杀的时代!人类的龌龊和敌基督的诡计当真是无所不用其极!"

他放下手,用恢复了常态的声音继续说:

"我尊敬您,但第三套住宅的住户,装配工加瓦尔萨基同志却令我心神不宁。他收购炸药。说不定什么时候我们大家就会受他牵连,被逮捕和枪毙。我用脑袋担保!请提防着他!您看着点,别让他把他造花炮的那些鬼怪玩意儿埋在花园里。毛皮大衣是不值一提的事。唉,最糟糕

---

1 普罗斯维尔尼亚克的名和父名。

的情形就是'同志们'来把这些东西没收。我做好了一切准备。"

我离开时确信,普罗斯维尔尼亚克不会把他的东西从花园里拿走。结果确实如此。傍晚我和雅沙回来后,发现那一堆东西已经沿着围墙铺展成了一堵墙。所有东西都像最初那堆东西一样,被仔仔细细地用柴秸盖好,现在我觉得最初那堆东西与此相比简直是小巫见大巫了。

在这堵由各种东西堆成的墙边,一位令人起敬的花白络腮胡子老者坐在一把维也纳木椅上打着瞌睡。他看上去颇有老式做派,以致我可以认为,花园里是在拍摄冈察洛夫或者奥斯特洛夫斯基[1]时代的电影。

"您当然是没有把东西拿走,"我对普罗斯维尔尼亚克说,"好吧,让上帝来评判您吧。不过,坐在花园里椅子上的是什么人?"

"看守,"普罗斯维尔尼亚克神神秘秘地答道,"你我私下里说,东西是从整个黑海街陆续搬来的:这里确实是一个僻静所在。但是,人们自然是感受到双重的恐惧。一方面,当局可能会没收所有的东西;另一方面,敖德萨的强盗会突袭。所以就决定轮流警戒,直到危险过去。加瓦尔萨基同志也带着他造花炮的玩意儿往花园里闯过,但我没有让他进。"

"带着什么造花炮的玩意儿?"

"他想把瓶子藏起来,是装有不明液体、容量为两维德罗[2]的长颈大玻璃瓶。这个加瓦尔萨基脑筋有问题。"

"哦,对,对!"雅沙了解了花园和楼里的总体情况后说,"我可以预言,你们这里的情况会以一场十分惨重的灾难收场。"

---

[1] 亚·尼·奥斯特洛夫斯基(1823—1886),俄国剧作家。
[2] 维德罗,俄国容量单位,一维德罗约合12.3升。

那天城里首先令我震惊的是，街道上车水马龙，盛况空前。特别引人注目的是大量五花八门的童车，以及各种用来搬运小物件的器具，甚至还有像骡子一样驮着很多东西的自行车、低矮的小轮木板车。大多数童车破烂不堪，用一段一段的绳子捆着。

这条童车的车流全都在朝希腊市场那个方向滚动。从后面推着的小木板车喀啦啦响着，也欢蹦乱跳地奔往那里。一些人带着包裹和手提箱，气喘吁吁，行色匆匆赶往那里。台灯和缝纫机、裁缝用的乳房高耸的人体模型以及牙医用的扶手椅也都被运往那里。

这一强大的车流人流在悄无声息地向前移动。特别令人称奇的是童车里的孩子毫无声息。看上去所有的孩子都在酣睡。他们当中没有一个哭叫，一次也没有。此外，小车里所有这些被覆盖和包裹得密不透风的孩子显然都是未来的巨人：小车被他们难以置信的重量压弯了身躯。车轮一直摩擦着破烂不堪的车身。

童车的这种自发迁移持续了一整天。省粮食特别委员会的职员们从窗口注视着车流。非常短暂的停留或者减速都会让这些观者感到不安。人们从窗口探出身子，焦急地对推童车的人喊着：

"那里怎么了？不让通行吗？那么拐到佩列瑟普去。他们最后才到那里。"

"哦，不是的，让通行，"街上的人不情愿地回答，"这里只不过是一辆小车散架了，把大家耽误了。"

"那车里装的是什么？"窗内有人饶有兴致地询问。

"是几罐酥糖。"街上的人答道，"大概有五普特吧，这些酥糖。足足一仓库！"

我刚一到省粮食特别委员会，托列利就给我解释了城里正在发生的

"和平起义日" 61

人员和车辆从一个街区迁往另一街区的事件的目的。

昨天夜里希腊市场区没收了多余的财产。因此,还没有被没收财物的其他区的居民,比如火车站区的居民,就把自己的贵重物品运到希腊市场区,把那里当作安全的避难所。第二天,如果火车站区进行完清理工作,整个这条童车和人组成的洪流就会涌回去,再为从法国林荫道上搬出来的东西腾地方。

"这就跟战时一样,"托列利说,"您是知道的,炮弹很少两次落到同一个地方。因此,要想保命,最好躲在刚刚炸出来的弹坑里。这不,我们的希腊市场区就成了这样的弹坑。"

我和雅沙整宿都睡不实在。那些堆放在花园里的东西的主人像蝙蝠一样在窗外走来走去。稍有一点动静,他们就好像遁入了地下,不见了身影。

我们无法踏实入睡,还因为时时刻刻都在等待搜查队的出现。我们谁也不知道,什么时候才终于轮到我们住的黑海街。

因此,我和雅沙躺着,侧耳倾听着从街上和花园里传来的各种难以解释的响声,尽力猜测每一种声音产生的原因,以此解闷。

从主楼传来轻微的嘈杂声。那是所有那四套住宅的住户不安的低语汇成的声音。不过,在这嘈杂声中加瓦尔萨基同志令人厌烦的抱怨声听起来还是很明显。他还没有把装有易爆炸的不明液体的瓶子卖掉。

"我们这样快活,会乐极生悲的,"雅沙·利夫什茨说,"我要是您的话,就从花园里的那些东西中把那个有镀金腿的凳子拖出来,把它扔出去,让它见鬼去。把它扔到隔壁的院子里,怎么样?您明白吗?因为它您有掉脑袋的危险。您怎么能证明它不是您的东西呢?"

"那么您就自己起来把它扔了吧,"我平静地说道,"您会和那一大群藏东西的主人打交道。我现在是无所谓。"

雅沙不再说话了,但听着他直喘粗气的声音,我明白,他生气了。

"哎,你们这些有产阶级的代表!"突然,他大光其火,朝窗外喊道,窗外有什么人臃肿的身影惊恐地跑过去。"省长们和宫廷女官们!你们能不能别再在我们窗下晃来晃去了?你们这些'考德洛'[1]根本不让人睡觉!"

同往常一样,由于愤怒,雅沙后脑勺的一撮黑色的头发竖起来了。雅沙大喊之后,花园里和楼内,正像人们经常说的,"笼罩着"令人胆战心惊的寂静。我把脸埋在枕头里,哈哈大笑起来。

"您怎么了?"雅沙突然责问我。

"首先,"我回答,"您不知道'考德洛'一词的意思,其次……"

但我没来得及把话说完。加瓦尔萨基同志没敲门就从院子里进来了。他没有开口,但面带责备之色站在门口,他甚至把两手交叉放在胸前。

"您想干什么,年轻人?"雅沙问他,"'晚安!'这就是在这种情况下对蛮横无理的人所说的话。"

但加瓦尔萨基甚至没看雅沙一眼。应该提到的是,加瓦尔萨基的外貌会让最不苛求的人也感到很不舒服。他长着一张土色的长脸,黑鼻子长长的,稍稍偏向一边,一双油亮的眼睛周围是带有悲伤色彩的黄眼圈,并且他的两条腿总是磕磕绊绊的,他说话唠唠叨叨,这一切表明他是一个倒霉的人,习惯于顺从地承受命运的打击。加瓦尔萨基头脑迟钝,从来不能保证他能完全听懂别人对他说的话。

---

[1] кодло,乌克兰语,意为坏种、败类。

加瓦尔萨基一直没有说话，稍稍张开嘴巴后，仔细地打量了这间下房很久。后来他终于开口说道：

"倒是可以放到这里，门后面……那里只放得下一个瓶子。可是我有三个瓶子。"

我在雅沙的眼睛里看到了恐惧。

"他在说什么？"雅沙问，"他想干什么？"

"或者可以把它们塞到柜子里？"加瓦尔萨基平静地自言自语，"我的东西都是好东西。纯醚。"

"什么醚？"雅沙面带恐惧之色问了一句，瘫坐在自己的床上。

"我对您说了——是纯醚。'硫醚'。怎么，您开玩笑？每一瓶能换三普特面粉和一瓶神灯油。这可不是什么不起眼的小玩意儿。如果他们在你们这儿发现它，那么当然会把你们抓起来，会把你们枪毙！但他们不会到你们这下房来的。我用生命发誓。这不是住人的房子，是边房。他们关注它有什么用呢？而在我的住处，瓶子就立在房屋正中间，就像在舞台上。我因为这个神经紧张。同志们，我不知如何是好，头都痛了。"

雅沙跳起来，逼近加瓦尔萨基，压低嗓音、用从未有过的凶狠语气说："从这儿滚出去，不然我像扔狗崽儿似的把您扔到门外。滚！"

加瓦尔萨基惊讶地看了看雅沙，挠了一下后脑勺，很不情愿地走出房间，小心翼翼地随手掩上门。出去之前他问我：

"您的这位朋友他怎么了？精神病很严重吗？"

雅沙用钥匙锁上门，吹灭小油灯，躺下来，在黑暗中辗转反侧很长时间，骂自己鬼使神差地来到了黑海街。

我开始入睡。睡得迷迷糊糊的我闻到一种奇怪的、有点刺鼻的气味。我突然觉得我的身体变得轻飘飘的，我的心脏在慢慢地，但确实是在渐渐停止跳动。

它最后跳动了一次，我勉强可以听到它跳动的声音，后来它完全静了下来，我感觉不到任何痛苦和恐惧，一股温暖、令人心旷神怡的清新气息波浪般地萦绕着我。我竟然满足地笑了。

这时我立刻听到好像从宇宙深处响起的雅沙·利夫什茨雷鸣般的喊声：

"起来！快！醚！"

雅沙猛地拉了一下我的脚。我在床上艰难地坐起身来，然后又倒了下去。雅沙抓住我的肩膀，摇摇晃晃地把我拖到下房低矮的小窗户前。

"爬到花园去！"他喊道，并推我的后背，"啊，可恶的，狗崽子！加瓦尔萨基，见鬼的希腊佬！快！我们会没命的！快！"

我费劲地把身子探向窗外。外面有人抓住我，把我拖到了花园里。这是托列利。雅沙跟在我后面，也从窗户里爬了出来。下房里弥漫着一股浓重的、难闻的气味。

"我以上帝的名义祈求大家！"普罗斯维尔尼亚克把双手举向空中，带着哭音喊道，"别在这里吸烟，别划火柴！我诚心恳求大家！不然，房子就会飞上天！别到排污井那里去！有生命危险！"

我恢复了知觉。拂晓初现。花园里挤满了惊慌失措的住户。他们都紧靠在石头围墙上。

托列利的妹妹躺在一棵老金合欢树下，身体下面铺着被子。

"怎么回事？"我四下打量着问道，"来搜查过吗？"

"才不是这样呢！"托列利用有些做作的、精神饱满的声音答道，"上帝愿意创造奇迹，代替搜查。"

这时所有的住户突然像听从口令似的一起笑了起来。女人们用手帕掩着嘴，笑得前仰后合。男士们没笑出声，但浑身乱颤。托列利嘿嘿笑着，还尖声叫着，而普罗斯维尔尼亚克捋着胡须，不时哈哈一笑。就连雅沙也笑得咳嗽起来，直吐痰。

我开始害怕了。

"别笑了！"我喊道，"出什么事了？"

原来，夜里两点钟搜查队到了旁边那栋楼。那时吓得六神无主的加瓦尔萨基抓起他那几瓶醚，把它们全都倒到了卫生间的水槽里，他也立刻消失了，去向不明。

醚让人难以忍受的有毒气浪涌进了整栋楼，顺着下水道冲进下房，冲进旁边的那栋楼，开始在水管的各个接口往外渗，通过排污井在街道和各个院落中弥漫开来。

我们这栋楼和旁边那栋楼的所有住户都及时地跑出来了。人们勉强把托列利的妹妹抱出来。搜查队退缩了，绕过被醚污染的楼房，匆忙去搜查远处的楼房，显然是为了避免中毒。快到早晨的时候，搜查队走了，临走时威胁说，即便是加瓦尔萨基跑到天涯海角，也要把他找到，拧掉他的脑袋。

就在那一天，那些东西都从花园里消失了，物归原主。东西神不知鬼不觉地消失了，速度之快，令人惊讶。还俗神父打扫了花园，后来下了一场雨，压下了灰尘，洗去了夜间混乱的所有痕迹，沿海的蓝色静谧重新降临到整个下房，并且再也不会消失了。

雅沙回到城里自己的住处。他离开之后，沃洛佳·戈洛夫奇涅尔搬到了黑海街我这里，代替了雅沙。

每个时代人类的感恩之情都是如此。一周后，加瓦尔萨基回到家中，安然无恙，但一副憔悴不堪、变傻了的模样。各个住宅里还稍微有一点儿醚的气味。

尽管加瓦尔萨基使楼里的住户们躲过了搜查，但他们还是合伙猛烈攻击他。几乎没有一天他们不谈起关于他的各种滑稽可笑和愚蠢的事情。

加瓦尔萨基挠着后脑勺，徒劳地试图得到住户们哪怕一点点的同情。但就是这一点点同情他也没有得到。只有沃洛佳·戈洛夫奇涅尔能耐心听完他的话。但当加瓦尔萨基走了之后，他也会唉声叹气，绝望地摇着头说道：

"不，这样的公民当然是发明不出煤油来的！"[1]

---

[1] 19世纪末20世纪初，由于煤油炉的出现，日常生活中对煤油的需求大增。20世纪20年代中期到50年代末，在俄国以及后来的苏联境内煤油炉很受欢迎。

奥地利海滨浴场

　　一堵高高的混凝土板墙护住了卡兰金港湾，使它免受大海的侵袭。这堵墙就变成了停泊场的防波堤。

　　冬季强劲的海上风暴在这堵墙上击出了一个很宽的缺口，并在墙下方靠海的那边冲积形成一个不大的沙滩浴场。外国武装干涉时期最早使用这一浴场的是奥地利士兵。因此，这个非常舒适、温暖的偏僻浴场就得了一个"奥地利海滨浴场"的称呼。

　　从城市到这个浴场要比到兰热隆的大海滨浴场远些。所以经常到奥地利海滨浴场来的只是那些喜欢无人场所的人。或许还有那些喜欢古代大海景致的人，那种景致主要保存在那些已经发黄的杂志版面上。因为去奥地利海滨浴场需要穿过港口，要从沉到地下并已卸下炸药的球形水雷和涂成黄、红两色的浮标旁边过去，从通往水边的石梯和信号杆、旧的小驳船和一盘盘已经腐烂的缆索旁边过去，还要经过防波堤上一栋神秘的小楼，那栋小楼有一个白色的小塔楼和一个锈迹斑驳的阳台。楼的底层是封闭的，没有窗户，这就使它与要塞或者碉堡有些相似之处。

这栋楼顶上铺的是马塞瓦。楼的旗杆四周常常发出风的欢唱，在第二层的窗子里，窗帘没有拉好，可以看见窗帘内墙上几幅褪了色的地图和堆在窗台上的书籍。这栋海边楼房没有人住。倘若允许我搬到里面住，当然，我就会认为自己是世上最幸福的人了。

我不仅会用新的地图和书籍来装饰这栋小楼，而且要让海上的空气充溢其间，让在四周弥漫的一片蓝色中呈玫瑰色的阳光把它晒暖。

奥地利海滨浴场好像是为了阅读那些需要慢慢品读的书籍而建造起来的处所，读这些书的过程中，常常要把书先放在一边，为的是在沙子里翻寻一阵，也许能意外地找到一块水晶碎片。

它是打盹小憩的极佳去处。从辽阔大海上吹来的海风使眼睛感到很舒服，微带咸味的氧气久久在肺部萦绕，让人有些醺醺然。

在经常来奥地利海滨浴场的为数不多的光顾者之中，我遇见了伊里亚·伊利夫（那时他还没有笔名，大家都叫他伊柳沙·法因西尔堡）。我喜欢他平静而忧郁的面庞。总觉得，某种半睡半醒、半现实半故事的状态支配着他，他因此经常在海滨浴场上睡着，人们不得不在日落时分把他叫醒。

很多年之后，我读了伊利夫的《笔记本》中的几篇笔记。从那时起，我就不能摆脱这样的想法：其中的一切正是那时，即一九二一年他在奥地利海滨浴场上想出来的。在此我引用一段这样的笔记：

"从前在临睡时常常出现一些令人欣慰的想法。例如，被日德兰海战终结的英国舰队的出航。我久久地注视着空旷的港湾，这令我昏昏欲睡。有数万人在海上。然而港湾里却静寂、空旷，令人心神不宁。"

"我久久地注视着空旷的港湾。"那时，在敖德萨好像没有比注视空旷的港湾及其许许多多的细节更让人习以为常、更能引发忧伤的事了。它们特别可爱,那些细节。宁静的光,正午太阳的炎热,缓缓摇荡的近在咫尺的波浪,这一切赋予了它们最具有南方特点的美。

生活中我不得不频繁行动。行动总是推动着生活从一种状态进入另一种状态,引导它沿着不同的轨道前行,使它在各种各样的、有时是最稀奇古怪的拐角旁边转弯。

但这其中没有无谓的操劳,没有多余的交谈,也没有与任何人无原则的交往。

相反,与行动联系在一起的是:对观察的渴望,像透过放大镜一般对生活近距离审视,以及致力于赋予生活(在自己的想象中)比实际上多得多的诗意。

我会不由自主地给生活增添一些色彩和光明。我喜欢这样做。由此,生活在我眼里充满了超常的魅力。

即使我很想消除自己的这一特点,我也无法做到,正如后来我才明白的,这种特性已经成为作家工作的原则之一。也许就是因为如此,对于我来说,写作已不仅仅成为一种行当,一种工作,而且已成为我个人生活的常态,成为我内心世界的常态。我经常觉得自己似乎就是生活在一部长篇小说或者短篇小说的情节里面。

正是在待在敖德萨的这段时间里,我执着于这种透过放大镜来辨析生活的愿望,毫无疑问,这与在港口的信步漫游和在奥地利海滨浴场度过的无忧无虑的时光相关。

时间抚平了那个时代像刀刃上的缺口般尖锐的悲伤和不幸。记忆不愿意去触及这些。记忆更愿意透过当时鲜有的快乐,追忆那些在明亮底色中呈现的往事。在后来漫长的岁月里,这些快乐变得富有意义、举足轻重。不管是罹患伤寒、遭遇饥荒、身处冰冷的陋室,还是对未来的日子陷入一片迷茫,都没能摧毁我们对我们的人民幸福命运的信心。

青春是不可战胜的。它能够把但丁笔下的地狱变成让人心驰神往的场景。尽管饥饿导致了浮肿,但我们还是能感受到下房窗外第一朵花的淡淡芬芳,为此而满心欣喜。

我和很多自己的同龄人把那些残酷的岁月视为毋庸置疑的巨大希望,我们接受了它们,并把它们铭记在心。

这种希望永远存在,并且存在于一切事物之中。它犹如冲破敖德萨冬季天空重重乌云的太阳的闪光,渗透到我们的意识当中。院子里一棵冻坏的、挂满冰碴的滨藜细茎,突然之间被不知从何处投射过来的温暖阳光照亮,我在这光照中已经感受到春天正欣然临近。

一次,在奥地利海滨浴场,一个身材瘦小的人坐到了我和沃洛佳·戈洛夫奇涅尔的身旁,他发不清卷舌音,眼神无精打采的。他的手里拿着一顶褪了色、失去了形状的海军帽。

这个人用那顶海军帽捧了一大堆杏,递过来请我们吃。

我们一起把杏吃完之后,这个陌生人说,他是《俄罗斯言论报》以前的工作人员,叫叶夫根尼·伊万诺夫。

"你们也许听说过我,听说过热尼卡·伊万诺夫吧?"他微笑着问,露出尖细的牙齿,"我赢得了一个冒险家的美誉。但这一切都是地地道道的敖德萨谎言!我对你们有两个建议。不是随随便便,而是非常郑重其事提出来的。"

他潇洒地把海军帽往后脑勺上一戴,拍了拍我的肩膀。

"第一个建议是,"他说道,"两周后敖德萨将开始发行一份海事报纸——《海员报》。你们面前的就是这份报纸的技术编辑。到我那里工作吧。我听人说起过你们。我们将竭尽全力打造这份报纸,让大仲马和布瑟纳德[1]的长篇小说在它面前都黯然失色。我们将用专门订购的用马尾藻制造的纸来印刷这份报纸。我们将把地球上所有的大海、瞧,都紧紧抓在这只手里,"他把细小的手指攥成拳头,"就像榨菠萝汁一样,从中挤出大量绝好的材料用于办这份报纸,五十年后,要想搞到每一份《海员报》,收藏者都得花一百个金卢布。"

当然,这不过是耸人听闻的虚假之词。我看着他,他说得那么陶醉,嘴角开始像孩子一样溢出口水。

"我不是开玩笑,"他笑了笑,说,"您愿意做编辑部的秘书吗?同意吗?"

"我同意。"我想都没想就回答。

但沃洛佳·戈洛夫奇涅尔以自己不是记者,并且负责着省粮食特别委员会的一个科为托词,拒绝到《海员报》工作。

"那您就待在您的省粮食特别委员会吧,"伊万诺夫不屑地说道,"在那里,您想搞一瓶麦芽糖,办个有玉米面干面包的隆重茶会来庆祝编辑部成立,您都办不到。知道吗?您办不到!嗯,而第二个建议要简单得多。趁着说话这工夫,我和你们是不是可以脱掉衣服,到那边的礁石去,多挖一点儿海虹当晚饭呢?生产工具我这儿有。"

他从怀里掏出一把有锯齿形缺口的奥地利刺刀。

沃洛佳不想下水。他是非常棒的游泳能手,但是在海滨浴场上他总

---

[1] 路易·亨利·布瑟纳德(1847—1910),法国作家。

是犯懒。

我和伊万诺夫脱掉衣服,向旁边的礁石走去。

"海虹,"伊万诺夫说,"我们就放到我的帽子里吧。"

采海虹的程序可以归结为:我用这把钝刺刀把自己的手磨出血,从礁石上挖出海虹,而伊万诺夫把海虹放到他湿漉漉的海军帽里去。

但采海虹的时间不长。一个相当粗鲁的女人声音从浴场那边传来,声音很大:

"热尼卡!你钻到哪儿去了?马上出来!"

"玛丽努什卡,"伊万诺夫带着讨好的声调地高喊着回答,"其实我只是……"

"我要等你很久吗,浪荡鬼?!"女人又喊起来,最后我终于看见了她。"爬出来,我说!你想弄成肺炎吗?你不可怜自己,可总得想想孩子们吧。"

"我妻子,"伊万诺夫信任地告诉我,"玛丽娜。终归是找来了,可恶的妖女。非同寻常的妖女!不过也是个妙女子。只好走了。"

实际上,玛丽娜是一个长着一双安详的大眼睛、像茨冈女人一样皮肤黝黑、嘴唇上方有黑黑的汗毛、身材高大的女人。她与我和沃洛佳握了握手,说:

"今天晚上到我们那儿去吧。我弄到了一小块猪肉。咱们把它煎熟了,就着玉米粥一起把它吃掉。我的热尼卡好胡闹,像只猫。得目不转睛地盯着他。别看他那么瘦小,举止优雅,像个芭蕾舞女演员,却是头号的拈花惹草之徒!不错,他的确是个出色的记者,这方面他有真正的才干,不过喜欢干投机勾当,耍阴谋诡计。"

"闭嘴!"热尼卡说道,单腿跳着,往上拎着帆布裤子,"不是你的

奥地利海滨浴场 73

事还要管，看，裤子上的扣带都断了。"

"要是他已经邀请你们到《海员报》工作，"玛丽娜不理会热尼卡的话，接着说道，"那么你们俩一定能够办一份让人惊喜的报纸。但就是要小心，别让他胡说八道。他的性格很可怕。"

这样，在奥地利海滨浴场上，我成了《海员报》的职员，迄今我都认为我很走运。我只能用后面要讲的故事来证明这一点。

甘油肥皂

我到《海员报》工作之前的两周内发生了几件事,其中最令人悲伤的是托列利妹妹的死。

她叫拉希尔。她感染了当时新出现的一种疾病——"西班牙流感"。这是一种会引起并发症的恶性流感。

托列利不再去省粮食特别委员会了。他像一个卫生员那样亲自照料妹妹。我和沃洛佳经常去看望拉希尔,尽管每一次托列利都很害怕,试图把我们赶走,他担心我们被传染。

沃洛佳·戈洛夫奇涅尔不知从哪儿弄到一小块旧甘油肥皂,把它给了拉希尔。尽管拉希尔发着烧,身体虚弱,她还是高兴得拍了拍手,脸颊变得红扑扑的,上面的雀斑也变成了淡淡的小点了。

不仅是拉希尔,就连我们也都对着亮光细看这块神奇的肥皂。它不时地发出一圈一圈微弱的金黄色闪光,散发着幽幽香气,尽管那香气已经不那么明显。

有一次，托列利需要去城里，没人留下来照顾拉希尔，于是他让我陪陪他妹妹，但要离她远一点，待在门边。

我在这之前已经离开了省粮食特别委员会，所以一整天都有时间。

拉希尔闭着眼睛躺着，面带微笑。她把那一小块甘油肥皂放在自己胸前，用小提琴手的有力手指紧握着。拉希尔向敖德萨音乐界一位知名人士纳乌姆·托卡里学过拉小提琴。

那位"知名人士"教自己的学生"练习弓法"，"教他们指法"，教得很出色，但他只是一个有实际经验的人，缺乏高深的造诣。

"您是怎么演奏这部作品的！"托卡里对某个学生喊，"柔和感在哪里？优雅感在哪里？甜美感在哪里？您想象一下，您的妈妈罗扎莉娅·约瑟福夫娜用欧洲甜樱桃熬好了自己拿手的果酱，您期待着，马上就要享用这美味了。您甚至在流口水。就应该这样演奏这部作品！预先体会！预先体会！预先体会！预先体会！"

这位大师说话的同时，生气地用脚打着拍子。

拉希尔很少提起她拉小提琴的事。现在她睁开发炎的眼睛，对我说：

"请什么也不要对阿卜拉姆[1]说，我知道，我很快就要死了。他会把我葬在犹太人的墓地，那里也埋葬着父亲、妈妈、弟弟阿尔卡沙。那儿让人很郁闷，那个墓地。看在上帝分上，别再让我相信什么我会康复的，什么我的脸颊会像西红柿一样红润起来，可能我还会嫁给一个头发鬈曲、穿着'开领'衬衫、挂着银表链的年轻人。这一切我已经听阿卜拉姆说过一百次了。您最好给我讲讲马略卡岛在哪里。"

---

[1] 托列利的名字。

"您为什么要知道这个?"

"我们上过一次课,讲的是肖邦的故事,说他在那里住过。但后来我一次也没有想起过这个岛,今天不知为什么却梦见它了。那里的一道道山岗上淌下一条条浅浅的小河,河水清澈而温暖,可这些河是那么宽,像从这里到卡兰金那么宽。那些河从绿茵茵的草地上流过,而草地上有各种各样的花高出水面,一直在水流中摇摆着。我光着脚蹚过这些河流,脚下踩着绵绵的草地,这真让我感觉心旷神怡。"

拉希尔睁开眼睛,转过头朝窗外看了看。金合欢树上方,一朵朵小小的云彩犹如一颗颗白色的球形炮弹在天空中掠过,好像是看不见的舰艇从古老的铜炮中把它们发射出来的。

"在这里,在敖德萨,"我对拉希尔说,"现在住着诗人格奥尔吉·申格利。还是在战争期间,我在莫斯科的一个晚会上听过他朗诵自己的诗。我只记得其中的三句:'有一些岛屿,遥远如梦,柔和如女中音轻轻的嗓音——马略卡,米诺尔卡,罗得和马尔他……'后面的我不记得了。肖邦确实和乔治·桑在马略卡岛上住过。在一个废弃的修道院里。那时肖邦已经病得非常严重,因此这个西班牙岛屿上过强的阳光使他恼火。"

我打住了话头。

"那后来呢?"拉希尔问道,还没等我回答,她就幽怨地说:"为什么我偏偏出生在这样一个家庭,所有的人早晚都会双腿瘫痪?一个棕红头发的丑八怪!难道我愿意成为一个这样的人吗?我想在甲板上感受行船时的颠簸,让海风吹拂我的双膝。我想哈哈大笑,想唱歌。我这样说话,您不会厌烦吧?我愿意现在就给您唱首歌,但我的胸口就像被婴儿的襁褓裹紧了似的。"

她不说话了,把那一小块甘油肥皂在两只手里团来团去。

"帮我一个忙吧。"她轻声请求道,"趁阿卜拉姆不在。请往那个小碟子里倒点水,用这块肥皂在水里搅一搅,五斗橱上有一束干花。从那里拿一个空心的草茎,然后把这些东西都递给我。"

我按照拉希尔请求的那样做了。她把草茎的尖儿撅开,然后把草茎放进肥皂水里,慢慢地吹出了一个大大的肥皂泡。

肥皂泡离开了草茎,几乎飞到了天花板上,停在空中,在映着微尘的阳光中,闪烁着暗淡的、彩虹般的光。

拉希尔用手轻掩着嘴,以免自己的呼吸惊扰了这个轻盈的泡泡。我也尽力屏住呼吸。

"现在它镀上金色了,"拉希尔说道,"而刚才它还像火一样红。"

她小心翼翼地吹出了第二个泡泡,第三个,第四个……我也拿了一个草茎,开始吹泡泡,很快,肥皂泡转瞬即逝的色彩和闪光让整个房间都闪烁起来。

一部分泡泡落到地板上,灭了,但大多数泡泡与阳光相映成趣,在房间里飞来飞去,有时会几个合到一起,结成五光十色的一体,就像一个个星座。

楼下,装弹簧的正门砰地响了一声。房子稍稍有些颤动。所有的泡泡立刻都破灭了。细碎的肥皂水飞沫纷纷落到地板上。

"把所有的东西都藏起来!"拉希尔快速说道,然后就闭上了眼睛,"我累了,想睡觉。我永远看不到它了,永远。"

"看不到谁?"我问道。

"那个马略卡岛。您走吧。谢谢您。我有点儿不舒服。"

在门口我碰见了托列利。他听说妹妹在睡觉,就踮着脚返回厨房烧开水去了。

晚上他到下房找我们,坐到门槛上,突然哭了起来。我们得知拉希尔猝然离世,想必是死于心力衰竭。

托列利哭着,任泪水滂沱,他用红红的圆眼睛看着我们,用一个破枕头套擤着鼻涕。

我在施维塔乌的书柜里找到了一小瓶已经干了一半的缬草酊。缬草酊几乎已经没什么气味了。我往一个罐头盒(那时我把它当杯子)里滴了一点,坐到门槛上托列利的旁边,给他喝下去。

他乖乖地喝了药水,然后把头埋在手里,他的肩膀颤抖起来。他吸气时发出急促喘息的声音,把枕头套紧贴在眼睛上,小声哽咽着道歉,请我们原谅他前来打扰,原谅他的眼泪弄湿了我那条挂满灰尘的深棕色破条绒裤子。

那个确认拉希尔死亡的医生说,如果不感染"西班牙流感"的话,她还能活下去。托列利说,她只是用力大叫了一声,瞬间就停止了呼吸。

我们一起——雅沙、沃洛佳·戈洛夫奇涅尔,还有我——去参加了葬礼。加瓦尔萨基站在拉希尔躺着的房间一角,两手揉搓着满是油污的便帽。他除了可怜巴巴地试图搞清楚正在发生什么事情,眼睛里没有流露出任何神情。

快出殡时,普罗斯维尔尼亚克到了。他恼恨地看了一眼拉希尔,看了看她穿着木底鞋的匀称的双脚,压低嗓音向犹太会堂的神职人员——葬礼的主持者提了个什么建议。那个神职人员低三下四地点头作答,并向在油漆剥落的黑棺材周围转来转去的几个丑老太婆喊了一句什么。看来,这副"出租"用的棺材已经装过数百次死人,晃晃荡荡的平板大车把它从城里运送到犹太人墓地。

老太婆们不知从什么地方拿来一条深棕色的破披巾,用它包住了拉

甘油肥皂　　79

希尔的脚。这时还俗神父才带着一副已经履行了自己职责的神态，趾高气扬地走出了房间。

"无耻之徒！"雅沙对着他的背影用足够清楚的声音说，"发号施令，就像在自己家里似的。"

但普罗斯维尔尼亚克假装没听见雅沙说的话。

"我恳求您，"托列利小声说道，"别去招惹他。我怕闹出乱子。"

我是头一回参加犹太人的葬礼。葬礼的紧张忙乱令我震惊。平板大车到了，车上套着一匹满身尘土的送葬驽马。头发花白、饶舌的车夫走进房间，用鞭杆敲了敲棺材盖，说道：

"来，年轻一点儿的英雄们！抓好！抬起来！起！走着！转弯的地方小心点。应该把造楼梯的那个人钉到棺材里，让他来代替这个姑娘，让他在阴间遭受打嗝的罪！难道这是楼梯吗？这真是伤脑筋，上帝惩罚我吧！"

然后我们在鹅卵石马路上走了很久，我们前面的平板大车颠来颠去的，有时突然猛地歪到一侧，好像是想把棺材甩到地上去，就像一匹顽劣的马想甩掉让它厌倦的骑手。

墓地位于城外的草原上。尽管还是初夏时节，草原却已是一片枯焦。风沿着墓地的高墙吹起温热的尘土。

平板大车的一个轮子挂住了墓地的大门。得把大车稍稍向后退一退，但是那匹驽马不愿意往后倒步，于是马车夫就开始用鞭杆打马脸。

托列利冲他嚷了起来。马车夫吐一口唾沫，说道：

"要是您这么心软，那么您就最好别哭这头瘦弱的牲畜，还是去哭您的妹妹吧。"

托列利的眼里噙满泪水。他踩踩橙皮颜色的尖头皮鞋，开始用达到刺耳程度的同一个语调尖声喊道：

"下作鬼！残忍的家伙！摩尔达维亚的屠夫！"

托列利在悲伤和愤怒的时候让人觉得很可怜。

车夫只是不屑地耸了耸肩，抬高了平板大车的后部，使那个车轮离开大门，他坐到车夫座位上，用力抽打着马，头也不回，马拉着平板大车沿着墓地长长的林荫道快步朝坟墓跑去。周围连一棵树也没有。它们大概都被砍伐，当劈柴了。没有清扫的脏乎乎的地上，两旁只有一些模式单一、泛着黄色的墓碑。

墓穴很远。我们和一群跌跌撞撞的墓地乞丐一起在平板大车后面跟着跑。

棺材被放进墓穴。不知为什么坟墓里放了很多碎玻璃。

托列利给乞丐们分发施舍钱——每人一千卢布（那时钱已经贬值了）。乞丐们不情愿地拿过钱，毫不掩饰自己的不满。一个烂眼睛的老太太把钱往拉希尔的坟墓上一扔，喊道：

"用您给的这点钱我能买什么？买大面包圈上的那个洞吗？你们自己去买吧，有钱人！"

我们心情压抑地离开了。托列利的情绪难以平静下来，回家的一路上他不时哭泣。犹太会堂的那个神职人员在旁边一瘸一拐地走着，说：

"人们已经让我认不得了，勃柳姆基斯先生。与其这样办葬礼，不如自己躺到坟墓里，我以我母亲的名义发誓。"

安葬了拉希尔之后，我好几天哪儿都没去，只是早上从窗户爬到花园里。普罗斯维尔尼亚克给花园上了锁，所以花园里从来都是空无一人。偶尔只有普罗斯维尔尼亚克自己在那里出现，但见到我后，他马上

甘油肥皂　81

就转身离开，并且连他的背部都流露出他的愤恨。

拉希尔的葬礼过后，我和沃洛佳·戈洛夫奇涅尔就不再顾及普罗斯维尔尼亚克了。而且，已经没有谁顾及他了，即便他曾经是这栋房子的主人。这对于他来说似乎是一个最严重的侮辱。大约从那个时候起，他的内心深处就已经充满报复的渴望，他最初盼望苏维埃政权发生政变和倾覆的隐秘心愿如今已具有躁狂症和严重的精神病性质。发生转变的希望越小，还俗神父就越消瘦，脸色就变得越阴暗，在他深陷的眼睛里越是经常现出带着些许野性的闪光。

他碰到我们，不和我们打招呼，小声嘟囔着什么"犹太化的知识分子"、为基督的无辜流血遭到报应之类的话。

他的疯狂一天比一天严重。甚至他的女仆涅奥尼拉，一个不敢说话的女人，害怕独自与他待在一套住宅里，搬到了下房的小贮藏室住。每天她都在哭，对我们说，普罗斯维尔尼亚克威胁说要杀死她，因为她"转向了犹太人和异教徒"。

她还告诉我们，鳏夫普罗斯维尔尼亚克在二月革命之后辞去教职，为的是结第二次婚（神父是禁止这样做的），娶一个有钱的希腊女批发商。但是就在举行婚礼之前那个希腊女子对这位还俗神父产生了恐惧心理，改变主意，带着自己的资产回希腊了。

有一天夜里，我被一种声音惊醒，好像有人在我旁边轻轻地用铁器在铁上划。声音是从厨房传来的。女仆睡觉的贮藏室的门是朝厨房开的。

我悄无声息地起了床，走近通往厨房的那扇镶着玻璃的门。普罗斯维尔尼亚克蹲在花园里低矮的窗户前，试图用凿子打开窗户的插销。

他做这件事非常专注，所以没有发现我。他奸诈地笑着，还小声嘟囔着什么。

我感到这非常可怕,于是猛地大喊一声。普罗斯维尔尼亚克跳了起来,头也不回,几个箭步,就从花园跑到了院子里,再从院子里跑回了自己的住宅。他那件穿在祭服里面的旧长衣在他背后飘摆,就像黑色的翅膀。

我叫醒了沃洛佳。我们来到花园里还俗神父想打开的那扇窗户前。在窗户近旁的地上放着一个生锈的五俄磅秤砣和一把骨质手柄的德国剃须刀。

沃洛佳去了民警局。两小时后,精神病院的救护车来接普罗斯维尔尼亚克。两个健壮的卫生员捆住普罗斯维尔尼亚克的手,把他带走了。普罗斯维尔尼亚克只是小声地呻吟着。

受到惊吓的女仆去蒂拉斯波尔投奔了亲戚。她担心还俗神父从疯人院跑出来,那时候他准会把她杀了。

托列利很快就从我们这里搬走了。继续住在拉希尔离世的房间里,他感到难受。后来不知由于什么原因,可能是因为醚的事,加瓦尔萨基被抓了起来。而普罗斯维尔尼亚克的朋友,占着两套住宅的宗教法教授,也不知怎么在一天夜里携家眷逃离了敖德萨。入夏之前,楼完全空了。《海员报》的一个工作人员、水手长米罗诺夫搬进了这栋楼,他是赫尔松人,长着一头火红色的头发,少言寡语。米罗诺夫曾经和别人打赌,用一只手折断了花园栅栏的数根铁条。他在楼里、院子里和花园里都沿用船上的规矩。

离到《海员报》工作总共只剩下几天时间了。那几天我是无忧无虑地度过的。

我读了百科辞典里关于马略卡岛、肖邦和乔治·桑的所有材料,并试图回想起以前我读过的这方面的所有东西,并且得出结论:如果说有什么东西能使我们的往昔岁月变得更美好,那便是久远的时间。

肖邦和乔治·桑在马略卡岛上的生活并不顺遂,生活艰难、不幸。乔治·桑那时对病入膏肓的音乐家已无爱意。他是孤独的。风声呼啸的夜晚加上阴雨、胸部的疼痛和咳嗽,都使他备受折磨。他明白,他的生命只剩下屈指可数的几周时间,他已经来不及创作完那部他认为唯一无愧于他才华的令人震撼的音乐作品了。

他认为是疾病把他的生命活生生地断送了。这本可以不发生。他在自己的往昔岁月里仔细找寻发生致命错误的那一天。唉,如果人不是事后聪明,不是到无论做什么都于事无补的时候才明白这些错误,那该多好啊!

但任何人都做不到这一点。几乎每一个人离开人世的时候,都没有完成他本应该能完成的事情的十分之一。

古老修道院的墙壁由于潮湿已经发绿,修道院的每一间隐修室里都挂着带有耶稣受难像的铁十字架,肖邦在这里抱怨上帝。他害怕大声说出自己的想法,但是人类恳求上帝宽恕其罪孽的奴仆式的祈祷又使他惊恐不安。把流血、欺骗和仇恨这样的大罪降临到人们头上,都是上帝的恩赐,与之相比,人类这些微不足道、令人同情的罪过又算得了什么呢?

而他肖邦还在庄严的乐音中、在管风琴的轰鸣声中、在玫瑰的馥郁芬芳中、在领圣餐的女人如天国的琴弦般温柔的嗓音中歌颂他,歌颂这个上帝。

从修道院的走廊里飘出来一种发霉和腐臭的气味。黑黢黢的森林在装着栅栏的窗外喧响。顷刻之间,他和乔治·桑刻意追求的那种浪漫情调都变成了一种思念,对立陶宛的那个房间的思念,那个房间里有一架外观并不漂亮的钢琴,那是一个极为普通的房间,它甚至是简陋的,然而是温暖的——一定是温暖的。浪漫情调变成了对普通然而舒适的木床的思念以及对安宁的渴望。

做一个天才令他疲惫。这对于他来说毫无用处。他带着这一称号或者这一标签,就像担负着一副重担,这副重担只是在他的亲人和周围的人们眼里才是一种欣悦。

但一段时光过去了,这段时光从他和乔治·桑在马略卡岛上的生活中精心地挑出所有痛苦的部分,把它们统统抛掉,然后把这段生活变成歌颂相爱的人自我牺牲精神的美妙诗篇。

这诗篇触动了很多人的心,其中包括一个棕红头发的敖德萨犹太姑娘的心,这个姑娘在生活中却不曾见过比用甘油肥皂吹出的泡泡更美好的事物。

我到哪里都带着还是在塔甘罗格就已经开始写作的中篇小说《浪漫主义者》。我创作这部小说时,经常中断很长时间,总的说来,我认为至今没把手稿弄丢是个奇迹。

现在,在敖德萨,我开始创作这部小说的最后一部分。通常,当我渐渐全身心投入到工作中时,就会变得很孤僻:避开他人,独自游荡,夜里两点钟起床,在小油灯下写作,担心沃洛佳·戈洛夫奇涅尔醒来,那时我就逃避不了他无谓的询问。

我还发现自己工作时表现出来的一个怪癖:当我写到忧伤的内容时,我就寻找痛苦和强烈的印象以及类似的情境,就好像这些东西可以帮助我写作似的。

因此,有一天清早我去了犹太墓地,但很快就逃离了那里,女人们的号啕痛哭、歇斯底里发作和各种哭诉简直把我的耳朵震聋了，老太婆们用发黄的手指死命扒着棺材的边缘，甚至几个人都无法拉开她们，妻子们试图扑到还没有封土的丈夫的坟墓中去，她们喊哑了嗓子，扯着自己的头发，这些都把我吓坏了。这种用什么手法也无法美化的人类的痛苦场景令我回来时惊恐不安。

一天晚上，一个不那么稳重的瘦小伙子走进我的住处，那时我写的《浪漫主义者》正在结稿，那个年轻人自称是未来的报纸《海员报》里负责排版的人，名字叫伊萨克·利乌什茨。

"但不是'夫'，而是'乌'，"他说，"不是利夫什茨，而是利乌什茨。请不要和雅科夫·利夫什茨混淆。"

"您不喜欢他吗？"我问。

"不，怎么会呢？"利乌什茨答道（从认识他的第一天起，我就开始和大家一样叫他伊贾），"但是，在我们这个时代他不会长寿。"

"为什么？"

"他缺少幽默感。"

伊贾给我带来了伊万诺夫的一张便条，写着请我明天去《海员报》编辑部——该准备上班了。

和伊贾一起来的还有一个瘦得离奇的高个子，他打着绑腿，从侧面看像一个游吟诗人，一缕漂亮的栗色头发垂到额头。他向我伸出来宽大的、友好的手，还像军人那样啪的一声把鞋后跟并在一起。然后他走到放着教授的百科全书的书柜前，抽出第一卷，翻了翻，把书中覆在彩色插图和地图前面的所有可以卷烟的纸都撕了下来。

"埃佳！"伊贾警告他说，但是那个侧面像游吟诗人的人甚至看也不看他一下。他抽出百科全书的第二卷，同样从中撕下了所有可以卷烟的纸张。

"好，现在我们可以抽烟了！"他心满意足地说道。

"埃佳，这样做可不漂亮。"伊贾指出。

高个子一声不响地从一张卷烟纸上撕下来短短的一条，就那么异常灵巧地把它夹在手指间，拿到嘴边，突然下房里响起了宛如铃铛一样清脆婉转而又很洪亮的颤音，那声音绝对就是一只非常动人的小鸟的啼啭。

"那么您觉得这个漂亮不漂亮？"高个子问道。

这真是非同凡响。在我听来，就好像这只小鸟充满热情的小小喉咙里有一颗会唱歌的玻璃珠在来回滚动。

"请原谅，"伊贾突然想起来，"我忘记给你们介绍了。这是我们敖德萨的诗人和捕鸟行家爱德华·巴格利茨基。"

"您和之前每次一样，又弄错了，伊贾，"巴格利茨基故意用沙哑的男低音说道，"应该说：'巴格拉季翁－巴格利茨基，古犹太久布支系中高加索－波兰公爵世系的最后一代传人。'我们一起去兰热隆游泳吧。"

劈家具

这一章不得不稍稍违背按照时间的先后顺序记述事件的原则，以便对《海员报》令人称奇的编辑叶夫根尼·伊万诺夫和编辑部的情况做一些介绍。

应该预先说明，海员协会指定远洋轮船船长、共产党员波霍德金为报社责任编辑。伊万诺夫只是一个技术编辑，但他以自己的坚忍不拔、机敏和气魄对年老体衰的船长产生了巨大的影响，这样一来，船长对编辑事宜几乎不闻不问，更愿意在阿卡迪亚自己的别墅里待着。

正如我已经提过的，伊万诺夫戴着一顶揉皱的海军帽，穿着一件打补丁的骑兵军大衣，光脚穿着一双木底鞋，一副港口上的大老粗的模样，给人留下强烈的印象。但与此同时，没有谁像这个发不清卷舌音、有着一双天真的眼睛的男孩这样使人着迷。看上去，伊万诺夫二十岁上下，实际上他已经快四十岁了。

他是一个非凡的讲故事的能手。一生中，在任何情况下，即便在绝望的时候，他也没有失去幽默感。此外，伊万诺夫待人彬彬有礼。

在那些年代，他也敢亲吻女性的手。据说，有一次他在德涅斯特河流域的雷布尼察市差点为此被枪毙。这个城市因摩尔达维亚美女而闻名遐迩。

伊万诺夫确实在瑟京的《俄罗斯言论报》当过记者。这家报社的前经理布拉戈夫，一个敬畏神明、吝啬、从莫斯科逃到敖德萨的老头儿，证实了伊万诺夫疾风骤雨似的一生中的这一段经历。同时，他还补充说，伊万诺夫为《俄罗斯言论报》负责过有关莫斯科赛马的信息发布，并在赛马赌博中下过大笔赌注。

伊万诺夫把布拉戈夫带到自己这里，做《海员报》的校对组长。布拉戈夫对正字法吹毛求疵到了令人恼恨的程度。工作人员中不管是谁，只要出一个微乎其微的小错，布拉戈夫就会对他永远持鄙视的态度。伊万诺夫本人都害怕他，更别说排字工人了。当布拉戈夫走进印刷厂时，那些排字工人看上去都可怜兮兮的。他们就像参加毕业考试的中学生一样，常常无法镇定自若。

伊万诺夫属于那类甚至会在污水沟里或者在讨论为羊上保险的保险公司的会议上搜罗有趣材料的记者。

他不仅善于发掘材料，善于使材料更有价值（那时各家报社把各种各样有趣的新闻都称为"材料"），更重要的是，他还能预见到材料。他知道，应该在哪里寻觅材料，并且常常根据只有他知道的迹象揣测到不久会发生什么事情。

伊万诺夫能根据一些微不足道的迹象对人们可能出现的行为做出判断，除了他，没有人关注那些迹象。他知道，有时人的动机和行为与哪些琐碎的小事相关。他不怕在这些细节中执着地找寻，就像在翻一个垃圾筐。他经常在这个垃圾筐底寻觅到"钻石或者因沾着血污而生锈的短剑",或者还能发掘到"一颗勇敢无畏的心"。我们的拼版工苏霍多尔斯基老头儿喜欢这样表述。

感情外露的苏霍多尔斯基老头儿一边在印刷厂给报纸拼版,一边扯着嗓子对伊贾·利乌什茨和我这个编辑部的秘书喊道:

"我们的热尼卡·伊万诺夫会出息成什么人呢?不知道吗?巴尔扎克,你们要这样活着!巴尔扎克!或者是龙勃罗梭[1]!"

伊万诺夫按照自己的方式为报社选拔工作人员。他评价工作人员,看三种品质。首先他任用年轻并且富有才华的人,其次是经验丰富、所谓"见过世面"的人,最后,是明显的冒险家和聊天大王。

最后一种人之所以受伊万诺夫青睐,或许是因为他自己就是那种堪称典范但心平气和的空想家,那种想凭着一只鸡和一个蛋发大财的人。

伊万诺夫的脑子里总是萦绕着各种计划。有一些计划他已经在我们的《海员报》实施了。计划的实施有时成功了,有时引发一场在一定程度上影响广泛的闹剧。不过,大部分计划总是只存在几个小时。伊万诺夫常常非常潇洒地放弃它们。

第一个计划的实施是凭着一时的热情,我们觉得很有意思。不管怎样,它的独辟蹊径之处令人惊讶。

所有报纸在报头上原来都印着这样一句话:"全世界无产者,联合起来!"伊万诺夫建议在报头印上另外一个完全是海员风格的口号:"全海洋无产者,联合起来!"

---

[1] 龙勃罗梭(1835—1909),意大利精神病学家、犯罪侦查学家,刑事人类学派的创始人。

在报纸的报头位置印着沃龙佐夫灯塔，灯塔放射出四道光线。"全海洋无产者"这一口号用英、俄、法、德四种语言印在灯塔放射出的光线上。

然而，印上这么一句令人称奇的口号的这期《海员报》是第一期，也是最后一期。伊万诺夫被叫到省委员会。他回来时脸色非常苍白，因而显得倒很漂亮，他支支吾吾地吩咐立即打碎那个有海员口号的华丽印版，定做一个新印版，上面还是印有沃龙佐夫灯塔和四条光线的图案，不过要印上正确的口号。

当封锁解除、外国轮船又陆续向敖德萨开来时，那些轮船在港口停泊期间，《海员报》为外国海员用他们的母语印制一定份数的报纸。

这一新做法使《海员报》在外国船员中大受欢迎，而这个荣誉属于伊万诺夫。

这之后来应聘的翻译络绎不绝。有一次，编辑部里甚至来了一个阿比西尼亚语翻译——一个有着深棕色皮肤、待人亲切、看起来饥肠辘辘的人。但因为阿比西尼亚没有自己的船队，无论如何不能想望悬挂着阿比西尼亚国旗的轮船在敖德萨港出现，所以只得拒绝那个人到报社服务。

阿比西尼亚人离开时眼含泪水。但伊万诺夫有一颗温暖、慷慨的心。他把那人叫回来，详细询问了他的情况，了解到那个阿比西尼亚人——他叫瓦尔福洛梅——在革命发生前就被派到俄罗斯来，在喀山大学学习，然后迫于无奈成了一名理发师。当时伊万诺夫灵机一动，想出了一个好主意——让这个阿比西尼亚人做《海员报》编制内的理发师。好在第一期报纸发行后一周，编辑部真的变成了热热闹闹的海上文学俱乐部。一天之内，有许多人在编辑部进进出出，因此，性情温顺的阿比西尼亚人很快就拥有了广大的顾客群。

《海员报》所有翻译的领班是一个英语通,姓莫泽尔,生得身体滚圆,以前是敖德萨港的船舶出租人和装卸工长,这个人彬彬有礼,满脸善意的笑容。他精通玄妙复杂的航运事务,精通各种各样刁钻古怪的海事契约和海洋法,对全世界的商船队情况和航海传统都了然于胸。

他一直身穿自己那些极其雅致的英国服装,穿到不能再穿,在我们这些衣衫褴褛、形容枯槁的记者中间,看上去像一名真正的海军大臣。

任法语翻译的是莫泽尔的妻子,她身材高挑,干瘦,像个英国女人,有点儿古板,完全是一位具有上流社会气质的太太,在那些年代,这使我们感觉她仿佛是一个来自博物馆的人物。

她做翻译异乎寻常地尽心竭力。每一个印刷错误都会让她生一场病,不过她生病的时候也是一派文雅风度。她会一整天躺在自己房间的旧长沙发上,痛苦地呻吟,嗅着剩下的最后一点儿已经走了味的芳香嗅盐,太阳穴上敷着一块在公共厨房水龙头下浸湿的花边小手帕。而在厨房里从早到晚颐指气使的是一位身材肥胖的邻居,佐菲尔"太太"。

这位可敬的贵妇一连几个小时震耳欲聋地阐发自己的观点。佐菲尔"太太"说每一个句子时总是一成不变地以她喜欢的几个单词开头:"在以前那个时候……"

"在以前那个时候,"她说,"只要我每天有硬粒春小麦面包吃,我就不往嘴里送这种玉米面粥。"

过一小会儿,她的声音又响起来了,但话题已经和刚刚说出的箴言大相径庭,来了个一百八十度大转弯。

"在以前那个时候,"她说,"我们生下的终归是正常的孩子,而您呢,我亲爱的,天晓得您生的是什么——简直是些小猫。"

我们认识莫泽尔太太的最初一段时间里,她听到佐菲尔"太太"这些声如雷震的粗鲁话语时感到很难为情。但莫泽尔太太很快就不再拘于虚礼,不久之后,她就会一边闻着嗅盐,一边不动声色地说:

"她又开始说她那些陈词滥调了,这个贼婊子!"

而在《海员报》工作一个月以后,莫泽尔太太已经能用敖德萨海员的行话自由地表达自己的意思了。

我们在《海员报》上刊载与大海以及海上的职业有关的一切。追索各个时代和各个民族的航海材料在撰稿人中间变成了一场狂热的比赛。

有一段时间莫泽尔太太成了冠军。她翻译了几乎被忘却的法国海员诗人特里斯坦·科尔比耶尔[1]的一些优秀诗篇。我们把这些诗篇集成一组刊登出来,在这些诗前面还刊登了于勒·拉弗格[2]的一篇文章和科尔比耶尔的生平资料。生平资料中谈到,特里斯坦·科尔比耶尔从少年时代起就当了船员,他总是披着有格子图案的斗篷,穿着木底鞋,一八七三年在巴黎出版了唯一的一本诗集,不久就去世了,当时还很年轻。

拉弗格在自己的文章中用法语优雅的笔调写道,科尔比耶尔的诗"充满粗鲁的话、无情的批评之辞、双关语、生动的语言,仿佛是神经质的、时断时续的音节,以及深深刺伤人的、讥讽性的忧愁情绪"。

然而很快,我们黑海街上的邻居、水手长米罗诺夫,就从莫泽尔太太柔弱的手中夺走了冠军的荣耀。他在一艘英国旧货轮上弄到了一本名为《海员圣经》的手抄本,那艘货轮有一个无法解释的温柔名称——"海

---

[1] 特里斯坦·科尔比耶尔(1845—1875),法国诗人。
[2] 于勒·拉弗格(1860—1887),法国象征派诗人。

伦的心"（货轮已经破旧不堪，船舷上有很多铅丹的斑点，货轮上还有一股无法消除的鸟粪——海鸟粪的气味）。

这本书是用澳大利亚—英国的海员行话写成的，我们一致认为，这是世界上独一无二的民间口头创作。

这本书中的几章落到了米罗诺夫的手里。需要尽快把这几章抄写下来，因为"海伦的心"号货轮两天后就要驶往爱丁堡。这当然是已经解除封锁之后的事。在莫泽尔夫妇和米罗诺夫的带领下，编辑部的全体工作人员都在抄写这本书。

《海员圣经》开篇第一章是《大祈祷文》。这是对帆船上用来刮甲板的砂岩板的称呼。此外，还有一些较小的石头。它们也是以各种祈祷文的名称命名的："帕泰尔·诺斯泰尔"（"我们的父"）、"阿维·马利亚"（"你好，马利亚"）、"马泰尔·多洛罗扎"（"悲恸的圣母"）、"米泽列列"（"宽恕我们，主啊！"）。

让船员用"大祈祷文"清洁甲板，是一种惩罚。

《海员圣经》中描绘了船员们在旧式帆船上的艰苦命运，那些海船主要是绕过合恩角，在欧洲和澳大利亚的一些港口之间航行。

一些章节用来记述不新鲜的食物，"狗吃的睡菜[1]"，各种疾病，船舱里污秽的空气，以及在热带水域与这些灾难做斗争的方法。

有一章叫《大洋的诡计》——其中讲了在大西洋、太平洋水域，主要是在可恶的、涛声轰响的北纬四十度地带，海员可能遭遇的各种麻烦事。那不是概要、模糊的记述，而是一篇篇故事，讲述的是整整几代海

---

[1] 睡菜为多年生草本植物。

员都难以忘怀的具体事件：飓风、龙卷风、"海啸"——发生水下地震时的滔天巨浪、大雷雨、沉船事件。当然，也写了帆船（也不仅仅是帆船）上海员们相信的、预示危险的不祥之兆：桅杆顶端上的圣埃尔莫火球[1]、血色的彩虹、"飞翔的荷兰人"号帆船。据说，即便遇到强劲的风暴，"飞翔的荷兰人"号帆船上的索具也总蒙着一层蛛网。

与这些章节同列的，还有《给船员的警示》——一些性情残暴的船长的名字，不能到这些船长的船上工作（同时精确地列举了这些船长对船员犯下的所有罪行）；"脏狗"的名单，即所谓的"上海佬"——招工者（他们主要在拉丁美洲和中国的各个港口工作），他们把船员灌醉，并强迫他们在醉酒的状态下与船长签订条件苛刻的合同；心术不正的从事文身手艺的人的名单；世界各地主要港口接受海员以物品作抵押的各啤酒馆的地址；"博尔金加乌兹"（供海员住宿的廉价旅馆）的地址，救世军的"兄弟"和"姐妹"们会弄得这些旅馆的房客不能安生。

了解了这本《海员圣经》的内容之后，我对海上劳动的那种幼稚、带着浪漫主义色彩的观念在一定程度上被破坏了。

从这些材料的残酷记载中，可以感受到海员几十年间积攒的愤怒。《海员圣经》属于那种所谓振聋发聩的书，尽管其中并没有任何口号和号召。

水手长米罗诺夫让我有些犯难。我想现在就讲讲他——在这儿讲刚好合适。可是，遗憾的是，我已经发表了一篇讲述这位水手长的短篇小

---

[1] 一种球形闪电，因意大利的圣埃尔莫教堂上曾出现过这种闪电而得名。

劈家具

说，按照文学创作的规则，是不能重复自己的作品的。

我会尝试着以那篇小说中的那种准确性来写米罗诺夫的故事，但写法会略有不同。

米罗诺夫最显著的特点是非常沉默寡言，还有那种友好而讥讽的目光。他只是看那些他认为"有价值的怪人"时才会有这种目光。

米罗诺夫在太平洋水域的航海经历十分丰富。要是为他写传记，即便像史蒂文森这样的作家也未必能驾驭得了。是的，或许连最执着的作家当中也没有谁能够驾轻就熟，之所以如此，是因为想从米罗诺夫嘴里探听出他自己的什么情况是不可能的。

我终究还是从米罗诺夫那里探听到了他生平中的一些经历。他的生平经历是具有革命色彩的，"革命"这个词用的是它最明确的意义。首先，米罗诺夫从来不放过那些狼心狗肺的船长和他们的喽啰——水手长。他相信劳动人民无所不能的兄弟般的团结，并且认为海上的职业对于革命工作来说是最合适的职业。

"大有希望！"他说道，"就像轮船的烟雾随风飘散，我们也是这样把'共产国际'一词在全世界传播。应该明白这一点。"

后来我花了两个月时间，费尽周折，才弄清楚：第一，米罗诺夫见过第一艘用玻璃造成的轮船；第二，他在新奥尔良蹲过两个月的监狱，因为他替黑人打抱不平，跟警察打了一架（"我们把警察收拾得翻了个儿"，关于这次打架他这样低调地说）；第三，他到过被海员们称为"绝望岛"的克尔格伦群岛。

我从米罗诺夫那里再也没能弄到任何情况。我对他也就罢手了。

他的回忆主要具有谈论气候的性质，假如可以这样说的话。

"您去过新几内亚吗？"我问米罗诺夫。

"当然!"他回答,语调中充满忧郁,"当然去过。在那里航行的时候(那里,这是说在美拉尼西亚群岛),无论如何也绕不开这个新几内亚。它总是挡着去路。"

"那怎么样?"

"什么怎么样?"

"那里各个地方怎么样?"

"地方似乎还不错,"米罗诺夫有些迟疑地说道,"只是那里热极了——简直就是蒸浴房!您一定不会喜欢的。"

"那您去过秘鲁共和国吗?"另一次我问他。

"当然去过。"

"那怎么样?"

"什么怎么样?"

"那里各个地方怎么样?"

"坟墓!"米罗诺夫答道,"太阳滚烫滚烫的,就像待在炉膛里似的,根本无法呼吸。不过,海洋里的水却像冰一样寒冷刺骨。洗澡很爽!"

很长时间,米罗诺夫一直在等着被安排到轮船上任职,所以他在《海员报》编辑部已经待习惯了。在那里他仿佛就是一个问讯处,他了解许多轮船和帆船的情况。

在这方面,任何人都不能与他匹敌,即便莫泽尔本人也不行。因此伊万诺夫把米罗诺夫定为编制内的工作人员,但很长时间一直绞尽脑汁,琢磨给他定一个什么职称,直到最终伊贾·利乌什茨建议给米罗诺夫"世界海船吨位顾问"这样一个冠冕堂皇的头衔为止。

每逢晚上,在黑海街上,"世界海船吨位顾问"喜欢坐在院子里的板凳上,吸吸烟,不时望望星星,低声唱一首完全是陆地上的乌克兰歌曲:

劈家具 97

小伙子们，给马卸套，

然后去躺下休息！

他唱着，不时抽抽烟，悠闲自得，根本没有料到，也没有猜想到，他获得荣光的日子临近了。

《海员报》编辑部收到了来自莫斯科的好像是主管外事的人民委员的质询，追问被白军掠走的商船队的情况。拟一份被掠走的轮船清单是轻而易举的事，但人民委员会让编辑部告知关于这些船只后来命运的所有信息：船只现在何处，航行时悬挂的是什么旗帜。

莫泽尔被叫去了。他两手一摊，无计可施。有谁能知道这些轮船的现状？或许，可以从偶然流落到敖德萨的外国报纸中弄清楚两三艘轮船的命运，仅限于此。但也未必能做到。

莫泽尔建议把以前的轮船代理人、船长之类的，总而言之，经验丰富的海事人员召集到编辑部，通过交互询问的方式把能弄清楚的情况弄清楚。

我们就这样做了。抽烟造成的烟雾从召开这个"会议"的房间，经过窗户，飘到林荫道上，仿佛是从轮船的烟囱冒出来的。经验丰富的海事人员们坐在那里，穿着解开扣子的制服上衣和湿漉漉的海魂衫，不时擦着汗，他们的秃顶泛着光，像擦得锃亮的铜器，他们的嗓音嘶哑了，但也只弄清楚了一艘轮船的命运，并且也只是个大概情形。

这时米罗诺夫在编辑部里出现了。他匆忙中碰到了几把椅子，满脸通红，来到伊万诺夫跟前，用那种隔壁房间都能听得见的悄悄话对他说：

"您快算了吧，叶夫根尼·尼古拉耶维奇！这样您不会有任何收获的。还是找个人记录，我来讲吧。一有可能，您就可以核对一下。我会用我的生命对每一个错误负责。"

海事人员们相互看了看，窃笑一声，往桌子跟前挪了挪。烟雾缭绕的房间里开始变得鸦雀无声，大家在期待。

米罗诺夫拿过来一把椅子，坐得离桌子稍远一点儿，手里紧紧攥着他的破便帽，望着房间的一角，那里落日的余晖中金合欢的柔和阴影在墙壁上微微颤动，他开口了：

"请写吧！'阿列克谢·尼古拉耶维奇大公'号轮船，原属于俄罗斯航运贸易公司，被卖给了法国的'梅萨热里·马里季姆'公司，改名为'图卢兹'号，在马赛港注册，悬挂法国国旗，定期从马赛驶往热那亚和科西嘉岛。锅炉做过清洗。法国人做了修理，当然，修理程度不大。全体船员都是法国人，很脆弱，但大副还是原来的，格里戈里·帕夫洛维奇·莫斯托文科。"

海事人员中间开始出现动静，然后传出一声深深的叹息。

"请继续写，"米罗诺夫不动声色地说，"'科斯特罗马'号，远洋轮船，属于志愿商船队，悬挂意大利国旗，从布林迪西驶往马索瓦和索马里，并绕行至亚历山大里亚。已改漆成白色，现在叫'巴西利卡塔'号。锅炉绝对未做过清洗，因此航速十分缓慢。它用于不定期航行，可以说，它很不受重视。船员清一色是黑人。"

米罗诺夫一一说完了各艘轮船的情况，大海上空已渐渐露出珠母色的晨光，林荫道悬铃木上的鸟儿开始轻声啼啭，窗外飘来紫罗兰浓郁的芳香。

几乎没有一个海事人员离开。大家都坐在那里，由于疲惫和天破晓的缘故，人们脸色苍白。晨光涌进窗内，像是带着些许寒意的波浪。

这令人惊诧，而且不可思议。显而易见，米罗诺夫的记忆力有着非凡的准确性。

海事人员们只是摇摇头，走到他跟前，用力握握他的手，然后很不情愿地离开，回各自的家去了。他们多想再谈谈"令人倍感亲切的大海和我们的轮船"啊，这些轮船直到被阳光晒暖的最后一颗铆钉和橡木船沿上的每一道划痕都是他们所熟悉的。

米罗诺夫的传奇传遍了黑海地区。可能，也传到了土耳其，也许甚至传到了希腊。海员们有他们自己神秘快捷的通信方法。

外事人民委员会转达了对米罗诺夫的感谢。

米罗诺夫为自己的光辉成绩感到不好意思，跑回了故乡赫尔松，像他和我以及沃洛佳·戈洛夫奇涅尔告别时所说，为的是"不让自己昏了头"。

为了结束关于伊万诺夫的话题，需要讲到许多与这个人的执拗性情相关的各种事情。但暂时我只讲这样一件事。

伊万诺夫大部分被认为是大胆任性的行为都可以用他对报纸狂热的爱来解释。对于他而言，世界上没有什么东西比《海员报》更重要。

他不仅以这种爱感染了我们这些工作人员，而且感染了他的妻子玛丽娜（她只是习惯地对丈夫大声喊叫和责骂，但没有谁关注此事）和他的两个女儿。为了心爱的报纸，没有什么难处是他本人不肯面对的，没有什么困苦是他的家人不肯毫无怨言地承受的。

一九二一年，敖德萨遇到了一个北风刺骨、风暴频繁的冬天。那里寒冷的感觉，可以说，比莫斯科还要厉害，因为几乎这整座城市都是用多孔的"蛮石"建成的，大海冬天的刺骨潮气很容易渗透进来，房屋和马路上都盖上了一层冰，像涂了珐琅似的闪闪发亮。朝北的街道上风在呼啸，加重了人们的愁绪。只是在那些横向的小巷里风力稍弱，人还可以喘一口气。

大家的指关节又开始肿胀、出血。大喷泉灯塔以内的海面都结冰了。冰把保加利亚的"瓦尔纳"号轮船冻在了港口入口处。

我在施维塔乌教授的书籍中找到了一本不曾用过的一九一六年的撕页日历，把它挂到墙上：它毕竟会让人产生一种时间在运动的印象。

然而这种运动在感觉上越来越慢。时间似乎因为严寒而停滞不前。在这严寒和最初的温暖日子之间隔着日历上厚厚一层积满灰尘、已经泛黄的纸张。

《海员报》编辑部比家里还冷。编辑部设在沃龙佐夫宫旁边一座很大的私邸里。私邸绘有模糊壁画的墙壁、窗户上的彩色玻璃，特别是蓝色的玻璃，更让我们冷得瑟瑟发抖。

大家都挤到一个生着小铁炉的房间，炉子上有一个熏黑了的烟囱伸出窗外。偶尔会有气味难闻的焦油从烟囱里滴到人的头上和手稿上。

爱说爱笑、乐天派的打字员吕西安娜·辛松坐在小铁炉旁边。大家说到她，都说她"像意大利女人一样漂亮"，大家都因为她坐在房间最好的位置而心生羡慕。但很快吕西安娜也变得垂头丧气、无精打采了。

总务主任，喜欢大喊大叫的罗马尼亚人肯季，穿着一件厚厚的黑色军大衣，好像穿着一身铁铠甲，连一捆劈柴也弄不到。为了为自己开脱，他敞开军大衣，拍着自己旧军服上衣的口袋，大声说，从敖德萨到文尼察连一块劈柴都没有——如果情况不是这样，就让人们把他在公爵纪念像旁边绞死。

"别再拍您的衣服，弄得尘土飞扬了！"吕西安娜不太客气地对他说道，"您就停止您的'什梅克里亚'吧！"

劈家具　101

我们当中没有谁知道罗马尼亚语"什梅克里亚"的意思，连吕西安娜自己也不知道。听到这个词，肯季勃然大怒。甚至站在他旁边都能觉出来危险：他浑身上下似乎都在轧轧作响、喘气时发出呼哧呼哧的声音，满屋转圈，喷着唾沫，恐吓别人，似乎每时每刻都可能突然爆炸，发出震耳欲聋的巨响和呼啸声。

直到几天之后我们才知道"什梅克里亚"这个词的意思。它没有丝毫恶意。译成俄语，意思是"欺诈"。

编辑部的生活眼看就要戛然而止，大限已到——手指已经握不住笔了。

于是伊万诺夫吩咐从私邸的地下室里拖出来一个哥特式大教堂似的黑橡木大餐具柜，把它劈开当柴烧。

我走进编辑部后，在结了冰的前厅里就听见斧头轻快的咚咚声、木头裂开的咔嚓声、喊声、笑声和烧得通红的小铁炉里火焰的噼啪声。

伊万诺夫心情激动、由于愤怒而脸色苍白，他在指挥把家具迅速劈开。他怒气冲冲，是因为报纸的直接主管——敖德萨水运工人区委会——不关心编辑部燃料的问题。伊万诺夫不顾利害关系，孤注一掷。

在劈家具正进行得如火如荼的时候，头发蓬乱的肯季跑进编辑部，两手举向空中，大声喊道，现在正在召开水运工人区委会非例行的特别临时紧急全体会议，讨论《海员报》编辑部劈家具当柴烧的问题。

劈家具的人劈得更快了。会议持续了两个小时，会议结束时，整个餐具柜，外加一个干裂的碗柜，都被劈成了细细的劈柴。劈柴放在编辑办公室靠墙的位置，而小铁炉发狂地呼呼响着，就像一个航空大队的飞机在轰鸣。

水运工人区委会给了伊万诺夫严厉的警告处分，并要求必须把这一处分刊登在下一期《海员报》上。

敖德萨讽刺诗人及小品文作者雅多夫[1]以"水手长雅科夫"的笔名在为我们《海员报》撰稿。

伊万诺夫让雅多夫写了一篇关于劈家具的小品文,把它刊登在下一期报纸上,而把水运工人区委会的决议用小号铅字印出来,作为这篇小品文的卷首语。

我只记得这篇小品文的一段四行诗:

> 报刊在国内是个强大因素,
> 我的直接职责是将它维护。
> 作为编辑,我绝不允许,
> 我的工作人员挨冻受苦。

劈家具事件,被敖德萨人说成是"《海员报》编辑部奋勇披荆斩棘",这之后,敖德萨海运当局对伊万诺夫开始持谨慎的态度,几乎不再干预报社的事务。

---

[1] 雅·彼·雅多夫(1873—1940),俄国诗人、讽刺作家、演员。

亚麻布证件

革命前，《海员报》是一份不合法的小报。它在亚历山大里亚，在埃及发行，从那些地方经过一些可信的人手，主要是轮船的司炉，散发到俄罗斯的各个港口。

《海员报》发行的时间间隔长，让人觉得更像传单，而不像报纸。《海员报》有一个还是昔日亚历山大时期[1]的工作人员，一个留着白色髭须的老头儿，在秘密活动中变得有点疯疯癫癫，他说服了伊万诺夫给《海员报》的固定职员发印在薄亚麻布上的证件，职员需要的时候可以把它缝在上衣或者大衣的衬里里面。

我们这些《海员报》的职员认为这没有什么意义。我们清楚，我们这些人当中没有谁会被派往国外完成什么任务，另外，我们没觉得以后

---

[1] 指亚历山大三世1894年去世之前的时期。

有朝一日我们会不得不带着这些亚麻布证件转入地下工作。

当我们拿到这些不同凡响的证件时，感到很好笑，它就像儿童玩具"吹气舌头"一样长长的，上面盖着印。印上是交叉的海军部的两个大锚。

平常情况下用这样的证件是不行的。首先，这些柔软的旧布不容易打开，也不容易看清上面的字迹；其次，无论我们把证件给谁看，人家都根本不会相信我们。

到最后我们就把这样的证件收起来留作纪念，用于工作时，编辑部给我们发的还是吕西安娜用打字机打出来的那种平常的证件。

一般说来，还有其他一些怪事与《海员报》有关。不妨从以下的事情说起：我们的报纸不是印在普通的纸张上，而是印在彩色的茶叶标签纸的背面。那时候，敖德萨没有纸张。储量很少的纸张最多只够用于出版一份主要的报纸——《敖德萨消息报》。《海员报》的发行是经过允许的，但确实没有用于印刷的纸张，幸好，伊万诺夫打听到，在敖德萨海关放着一大批当时谁也不需要的茶叶标签。

这些标签是印在一种薄薄的透亮的纸上的，那种纸如打开的报纸般大小。这些光面纸有一面是完全空白的。标签纸上的油墨没有洇到另一面。

标签有各种颜色的，茶叶的级别不同，标签的颜色也不同。不知何故，所选的颜色都是浅色的：淡紫色的、淡黄色的、灰色的、粉色的。

在革命前标签纸都是裁成窄条的。这些窄条被粘在茶叶的纸盒上。在每一张这样的纸条上都标有茶的级别、重量，并且印着俄罗斯的国徽——小双头鹰图案。

就是因为这些双头鹰的缘故，海关很长时间不同意把标签纸给我们。伊万诺夫说破了嗓子想要证明，在标签纸上印刷报纸丝毫也没有宣传君主制的意思。

我们尽力发行不同颜色的报纸,把报纸的颜色与一周七天对应起来。比如,周二我们总是发行淡紫色的报纸,周三总是发行粉色的,等等。这一点我们做得相当不错。

特殊情况下,在发行所谓节日版的时候,我们才能拿到配给的白色的纸张。它只有在完全黑暗的背景里才可以被称为白纸。那种纸是灰色的,质地松脆,像包装用的很厚的纸张,里面还夹杂着一些薄的宽木屑(甚至还带着树的年轮的痕迹)。

这种木屑几乎无法着色,因此节日版看起来布满了麻点。在这种纸上,字母不是印出来的,而是压出来的,就像盲文书中的那样。

不过,无论是灰色的纸张,还是劣质的油墨,都没有使我们产生惧怕心理。为此,我们更爱我们的报纸,假如它光洁、漂亮,我们倒不会那么爱它了。

我们往工作中投入了很多热情、劳动和创意。为此,对于我们《海员报》的职员来说,它的广受欢迎就是最好的奖赏。报纸常常瞬间就销售一空。各期的《海员报》确实十分抢手。

除了亚麻布证件和用于印刷报纸的标签纸,《海员报》还有第三个特点——有很多没有拿过一戈比稿酬、对报纸忠心耿耿的职员。他们心甘情愿地付出,对配给的一些微不足道的实物感到心满意足。

肯季把能够弄到的所有东西都发给职员:硬得像鹅卵石一样的蓝靛粉,歪歪扭扭的珠母扣,发了霉的库班烟草,赤褐色的岩盐(盐在编辑部就化了,析出了气味刺鼻的红色的盐卤水),以及丝绒绑腿。

精力旺盛的昌西安娜为我们分配这些福利。面对别人的抱怨,她的回应只是模仿唱轻佻歌曲的女歌手,用木底鞋使劲打着拍子,以嘲讽的语调唱着：

> 保持一点耐心，
> 紧紧扶稳船舷！
> 道路已经分明，
> 港口近在眼前！

当然，大家都保持着耐心，不抱怨，即便发的是丝绒绑腿。

伊万诺夫给报社的固定职员发了共计六十个亚麻布证件。

除了固定职员，《海员报》还有很多工人通讯员和报社的朋友——那些在我们那个时代被称作"捧场者"的人。

最初，工人通讯员最多的城市有敖德萨和距离最近的一些港口——奥恰科夫、尼古拉耶夫、赫尔松、奥维季奥波尔、兹布里耶夫卡和斯坦尼斯拉夫。但是，随着黑海沿岸地区被从白匪军手中解放出来，工人通讯员的数量增长了。很快，在顿河畔的罗斯托夫、塔甘罗格、马里乌波尔、别尔江斯克，然后在新罗西斯克和高加索沿海地区，最后在克里米亚半岛，都有了工人通讯员。

敖德萨的工人通讯员——从远洋轮船的船长到司炉工和舰船厕所清洁工，经常聚在编辑部里，就像在自己的俱乐部一样。一整天开水壶都在沸腾，一整天吕西安娜都在煮着胡萝卜茶，乱糟糟的谈话声、吸烟者重重的咳嗽声、响亮的笑声一阵一阵地在充满烟草味、烟雾缭绕的空气中飘荡。

说到固定职员，他们给人的感觉就是吵吵嚷嚷、形形色色、嬉笑怒骂、绘声绘色的一伙人。

亚麻布证件 107

有时老头儿们（年龄超过四十岁的人我们都这样叫）也去这个编辑部的"俱乐部"。来的人还有法国军队占领敖德萨时期的著名地下共产党员、老布尔什维克阿奇卡诺夫，他是《海员报》的朋友和苛刻的庇护者，还有头发花白、过分客套的作家谢苗·尤什凯维奇，但聚在"俱乐部"里的主要是海员和记者——一群性情急躁、情感热烈的人。

"要学会工作和等待，"有时阿奇卡诺夫一边听我们的谈话，一边教导我们，"社会主义不会像海枣树的果实一样直接掉到你们的口袋里来。"

我们十分清楚，革命的变革需要假以时日，但不管怎样我们希望越过紧张、艰难的年代，而谈论革命的最终结果，谈论胜利和幸福。

有时我们在"俱乐部"坐到清晨，看到东方天空的金色光辉，我们这些充满诗意的小伙子不由自主地就把它当成即将来临的美好时代的映射，就好像是为期不远的黄金时代的映射。

天空的金色光辉与清晨大海的金色光辉交相辉映。甚至多芬诺夫卡那边、敖德萨海湾方向的草原，在阳光照耀下闪闪发光，也好像在为节日的到来做着准备。

"俱乐部"里无话不谈！"波将金"号在坚德拉海角的起义，塞瓦斯托波尔的革命巡洋舰"奥恰科夫"号的炮击，"死囚岛"别廖赞，赫尔松的纵帆船——"橡木船"的特点，桑热伊卡那边有名的瓜园，擦净灯塔玻璃的最佳方法，鲻鱼的鱼汛期，希腊-土耳其战争，传到敖德萨的一本巴比塞[1]的书《火线》，浮动船坞的修理，怎样做羊奶干酪，怎样用缴获来的曼利赫尔系列奥地利步枪进行射击。

---

[1] 巴比塞（1873—1935），法国作家、社会活动家。

喝胡萝卜茶时的这些谈话是一种独特的有关革命、文学、航海、日常生活的百科全书。但是它比任何一部最好的百科辞典都丰富，因为我们听到的是一种生动形象、粗俗而准确、大量带有华美的语调的语言。

那是语言的宝藏，这样一来，敖德萨那些正在声名鹊起的年轻作家几乎所有的时间都是在这个革命"俱乐部"里度过。尤其是爱德华·巴格利茨基，他经常在那里。

在这里不可能讲述报社所有职员的故事，尽管他们都值得讲。只能关注几个人的情况，我几乎是随意而谈，不加选择的。

《海员报》有两个小品文作家：活泼敏捷的敖德萨诗人雅多夫（"水手长雅科夫"）和散文作家瓦西里·列吉宁。雅多夫，坐在编辑部的椅子边上，急匆匆文不加点地创作他的滑稽歌曲。第二天这些歌曲在整个敖德萨就已经家喻户晓了，而有时一两个月后它们还会传到莫斯科。

雅多夫在本性上是个谦逊而敏感的人。敖德萨所有港口和郊区的人都喜爱他的这些歌曲，如果不是这样，他的生活本来会十分艰难。因为这种广泛的影响力，各家报纸的编辑、各个卡巴莱餐馆的经理和剧场歌手都很看重雅多夫。雅多夫心甘情愿为他们写歌曲，而只拿一点微不足道的报酬。

从表面看，他与港口上那些人几乎没有什么不同。他总是穿着褪了色的蓝色工作服，不戴帽子，肥大的裤子口袋里装满了马合烟。只有他那表情多变、亦喜亦忧的面庞表明这是个上了年纪的喜剧演员。

在敖德萨像雅多夫这样的人不止一个。

在敖德萨还有一位才华横溢的诗人，熟谙当地民间文学的米龙·扬波利斯基。

扬波利斯基最有名的歌曲，当然是《什涅耶尔松的婚礼》：

>什涅耶尔松的家里热闹非凡……

这首歌传遍了整个南方。歌词中有很多富于表现力的地方：比如说，这幢房子里的所有当权人物（伴随着耀武扬威的进行曲的巨响）突然光临什涅耶尔松的婚礼：

>房管会主席阿布拉沙·德尔·莫洛奇尼克
>有如沙皇，带着一班扈从蜂拥而入！
>之后是瓦伊什托克——他的助理
>和哈依姆·卡奇凯斯——他的秘书。

关于什涅耶尔松婚礼的歌曲，和它的续曲——《什涅耶尔松的幸福好景不长》——一样，只有土生土长的敖德萨人和熟知郊野民俗的人才能写得出来。

几乎所有当地的歌曲都是不为人知的敖德萨人创作的。甚至城里那些无所不知的居民也想不起来，譬如，《你好，我的柳勃卡，你好，亲爱的！》是谁写的——是斯捷波瓦雅街的若拉还是阿布拉沙·克内什？"什么？您不知道他？就是那个在突袭蒂拉斯波尔的邮政分局事件中受伤的小伙子。"

敖德萨歌曲的时尚经常变换。不仅仅每年，有时候每个月都会有一首新的最受喜爱的歌曲。全城都在传唱这些歌曲。

如果熟悉所有这些歌曲，那么就可以相当准确地用歌曲再现敖德萨先后发生了哪些重大事件。

例如，歌曲《罗斯季斯拉夫》和《"钻石"勋章授予保卫共和国的人，我们的战斗口号是——与看客决裂!》，是在一九一八年唱的，而《我是否要走到街上，我要打出红旗，啊，布琼尼比邓尼金更走运!》，是在邓尼金溃败的一九二〇年唱的。

我记得，全敖德萨都唱过《海军准尉琼斯》，后来唱《唉，郁闷的日子，秋天的日子》《小鸡》《两个小偷从敖德萨的贼窝逃跑》《小姑娘布罗尼娅》《瞧，玛尼娅走进大厅》。

这之后流行的是在更晚些时候出现的歌曲，如那首著名的匪徒之歌：

省侦查处的电报四处传遍，
哈尔科夫市内已贼满为患！
如今的形势已是步步危急——
坏分子正侵蚀我们的肌体。

这首歌可以没完没了地唱，因为歌词中城市的名称可依照演唱者的意愿加以变化——哈尔科夫、基辅、雅尔塔、戈尔塔、索契，以及不知为什么突然出现的遥远的维亚特卡。

敖德萨这股歌曲的洪流在四十年代前从未停止过。但此后它明显渐渐干涸了，而在战争前，到一九四一年，则完全枯竭。

在卫国战争时期喧闹、冒失的敖德萨人，这些歌谣的爱好者，那些在不久前还被称为"大老粗"的人，尽管嘴上仍然说着一成不变的敖德萨式笑话，却正在镇定而严肃地为自己的城市而奋战，表现出勇敢无畏和忘我的精神，就连敌人也为之震惊。

参加战斗的还有一些年老的渔民以及在舰船上没有找到岗位的海运工作人员。大家背水一战，为的是保卫他们身后的敖德萨，这个劳动与

亚麻布证件　111

快乐不分的城市，这个喧闹如黑海辽阔波涛的轰鸣一样的城市。

自然，战后又出现了一批歌曲，赞美敖德萨人的英勇精神及其对自己城市的矢志不渝的爱。

一九二二年春天，我离开敖德萨去了高加索，在巴统住了几个月。

一天，我在巴统沿海的林荫道上与雅多夫偶遇。他一个人坐在那里，驼着背，把一顶旧草帽遮在眼睛上，用拐杖在沙子上画着什么。

我走到他跟前。我们彼此相见，十分高兴，一起去"米拉玛莱"饭店吃午饭。

那里人很多，散发着羊肉串和浅紫色的"伊莎贝拉"葡萄酒的味道。台上的乐队（那时还没有爵士乐队，甚至没有几个人听说过萨克斯管）在演奏由不同的轻歌剧片段组成的集成曲，然后开始演奏雅多夫的知名歌曲：

> 请购买面包圈吧，
> 为了整个共和国！
> 把卢布拿出来吧，
> 请大家快掏腰包！

雅多夫微微一笑，注视着溅上葡萄酒的桌布。我走到乐队跟前，对指挥说，这首歌歌词的作者——敖德萨诗人雅多夫——就坐在大厅里。

乐师们站起来，走到我们那张桌跟前。指挥挥了一下手，歌曲轻松自然的曲调在饭店烟雾缭绕的穹顶之下响了起来。

雅多夫站起身。店内的顾客也都起立为他鼓起掌来。雅多夫用葡萄酒招待乐师们。他们为他的健康举杯,并说了一些委婉巧妙的祝酒词。

雅多夫很感动,向所有人道谢,却低声对我说,他想快点离开饭店。

我们出了饭店。他挽起我的手,我们朝海边走去。他走得很艰难,稍稍有点跛脚。暮色降临。太阳即将落山。远处,在安纳托利亚的沿岸上空萦绕着紫色的烟雾,烟雾之上一道火红的云彩熠熠闪亮。街道整洁漂亮,散发着含羞草的香味。

雅多夫用拐杖给我指了指一堆云彩,忽然说道:

就像安息的大自然的梦想,
浪涛般的云朵在空中飘过。

我惊异地看了看他。他对此有所察觉,微微一笑。

"这是费特,"他说,"这位诗人,好像一位布罗德犹太会堂的拉比。如果认真地说,那么我造访这个世界根本不是为了取笑别人,特别是在诗歌中。从我的气质来看我本是一个抒情诗人,但最后也没如愿。现在成了一个说笑大王。不曾有谁教导我说,不管在怎样的情况下都必须疯狂地与生活对抗。相反,我从童年起就被引导面对生活要低下头。现在为时晚矣。如今,抒情诗仿佛汛期的河流从我身旁淌过,我只能爱它,从远处心怀羡慕地欣赏它。却无法真正地创作什么。只能在脑海中奏起轻盈的木琴曲调。"

"不过,"我说道,"您也会为自己写写抒情诗吧?"

"怎么会有这样的问题?当然没有。谢天谢地,我的智力和品位还足够让我清楚,在这方面我是一个毫无前途的人。瞧,都说,人们能够意识到自己的才华和天分。而我却意识到自己的无能。这也许更让人心

亚麻布证件

痛。您还记得吗，是哪一位杰出的德国诗人，他在一个美好的清晨坐到桌子跟前，一下子写了一些糟糕透顶的诗句？他的大脑枯竭了。原来，这位诗人对待自己的大脑过于随便，简直就是犯罪。在这个可怕的早晨之后他就再也写不出任何有价值的东西，甚至也写不出东西给那些庸俗的报刊了。他换了职业，开始熬制防臭虫的药剂。这至少有一点用处，对于人类。"

"您不应该这么说，雅多夫·谢苗诺维奇。"我说。

我真心为他说的话感到伤心。

"我亲爱的，这一切我早就想过了，反复地想过。我没有陷入绝望。我把自己的才华分赠给了那些贪婪的、厚颜无耻的商贩和报纸出版者。要是我没有白白耗费那些时光就好了，那么活到今天，或许我能写出第二首《马赛曲》。就为了您说的这番善意的话我也得谢谢您。"

我们告别了。早春时节沉甸甸的雨滴开始从伸手不见五指的黑暗中落下来。我赶快往自己的住处走，一路上倾听着从大海方向传来的均匀的雨声。

我再也没有遇见过雅多夫，但是他那张带着哀伤的丑角面孔、唇边深深的皱纹和那双忧郁的眼睛却铭记在我的心中。

俄罗斯的整个作家圈子以及记者圈子都知道瓦西里·亚历山大罗维奇·列吉宁，或者，像大家在他步入老年之前一直称呼的，瓦夏·列吉宁。

我第一次看见他是在敖德萨，在《海员报》的编辑部。在这之前我经常听雅沙·利夫什茨、布拉戈夫、叶夫根尼·伊万诺夫和其他老记者说起他。

列吉宁的故事就像逸闻趣事一样让人觉得难以置信。从这些故事看，列吉宁是一个作风果敢、行事大胆的记者，在俄罗斯很少会遇到这样的记者。斯坦利就是这样的记者，他出于纯粹的体育兴趣在非洲密林中发现了利文斯敦瀑布群。但在俄罗斯几乎没有像列吉宁这种性情的记者。与此同时，在日常生活中他却是一个审慎的，甚至小心翼翼的人。

革命前，列吉宁在彼得堡当编辑，服务于一些类似《蓝色杂志》的无所顾忌的廉价"黄色"[1]杂志，或者诸如《阿尔戈斯》及《我想了解一切》这样的大众趣味杂志。他编辑这些杂志有气魄，有创意。这些杂志有它们自己的读者群。

善于深思的严肃读者习惯于有些枯燥，但严谨的"有思想"的《俄罗斯财富》、内容丰富的《欧洲导报》、《田地》及其漂亮的增刊、《大众杂志》，还有前沿性的《年鉴》。列吉宁的杂志尽管有很好的插图，但只是东拼西凑些有趣的东西，令严肃的读者生气。

"黄色"杂志持续增多。它们之间不可避免地开始了竞争，争取读者。这些杂志为此想出了种种多少有点低俗的办法，比如《蓝色杂志》举办的有名的"最佳鬼脸"竞赛。这一竞赛的获胜者能够赢得大笔奖金。

参与竞赛的志愿者很多。《蓝色杂志》一期接一期地刊登各种鬼脸的照片。

杂志的发行量立刻提高了。但是竞赛不能持续很长时间。该发这个竞赛的第一份奖金了，也该琢磨另一种类似的哗众取宠的广告噱头了。

于是彼得堡的各家报纸出现了一则通知：某月某日将在奇涅泽利马

---

[1] "黄色"在俄语中意为庸俗的、无原则的。

戏团进行野生老虎表演,《蓝色杂志》编辑瓦西里·亚历山大罗维奇·列吉宁将不用驯兽员陪同、完全孤身一人、手无寸铁地进入虎笼,坐到将为他摆上咖啡的桌旁,从容地喝一杯咖啡,吃掉馅饼,并成功走出虎笼。

对这一非同寻常的事件最为详细的综合报道,包括列吉宁本人的直接感想,将刊登在《蓝色杂志》上,并附上大量照片。同时,《蓝色杂志》享有刊登这些照片的专有权。

列吉宁与老虎会面的那一天,奇涅泽利马戏团人山人海,水泄不通,人多得快挤到圆屋顶了。骑兵警察执勤队包围了喷泉区的马戏场。

列吉宁脸上擦了厚厚的一层粉,燕尾服的襟儿里插着一朵菊花,他从容地走进关着几只老虎的笼子,坐到小桌子旁,喝完了咖啡。

这种肆无忌惮的行为让老虎惊慌失措。它们挤在笼子角,惊恐地看着列吉宁,低声吼叫。

整个马戏场里的人都屏住了呼吸。在栅栏旁站着手持水龙头、面色苍白的服务员,随时候命。

列吉宁喝完了咖啡,后退着离开老虎,退到小门边,迅速地从笼子里走出来。

就在那一瞬间老虎意识到它们放过了猎物,令人恐惧地吼叫着扑向离去的列吉宁,攀着笼子的铁条开始晃动,要把它们拆毁。

女士们尖叫着,简直要昏厥过去。整个马戏场里的人都兴奋得大叫。小孩子吓得哇哇直哭。服务员们从水龙头里放出凉水往老虎身上浇。骑兵警察把兴奋异常的人群从马戏场的墙边逼退回去。

列吉宁漫不经心地穿上了带毛皮领子的大衣,摆弄着拐杖,摆出一副无忧无虑的游逛者的样子走出了马戏场。

我不十分相信列吉宁的这个故事,直到他给我看了照片——他自己和几只老虎的合影。"那时,"他皱着眉头说,"我就是个顽皮的孩子,假充好汉。但我们《蓝色杂志》的发行量却达到了惊人的程度。"

我刚认识列吉宁时,他已经人到中年,到了他老年的时候我才意识到,他终生都保持着那种轻松的插科打诨的情调。这体现在他喜欢调笑,热爱一切鲜艳、明快、非同寻常的事物上。

在敖德萨之后列吉宁迁居莫斯科,在那里编辑一份极为有趣的杂志——《三十天》。

列吉宁把自己做记者的全部经验都用到这一杂志中。他把杂志办得非常棒。

他在《三十天》中首次刊登了伊利夫和彼得罗夫合著的《十二把椅子》,而当时其他杂志和出版社都在是否刊载这篇令人称奇但又使人害怕的中篇小说的问题上选择"弃权"。

列吉宁在《三十天》杂志中汇聚了一批优秀的作家、诗人,以及当时所有富有才华的文学青年(现在这些人都已成为年高望重的作家了,甚至已经步入"经典作家"的行列)。

列吉宁用略带自豪的口气说过,《三十天》的撰稿人无一例外都是三十年代的作家和诗人。这句话没有夸张。就像条条大路通罗马一样,所有作家的道路都要通过《三十天》杂志,特别是年轻作家,刚刚起步的作家。难怪迄今作家们还会开玩笑地说:

是列吉宁老头儿发现了我们,

行将就木，还在为我们祝福……[1]

　　列吉宁的工作方式（或者，像通常所说，"工作风格"）的突出特点是生动活泼、雷厉风行，没有任何清规戒律。

　　列吉宁拿到手稿，快速浏览完，便用完全漫不经心甚至无精打采的嗓音说："好吧！开一张三百卢布的收据。"说着拉开写字台的抽屉，从中数出三百卢布。这之后，他像结束了一项沉重的工作般出一口长气，于是著名的列吉宁式谈话开始：夹杂着很多新闻、会议、趣事、文学场景、笑话和挖苦人的俏皮话。

　　列吉宁度过了丰富多彩的一生。他记忆力特别敏锐，谈天说地，滔滔不绝，但却几乎什么也没有写。很遗憾，他没有留下回忆录。如果有的话，那会成为一部记述前不久这段时期的引人入胜的著作。

　　列吉宁去世于几年前。他在弥留之际非常痛苦，但很勇敢。他在尘世生命的最后几天所表现出来的豪气是对他一生的总结，他的一生是不安分的、沸腾的、献身于新闻和艺术的一生，在他的一生中，他最喜爱的是轰动性事件、文学、戏剧、马戏，以及与富有才华的人交友。

　　他在敖德萨是什么样，在《海员报》工作多年以后到了莫斯科还是什么样，保持着本色：干瘦，优雅，动作迅捷，有着一副像著名法国电影演员阿道尔夫·梅茹似的面孔，语速很快，常发出哧哧的笑声，一双疲惫的眼睛闪烁着锐利的光芒。

---

[1] 这是对普希金《叶甫盖尼·奥涅金》诗句的戏拟，原句中的名字为"杰尔查文"。

被盗的演讲稿

四月中旬的一天傍晚,当编辑部窗外的空气泛着绿意,沃龙佐夫灯塔的红色亮光有节奏地闪烁的时候,伊贾·利乌什茨小心翼翼地走进了我的房间。他进来后悄悄半掩着雕花木门(上面用木头旋出一串串沉甸甸的葡萄和一条条玫瑰花带),踮着脚尖走到桌子跟前,做了一个示意沉默的经典手势——把食指放到嘴唇上。

伊贾重重地喘着气,并且特别激动。

编辑部里已经没有什么人了,除了阿比西尼亚人瓦尔福洛梅,大家都散去了。所以伊贾的举止让我觉得很不自然。

"好了,快一五一十地说吧。"我大声对他说,"出什么事了?"

伊贾做出令人害怕的眼色,握住我的肩膀,用勉强能听见的声音一口气耳语道:

"别说话。就听着!"他偶尔往后仰仰头,用那种得意扬扬、审视的眼神看着我,给我讲他刚才去过敖德萨省委员会的印刷厂,在那里看到了……

伊贾激动得喘不过气来。他打住话头，哆哆嗦嗦地卷上一支烟，点着之后深深吸了一口，这之后才讲出他在省委员会印刷厂看见了什么。

他是看见了不久前列宁在莫斯科作的关于新经济政策的演讲的活字铅版。演讲稿被排成小册子的形式，但还没有印出来。第一页在正文之前有批示文字，告知演讲稿不应宣扬，而是按原稿印发，就是说只供为数不多的人员传阅。

有关这一演讲稿的模棱两可的消息在敖德萨传来传去已经是第三天了。但人们对于此事也不十分清楚。我们在自己的编辑部只清楚一点：演讲已经作完了，当然，已经登载在俄罗斯联邦的所有报纸上。但不知何故在敖德萨还不让居民读到演讲稿。

我们相信，就这一点来说，敖德萨省委员会的工作人员是有过错的。显然，他们不同意列宁演讲的基本论点。后来发现确实是这样。

从另一方面说，我们，无党派人士——伊万诺夫、伊贾和我——那时很难弄清楚这种情况。我们对事情的内幕一无所知。我们只是对向民众隐瞒列宁讲话内容的做法感到十分愤怒。我们认为这是极大的犯罪。无论如何应该把演讲的文字弄到手并刊登出来。

我们试图把这一演讲稿搞到手，却一无所获。省委员会那里对我们做出的反应是冷冷一笑，说我们关注与我们无关的事情是徒劳无益的。

而现在伊贾·利乌什茨要说的是，他偶然看到了演讲的文字。排好的铅版放在印刷厂厂长的玻璃隔间里。厂长不知到哪儿离开了一小会儿。伊贾无法把演讲稿通读一遍——印刷厂里连一份校样也看不见，又不能在那里耽搁。伊贾是跑到那里和印刷厂厂长商量，可不可以为《海员报》提供印版。他当然没有让厂长看出来他已经发现了列宁演讲稿的铅版，马上就离开了。

"我们应该把这篇演讲稿刊登出来，"伊贾说，"要么就承认我们是不可救药的胆小鬼和窝囊废。我不想当胆小鬼，也不想当窝囊废。您也一样。所以听着：有一个天才的计划！我们的拼版工苏霍多尔斯基一周三天在我们这里上班，其他三天是在省委员会印刷厂上班。在那里他是自己人。要尽力说服他，让他夜里把已经排好的列宁演讲稿的铅版拿给我们两三个小时。我们有这两三小时就来得及把铅版拿到我们印刷厂，印到《海员报》的插页上，然后把油彩洗掉，再送回去。我们去找伊万诺夫吧。唯有他才能够说服苏霍多尔斯基。"

我们马上去找伊万诺夫商量。他住得很远，在法国林荫道附近。伊万诺夫听说列宁演讲稿的事情后，脸色都变白了，说话开始结巴起来。这表明他非常激动。

我们和伊万诺夫一起前往苏霍多尔斯基的住宅，那是一栋用风化的砂石砌成的老房子。我和伊贾在门洞等着。我觉得，我手表的秒针仿佛被胶粘住了。它在表盘上艰难地走着，每走一秒钟都要费九牛二虎之力。

时间在拖延，看来事情办得不顺利。难道像苏霍多尔斯基这样一头养肥的阉猪，他会同意去冒险吗！永远不会的！伊贾气恼得狠命踢了墙几脚，借此发泄自己急不可耐的情绪。

伊万诺夫终于和苏霍多尔斯基一起出来了。苏霍多尔斯基两眼闪闪放光，他小声神秘地对我们说道："啊，无赖汉！啊，聪明人！"苏霍多尔斯基总是用这些字眼表达自己的赞赏之情。

原来省委员会印刷厂的看门人就是苏霍多尔斯基的岳父，一个"钻石般的老头"。

苏霍多尔斯基愿意承担窃取铅版的全部行动。

一切都做得迅速并且悄无声息。我们和苏霍多尔斯基、看门人神不知鬼不觉地抬出了重重的演讲稿活字铅版，装到马车上，就去我们的印刷厂。在那里伊万诺夫已经做好了一切准备：从仓库里拿出了纸，安排可靠的印刷工人连夜加班。(当期的《海员报》已经印刷完，所有的排字工人早就走了。)

共同商议后，我们决定把演讲稿印成单独的插页。但是小册子的页面比我们报纸的一栏要宽些，所以插页不是像《海员报》那样一版排六栏，而是四栏，侧面还剩下一溜很大的空白。

但没有时间考虑了。铅版被放到了机器里。苏霍多尔斯基排了标题。机器小声轰鸣起来，一页一页的标签纸沙沙作响，印刷着历史性的演讲稿。

我们借着厨房小煤油灯的光亮贪婪地读着，心情激动，同时明白，历史就在这个昏暗的印刷厂里，在我们的身边，我们也在某种程度上参与着历史。

插页印好了，铅版上的油彩被精心洗掉，随后铅版被装上马车，我和伊贾把铅版送回了省委员会印刷厂，准确地放回它原来所在的位置。

除了沉默不语的看门人，没有人看见我们。我们没有留下任何蛛丝马迹。

不想回家——一小时后天就该亮了。我们非常激动，于是就去了编辑部。

瓦尔福洛梅给我们开了门，他也很高兴，把茶壶放到了小炉子上。

我们坐在一沓沓标签纸上，喝着茶。奥罗拉女神[1]在黑暗中开始微微显露出她挂着灰尘的粉红色衣衫。

我们大家暗自感到自豪，明天整个敖德萨就会知道列宁演讲的内容。我们谁也没有想过我们这种大胆的做法会引起什么后果，尽管我们也明白，后果对我们来说可能会非常严重。只有拼版工苏霍多尔斯基摇着头，不时地说，为了以防万一最好悄悄从敖德萨消失。

而到了一九二一年四月十六日早晨，敖德萨的那些老报贩——一群怀疑论者、厌世者和硬化症患者——开始匆匆忙忙地走街串巷，木底鞋传出清晰的声响，他们嗓音嘶哑地喊着：

"《海洋报》！列宁同志的演讲！大家都来读啊！只有《海洋报》，别的地方读不到！《海洋报》！"

无论我们怎样想方设法，但在《海员报》存在的全部时间里我们都教不会卖报人正确地叫卖[2]。他们认为这一要求是我们的无理取闹，只不过是编辑的刚愎自用，他们说："对于你们来说有什么差别！我们卖的反正是你们的报纸，又不是别的什么。"

刊登列宁演讲的那一期《海员报》几分钟内便销售一空。

敖德萨犹如被惊扰的鸟巢喧哗起来。

我们等着有人来找麻烦，做好了应对的准备。但并没有什么复杂的情况出现，假如不算上我在希腊街偶遇省委员会的秘书。

---

[1] 罗马神话中的晨光女神，即希腊神话中的厄俄斯。
[2] 指把"海员"一词读音发错。俄文"海员"（моряк）一词因兼有卷舌和舌尖音而较难发音。

被盗的演讲稿

他气愤得满脸通红,摇晃着一份《海员报》,迎面冲过来。跑到我跟前,他停住脚大喊道:

"你们是偷的!是我们的铅版!街头的无赖把戏!你们要负责!都是你们做的好事!"

我露出一脸无辜的表情。我们什么也没偷。这是诬陷!证据在哪里?

秘书由于气愤而喘不过气来。

"你们需要证据?"他从那份《海员报》中撕下刊登着列宁讲话的插页,"瞧!连所有的印刷错误都是我们铅版上的!并且排版是小册子的那种直行,宽栏,也是我们的!这就是你们要的证据!"

他痉挛似的把那份《海员报》塞到破公文包里,消失在花已凋谢的金合欢树间。

我不知道,是不是时间使我们习惯了面对各种各样的意外情况,或者是我们的青春激情还没有让我们变得稳重起来,还没有消除我们身上残留的孩子气——但是我们为自己的做法感到骄傲。

这种感觉使我们在自己的心目中也变得高大起来,尽管我们嘴上都不说。

我们认为自己已经不再是普普通通的办报人。公民的责任感,自己的生命与整个国家的生命息息相关的感触,使我们内心里充满了秘而不宣的快乐。

关于画家科斯坦季之死的假消息

契诃夫害怕敖德萨的记者。众所周知,他不愿意把自己的文学创作计划告知他人。每次在这一话题要结束时,他总是提出同样的请求:

"看在上帝的分上,只是别对敖德萨记者谈及此事。"

我也碰到过几个那种让契诃夫感到畏惧的敖德萨记者。不言而喻,这些记者都是近来的一些"轰动消息之王"。敖德萨的报纸《敖德萨邮报》是他们的发源地和可靠的庇护所,他们的领袖是这份报纸的出版商,一个姓芬格尔的人。

这份报纸的主要内容就是十分详细地描述所有的火灾、盗窃、杀人、欺诈和其他一切刑事事件。

这份报纸的文章风格与众不同。我记得,就市杜马通过的一项微不足道的决议,芬格尔在一篇社论里写道:"应该把我们敖德萨的天空染成粉红色以表达喜悦之情,应该站在房顶上为市杜马鼓掌喝彩。"

老记者告诉我们这些年轻人:如果说芬格尔富有传奇色彩,那么也只是因为他惊人的无知。

我们《海员报》的职员当中只有一个人是契诃夫所害怕的那类记者，他就是廖瓦·克鲁普尼克，一个外表有欺骗性的人。这个干瘦、温和的小老头说话总带着谄媚的腔调，身穿一件打着补丁的柞丝绸上衣，戴着一副夹鼻金丝眼镜，身上散发着旧制度时期的三合一花露水的味道。

尽管有着这样一副温情的外表，但廖瓦就像毒气炸弹一样危险。伊万诺夫之前提醒过我这一点，但我一直不相信，直到一件特别的事情发生。

夏天我总是一清早就去编辑部。从我住的黑海街到编辑部，我喜欢选四条可以走的路中的任意一条，慢慢走。这四条路同样都通往林荫道，通往沃龙佐夫宫。

那里旱金莲攀着旧圆柱开得正盛，清新的、微微泛着咸味的港口的风徐徐吹来，是吹，而不是刮。风吹得沿海街道弥散着清洗后的甲板的气味。

我坐到陡岸上方通往港口的矮墙上，闭上眼睛，坐上片刻。这样我就可以更好地感受风在脸上的呼吸。我在这风中不仅能分辨出甲板的气味，还能够分辨出金合欢、干枯的水草、在承重墙裂缝中开放的洋甘菊的气味，还有焦油和铁锈的气味。但有时所有这些气味会被从海上飘过来的雷雨过后的一种特殊气味所冲淡。这种气味与其他任何气味都无法相比，也不会和其他气味相混淆。吹着港口的风，就好像因为洗澡而变得更加白皙的、清凉的少女的肩膀轻轻触碰我的脸颊。

我就这样在矮墙上坐着，没有了时间的概念，内心里凝望着戈尔康达[1]这个熠熠闪光的遥远国度。我愿意相信,而且我确实相信,这个鲜花盛开的国度在世间是存在的。有时我觉得,这个国度在向我走近,它飘荡过来,明亮起来,追逐着它前面的这一阵阵风,这一道道轻盈的气流。

我在矮墙上打个盹,就步行去编辑部。我们编辑部的理发师、阿比西尼亚人瓦尔福洛梅给我打开门。

他夜里就住在曾几何时极尽奢华、如今墙上的壁画已斑驳脱落的客厅。壁画上画的是穿着宽大的粉红色透明衣衫的奥罗拉女神。她在空中淡褐色的云彩间飞行,从角笛里向大地撒着鲜红的花朵和老鼠簕叶。

在奥罗拉之后,在一片蔚蓝色的大海的雾霭之中,画了敖德萨通往大海的石梯和黎塞留公爵[2]纪念碑,这位画家的天真总是深深地打动着我。

在编辑部我的房间里还能感觉到夜里泛着凉意的空气。我坐到桌子旁,在吕西安娜出现之前(她总是在我之后到)来得及写点"自娱自乐"的东西。我非常珍惜编辑部里这没有别人的两三个小时的时光。

然后工作人员陆续到了,他们在我的工作桌上堆满写得密密麻麻的小纸条。我全天都在校对各类文章、电报和社论,直到精疲力竭,手开始隐隐作痛。大约有一半社论需要我一个人重新抄写,为的是去掉其中难以消除的敖德萨—摩尔多瓦文体特点。

我是编辑部的秘书,换句话说,所有的事情我都要做:从校对、给记者们分配任务,到接待文章作者、平息发生在青年记者和老年记者之间的咄咄逼人的争吵。

此外,我几乎每天晚上都和伊贾·利乌什茨一起为要发行的最新一

---

1 戈尔康达,16世纪至17世纪的城邦,在今印度境内。
2 黎塞留(1766—1822),公爵,法国大革命时侨居俄国,新罗西亚总督。

期报纸排版。

有一次,我很早就到了编辑部,在那里碰到了廖瓦·克鲁普尼克。他坐在窗台上,用一块方格手帕擦着眼睛。廖瓦的夹鼻眼镜用一条黑色的带子挂在脖子上,随着他抽抽搭搭的哽咽而摇晃着。

我心中一惊,忙问发生了什么事。廖瓦没有理我,只是摆摆手,这一手势表明我的问题完全不合时宜和我的做法非常不礼貌。显然,他悲痛欲绝,无力回答别人的提问。

我往一只杯子里倒了些水,递给了廖瓦。他流着眼泪喝了水,又挥了挥手说道:

"就躺在桌子上……盖着一个床单……上帝啊,上帝啊!……一起上过学……同桌八年时间……一起在小阿尔纳乌特街闲逛,没想到却……"

他抽泣了一下,擤了鼻涕,用稍稍有些红肿的眼睛看了我一眼,期待着我的同情。

"到底是谁去世了?"我胆怯地问道,"是您的什么亲人吗?"

"怎么会呢?上帝保佑,我没有亲人。"

"那么到底是谁?"

"画家科斯坦季[1]!"廖瓦大声喊道,那种语调就好像我提出那样的问题简直是愚蠢的。"南俄画派的领袖,"他补充道,这时已经平静多了,"大师!钻石般的手!还有一颗金子般的心。这世间没有比他更善良的人了。"

---

[1] 吉·康·科斯坦季(1852—1921),乌克兰的巡回展览画派画家。

廖瓦伤心极了。我开始发自内心地可怜他。我不知道怎样安慰他。突然间我脑子里闪现出一个十全十美的主意，于是我说：

"控制一下自己的情绪，坐下来写一篇悼念科斯坦季的文章，用在明天的报纸上。"

廖瓦抓住了夹鼻眼镜，歪歪斜斜地挂在鼻子上，从积满灰尘的窗台上下来，把裤子拍打干净，突然用任性的腔调说道：

"那么至少给我一些纸吧。我在什么上写呢？我们编辑部连卷一支烟用的四分之一张纸都要不到。"

我给了他几张有一面空白的旧校样，但他不屑地哼了一声，说在旧校样的背面什么都可以胡乱涂抹——新闻报道、拙劣的小品文，但为去世的大画家写悼念文章则不成体统，不够尊重。

显然他是在吹毛求疵。我把这归于他"低落的情绪"，如他自己所说。我给了他几页编辑部里视如金子般珍贵的好纸。

他去了隔壁的房间，在那里很长时间他都在擤鼻涕，长吁短叹，笔尖在纸上胡乱地画写着。

后来吕西安娜来了，听说科斯坦季去世，"唉"了一声，说道：

"那么好的一个老头——突然就去世了！而所有这些像肯季一样的种牛，各式各样的骗子呆子还活着，只会招摇撞骗。"

"唉！"廖瓦痛苦地喊道，"您这几句粗话，吕西安娜·卡济米罗夫娜，让我心碎啊！"

"瞧瞧，好一个多愁善感的丁香王子！"吕西安娜回应，"没有必要装得那么伤心啊，老头。"

然后廖瓦口授悼文，吕西安娜打字，结果两个人争吵起来，因为老头要两份复本，吕西安娜对上帝发誓，她只剩下最后一张复写纸，给廖瓦一份就够了。但最终廖瓦还是如愿以偿地离开编辑部走了，他又抢到了一份复本，显然是留作纪念的。

我读了一遍悼文，修改了一下（就是廖瓦把科斯坦季的画笔比作拉斐尔的绝妙画笔的地方），然后让人送到印刷厂。

我想起廖瓦要回家时曾经重重地叹了口气，然后对吕西安娜说：

"您让这个不幸的、无助的老头不得安宁，不感到惭愧吗？"

"谁是不幸的人啊？"吕西安娜问道，"克鲁普尼克？请允许我问一下，到底是谁感到无助啊？那个克鲁普尼克？等着吧，他还会给您带来大麻烦的，您会诅咒自己出生的日子。你们这些莫斯科的记者都有点多愁善感。"

这时我们的校对员科利亚·加扎耶夫到了，他是新罗西斯克大学的年轻大学生，一个左派绘画和诗歌的行家。

科利亚的见解的突出特点是严苛、简明，并且不容置疑。没有什么人试图去反驳他，因为没有谁具备科利亚那么渊博的知识。

科利亚蔑视所有与自己思想相悖的人，并把他们看成"垃圾人"，看成类似于蟑螂的东西。谈论起自己的思想的敌人，他会皱起眉头，看上去他是感受到了一种生理上的恶心。

敖德萨诗人中他只能容忍爱德华·巴格利茨基，接触弗拉基米尔·纳尔布特是屈尊俯就，格奥尔吉·申格利在他看来是一个没有自制力的唯美主义者，这不仅仅是因为他的诗歌，还因为申格利带着热带软木盔在敖德萨转来转去。

"科利亚！"吕西安娜朝他喊道，"你听说了吗？画家科斯坦季去世了！"

"您那位科斯坦季不是画家，是养猪专家！"科利亚出人意料地对她喊起来，由于愤怒而脸色铁青，"怎么可以这样不珍视'画家'这个词！

他一辈子拉着巡回展览画派画家的破裤子不放。不要对我谈论他!"

工作人员开始聚齐了。记者阿伦贝格到了,他是一个敦实健壮的人,有一双会笑的眼睛。

任何新闻都会让他欢欣鼓舞,不论是挪威的"卡米拉·西尔贝特"号轮船,还是阿拉伯半岛的地震。

生活的进程本身,生活运行中的所有波折和细节、生活的所有转变,都会让他心潮澎湃,不管这将带来什么——是倒霉还是幸运,尽管这对于他来说也是重要问题,但归根结底还是次要的。

关于科斯坦季的死亡,阿伦贝格的看法是这样:科斯坦季当然不是列宾。这引起了科利亚·加扎耶夫新一轮的愤怒的爆发,但现在他针对的不是科斯坦季,而是列宾。

"一个吃干草吃多了的怪老头!"关于列宾他说了这么一句就走了,甚至没有看周围的人一眼,显然是出于对我们大家的鄙视。

列宾有自己的怪癖,其中之一就是——相信用新鲜干草煮的汤有益于健康。这个干草的故事令科利亚特别气恼。

随后进来的是伊万诺夫和校对员洛文加德,后者是一个头发花白的高个子,留着堂吉诃德式的胡子,手里拿着一根像短矛的手杖。洛文加德一辈子都在报社工作,为敖德萨的港口服务,他对港口非常熟悉,甚至对每一个系船桩都很熟悉,因此他说他不能对画家科斯坦季的情况发表见解,因为他从来没有听说过这位画家的存在,不过要说起"海上劳工"号轮船的船长科斯坦季,当然,这个人……

但是他马上被打断了。他坐到角落里,把手放到自己的手杖上,闭上眼睛,就这样坐了相当长的时间,在思考着什么。这是他常见的一个姿势。

晚上，我经常到印刷厂去检查一遍第二天要发行的那期报纸排版情况如何，跟发行监督员伊贾·利乌什茨和拼版工苏霍多尔斯基聊聊天，总之是要感受一下印刷厂的气息。

从开始在《海员报》工作时起，我就对印刷厂产生了依恋之情，甚至油墨和铅字的味道对我来说都是"甜蜜和愉快的"。我喜欢上了排字工人，喜欢上了他们的调笑，他们丰富的、尽管是道听途说的知识，他们残酷无情的评价，甚至喜欢上了他们在排版活字盘跟前就像穆斯林祈祷或者读《古兰经》时那样摇晃着身子排版的样子。

低矮、昏暗、布满灰尘的印刷厂，湿漉漉的印张，乏味的印刷机的嗡嗡声，一包包各种颜色的标签条，一卷卷纸张，司空见惯的与校对员的激烈争吵，窗台上变凉的茶，窗户上的天竺葵花盆，它那蓬松的叶子的味道——所有这一切在我的感觉里都染上了些许浪漫的光晕，显然，是因为报纸、书籍、地图、日历和轮船航班时刻表都是在这里诞生的。

甚至，我永远都不会忘记印刷厂打开的窗户旁那张由于油彩而发黏、粗糙的黑色木桌。窗外，在锈迹斑斑的铁栅栏外，悬挂着的栗树叶子因为酷热而有点打蔫。我不会忘记院子里柏油地面上淡紫色的闪光，还有那张湿淋淋的校样，上面印着一个我不知道的诗人的诗句：

> 八月的晚霞！原野的呼吸
> 和强劲的风，从远处飘来，
> 雪白的云在忧愁之上升起，

是那样泛着蔚蓝色的洁白……[1]

　　在空白处校对员用蓝色的粗铅笔写着:"不是在忧愁之上,而是在大海之上。"[2]我读了这个校对员的说明之后想:排字工人出的这个错造成的效果也不是那么差啊。为什么白云作为抚慰心灵之美的形象,作为一种疗救心灵创伤的抽象概念,不能升起在人的忧愁之上呢?

　　但就在我们所说的那个晚上,印刷厂里人声鼎沸。我还从院子里听见了伊贾·利乌什茨愤怒的嗓音和排字工人的哈哈笑声。

　　我走进印刷厂后,伊贾·利乌什茨朝我冲过来,手里挥动着刚刚印出的有纪念科斯坦季悼文的带着湿气的校样。

　　"是谁对报纸干的这种卑鄙的事?"他怒气冲冲地喊叫起来,甚至眼珠都气白了,"多么下流无耻的东西!"

　　"克鲁普尼克。"我不知所措地答道。

　　"我就知道是他干的。下流胚!讹诈者!"

　　"出什么事了?"

　　"发生了一件特别有意思的事,"伊贾冷笑了一声,让人惊恐不安,"特别有意思的事。真该让你们的这个'记者之王'的头被绞盘击中!发生了一个不值得一提的小情况。刚才我在来印刷厂给报纸排版的路上,在从这儿过去两栋房子的地方碰见了复活的科斯坦季。我甚至还陪他一起走到叶卡捷琳娜街,甚至和他谈了他即将举办的画展,甚至握了他强有力的手,甚至发现了他柞丝绸上衣上因为蓝色的油彩而出现的一

---

[1] 出自格·阿·申格利的一首无题诗(1921)。
[2] 俄文"忧愁"(rope)和"大海"(Mope)两词只差一个字母。

个污点。他一点也不像个死人,我敢保证。"

"这意味着什么?"我问道。

"这意味着克鲁普尼克卑鄙地撒了弥天大谎,希望借助这个虚假的轰动事件多赚五千卢布。您会说因为这件事就把他从《海员报》驱逐出去是没有意义的。当然,可以这样做。但芬格尔没有为此赶他走,克鲁普尼克就抱着幻想,认为在咱们这里也会一切都安然无恙。说假话是他唯一不变的特点。无论何时,无论在什么情况下,他都不曾背叛过这一特点。除此之外,他背叛一切,所有人。"

"应该把廖瓦这样的人都勒死!"拼版工苏霍多尔斯基说道,"我没法见他。看见他,我就两腿哆嗦。听到他做作的嗓音,我的心脏就憋得难受。"

我和伊贾把纪念科斯坦季的悼文从要出版的那期报纸中撤下来。到了第二天早晨,《海员报》发行了,上面没有刊登那篇悼文,但我们马上在《敖德萨消息报》上发现了那篇悼文,内容与从《海员报》上撤下来的那一篇一模一样,甚至连每一个标点都完全相同。

很快,记者阿伦贝格就赶到了编辑部,因为听说了报纸内部的轰动性事件而神采奕奕,他说,克鲁普尼克离开《海员报》直接就去了《敖德萨消息报》,也是与在我们编辑部一样,流了几滴鳄鱼的眼泪,把悼文偷偷塞给了他们。廖瓦决定给自己上双保险,以防万一。

《敖德萨消息报》向科斯坦季表达了深深的歉意,而《海员报》上刊登了雅多夫就这件事所写的一首诗体杂文。其中最后几行是:

请仔细看看这一期报纸,
如有不妥,也要心平气和,

如果上面说：你已去世——

那么请你快点躺进棺椁。

克鲁普尼克消失了。狂怒的热尼卡·伊万诺夫要求无论死活，一定把克鲁普尼克找到，交给他惩治。但是在哪里也无法找到他。他不在家里过夜。

大约两周过去了。一天，我像往常一样，很早就到了编辑部，走进自己的办公室，后退了一步：廖瓦·克鲁普尼克又坐在积满灰尘的窗台上，哭泣着。廖瓦的夹鼻眼镜用一条黑色的带子挂在脖子上，随着他抽抽搭搭的哽咽而摇晃着。

"抱歉，"廖瓦断断续续地说道，"出了一个小错误。"

"错误？"我问道，我感到自己的手直发凉。

"是的，"廖瓦不置可否，语调平和，"错误是无心的。原来，故去的不是画家科斯坦季，而是擦鞋匠科斯坦季。一个同姓的人。他住在画家住的那栋楼的地下室。您明白，容易弄混。"

"请允许我问一下，"我说道，渐渐恢复了正常的思维，"您不是亲眼看见他故去了吗？躺在桌子上，盖着床单……"

"关键就在于此！"廖瓦擤着鼻涕，说道，"您明白，地下室里光线很暗，而且还有那个床单……顺便提一下，我给您带来了科斯坦季画展的文章。画展很快就要开幕了。"

"是不是应该认为，"我答道，"这将是他去世之后的一次画展？"

"您这样开玩笑是没有意义的，"廖瓦指责道，"这从您那方面来说是不体面的！"

"您知道这是为什么！"我说，"请走吧！《海员报》不需要您再做

关于画家科斯坦季之死的假消息　　135

什么事了。"

"你可真了不起！"廖瓦大声说道并站起身来，嗓音中满是火药味，"在我眼里这也算份报纸吗？一只烂哨子而已！我曾是《费加罗报》驻敖德萨的记者，而您还拿你们这份包鲱鱼用的传单来指责我。"

我还没来得及回应他，门开了。门槛边站着气得脸色煞白的伊万诺夫。

"滚！"他真真切切、斩钉截铁地喊道，"马上滚！"

廖瓦·克鲁普尼克跳起来，扶着快要掉下来的夹鼻眼镜，倒腾着小碎步往门外走去。

后来我们听见，他在画着奥罗拉女神的大厅里往拼花地板上愤愤不平地吐了一口唾沫，我们听着他的木底鞋嗒嗒响着踏上了便道，永远离开了《海员报》。

契诃夫有充分的根据害怕的敖德萨记者中的最后一位，就这样从编辑部消失了。

"年轻人,您想要什么?"

那种激情四溢的语言几乎被遗忘了。现代生活要求使用简洁的语言表达。

但是,要用什么样的语言来描述这个实际上难以描述的敖德萨市场呢?在二十世纪二十年代它们被称为"新集市"。

已经不习惯慷慨昂扬的话语的我们怎么描绘这个集市呢?怎样讲述昨天在烧得通红的小平底锅旁边挤来挤去的斑疹伤寒患者?平底锅里煎着一块块自家做的乌克兰蒜味香肠——新经济政策的第一个产儿,香肠凭着自身的油脂被煎出嗞啦的声音,卷曲起来。

怎样描述多如牛毛的誓言、吼声、叫喊、抱怨、歇斯底里、赌咒、骂街,林林总总汇成喧哗声,这喧哗声又突然被警察尖利的哨声打断?还有,怎样描述浑身上下挂满东西的投机贩子笨拙的逃跑,他们沉重的脚步声震得长方小石块铺成的马路直发颤?怎样描述在逃跑中被丢弃的发黄的胸衣、粗平布士兵衬裤、表面有一层裂纹的干瘪的猪肝色橡胶热水袋?

因为激情四溢的语言我们已经生疏了,只得用日常的语言来谈敖德萨的市场。

首先应该提到几条规则,不了解这几条规则就不要闯到新集市上去。

第一条规则是:在市场闲逛时,脸上一定要保持一种平淡甚至郁闷的表情,任何情况下都不应表露出您想买什么东西,因为那样的话就会有几十个人开始玩命似的抓住您的袖子,或者使劲在身后拉您的军便服,或者还有人扯您军大衣后腰处的扣带,并且几乎是带着一副绝处逢生的表情悲惨地喊:

"您想买点什么,年轻人?"

没有人问您想卖什么。问这个是没有意义的:一个人想要卖的东西都是在手里拿着或者在自己脖子上挂着的。

如果一个人随身什么也没有带,但是他的眼睛可疑地乱转,在寻找买主,那么市场的光顾者马上就能猜测到他是卖假珠宝的,就讥讽地朝他的背影喊:

"圈肥做的钻石玫瑰!淀粉做的珊瑚!别尔季切夫[1]冠冕上的玉髓!"

但总有例外,有的人你就不能立即猜到他是做什么买卖的。比如,一个总是显得疲惫不堪、绰号廖瓦的法国水兵就是如此。

他被军舰落下了,就滞留在了敖德萨,他完全相信,在国内战争和国际法失去权威的非常时期,没有人会把他当作逃兵送交给法国政府。

他矮矮的身材,总是不刮脸,总是一副不满意的表情,长着长长的黑鼻子,一双凶狠的、鄙视人的眼睛,穿着脏兮兮的蓝色军大衣,戴着

---

[1] 乌克兰城市,在古代曾为格底敏大公的领地。

饰有大红绒球的贝雷帽,系着一条破烂的紫色围巾,在杰里巴索夫街上默默地跑着,粗野地把双手插在大衣口袋里,跑着跑着,突然间完全出人意料地用像女人一样尖细、刺耳、几个街区外都能听得见的声音喊道:

"最好的!最结实的!最经久耐用的!"

他从来不说自己卖的东西是什么。他在杰里巴索夫街的这种奔跑就像是龙卷风。一群人绕在他周围,然后就四散闪开,靠到墙边。"他在卖什么?"外地人迷惑地问。敖德萨人嘲讽地耸耸肩。男孩子们冲着这个水兵的背影打着口哨。民警从最近的岗哨匆匆忙忙迎着水兵走过来,手里拿着一个兽角做的黑哨子。

水兵看到民警后,终于喊出了自己叫卖的东西:

"最好的小石头!打火机用的!最耐久的!打火石!"

他就带着这种胜利的喊声消失在花园街的深处,新集市就隐藏在那边植物油呛人的灰白色烟雾中,那里是投机贩子、老将军夫人、扒手们的避难所。

这个水兵的外形非常有雕塑感,浑身上下都好像是用赤陶塑出来的,并染上了鲜艳的色彩。

集市上的第二条规则是:要同意别人对您所卖物品的第一次出价。轻视这条规则的结局是会像我一样悲惨。

瓦夏·列吉宁的妻子病得很重,她是一个脆弱而优雅的女性,遇到各种各样的实际情况都完全束手无策。

除了妻子,列吉宁还有一个叫基拉的小女儿,一个大约六岁的文静小姑娘。

因为妻子频繁生病,列吉宁的情绪很萎靡。他失魂落魄地在市里四处奔忙。他因为焦急而变得麻木,极力想弄到一点钱和当时视为神药的东西（好像是芥末膏），他哭哭啼啼地恳求我在集市上卖掉他的一块上好的绒布。

那是一块像绒毛一般轻软的优质绒布。在我看来，它值大价钱。

我不知道为什么列吉宁偏偏请我给他卖这块绒布。我记得，当时他提起过我的机智，还说他自己不适合做这件事。他是在恭维我，我却天真地把这些话当真了。

我去了列吉宁家，拿了绒布，将它卷成一个卷，去了集市。我做这件事是愚蠢的，但当时我没有料想到我去的是什么地方。我平静地走在花园街上，却不知道这是一条直通地狱的路。

开始的时候，甚至没有人想看一看我这块上好的绒布。所有的人做出的反应都好像是头一次听说绒布这个词。"这是什么？"他们问我，"是包小沙发床的东西吗？或者给早产的婴儿做保暖的褓褓？"

我觉得很委屈，但在那种情况下——几个放肆的妇女甚至从绒布上揪下一小块，将揪下的小块扯成一条一条的纤维，不知何故还用鼻子闻闻——我也没有说话。

最后，有一个脖子上挂着米尺（由此我得出结论，他是一个裁缝）、好心肠的老头提出花十万卢布买我的绒布。这是一个好价格。但我决定少于二十万卢布不卖，给列吉宁一个幸福的意外。

"您脑袋里有脑子吗？"裁缝惊讶地问我，"收下钱吧，不要把自己当诺贝尔男爵[1]。您碰到了诚实的人，这是您的福分。"

---

[1] 这里应当指来自瑞典的诺贝尔家族，诺贝尔三兄弟（路易、罗伯特、阿尔弗雷德）于1879年在俄国创立当时最大的石油公司，但他们没有男爵头衔；有男爵头衔的是他们的俄国合作伙伴、当时的近卫军炮兵上校彼·亚·比尔德林格（1844—1901）。

我没有答应他。裁缝原地转了转,然后吐了一口唾沫,离开了,还不时吆喝着:

"马裤!当着订货人的面两小时做好,也可以用订货人的面料!裤子笔挺,好像铜浇铁铸的!马裤!特便宜!不算配料三十万卢布一条!"

下一位买主,一个喝得半醉的小个子希腊人,给我的价格是七万卢布。他之后,一个哭丧着脸的妇女给的价格是五万卢布。

快到下午四点钟了,集市上的人开始变得越来越少。希腊人不知从哪儿又返了回来,不过给的价格却已经是三万卢布了。

我打发他走了。这时一个光着脚、戴一顶旧哥萨克大檐帽的人,往我手里塞了一万卢布,开始用力地拽我胳膊肘夹着的绒布,他说:

"给你,拿着钱,从集市上滚回你的柳塞奇卡吧!"

我从他手里夺回了绒布,把他的一万卢布纸币扔给了他。

"哎呀,好啊你这个捣蛋鬼!"小伙子说完,把手往怀里伸。

这时一个帽子上饰有丝绒蝴蝶花的老太太突然尖叫了一声。她正在卖最后一个寡淡无味的麻花形土豆馅饼。随着老太太的尖叫,一个民警应声吹起了哨子。小伙子好像满不在乎,摇晃着他那穿着一件褪色衬衫的肩膀,慢悠悠地离开了。

"快点走吧,"老太太对我说,"他怀里藏着刀。我已经不能在集市上看见流血了,还总是去做证人。"

暮色已经慢慢降临。我在集市的一天就这样可耻地结束了,一无所获。那时我过于天真,所以会这样想。

我离开了集市。我走着走着,突然间想起来,希腊人、哭丧着脸的女人、戴哥萨克大檐帽的小伙子,我在这天刚来集市的时候,就在一个大箱子后面的人群中见到过——他们三个在一起。到这时我才意识到,在我身边的是同一伙"马拉维赫尔"在搞鬼。在敖德萨人们这样称呼那些压价的无赖,遇到合适的机会,他们也在集市上盗窃和抢劫。

在集市大门口我遇到了那个喝得半醉的希腊人。他抽着一支自卷烟,没有理睬我。

我继续走着,有一种呛人的、令人难以忍受的味道一直随着我,直到最近的一个十字路口。在十字路口,一个卖葵花子的女小贩叫住了我。

"您着火了,年轻人!"她朝我喊了一声,"您身上在冒烟,像火车头。"

我回过头一看。从卷着的绒布中正冒出刺鼻的烟。

我打开了绒布。绒布上有一溜火,冒着烟,越烧越旺,不断蔓延。

我想把这蔓延起来的火踩灭,但徒劳无益:那火弯弯曲曲不断延伸着,有如几十条小蛇,在绒布上扩散开来。我唯一能做的就是用脚把烧着的绒布踢到马路上。

"我觉得,"女小贩说,"您在集市上和'马拉维赫尔'们之间有过什么很不愉快的事吧,年轻人。所以他们生气了,就在后面偷偷点燃了您的绒布。用烟卷儿点的。"

我回想起集市大门口半醉的希腊人。这是他干的。

烧着的绒布周围聚了一群人。卖瓜子的女小贩喊着,还愤怒地打着手势,向所有的人讲着我的伤心事。

我没有去列吉宁家。厌恶、愤怒、羞愧的感觉折磨着我。我诅咒所有那些认为盗贼和匪徒的世界里似乎还有某种罗曼蒂克迹象的人。彻头彻尾的胡说八道!全都是说给没主见的人和容易轻信的傻瓜们听的无稽之谈。

我对自己发下毒誓,再也不去集市。

第二天早晨我必须从什么地方弄到不少于二十万卢布的钱——因为

我向列吉宁允诺把他的绒布卖上这个价钱。我为此绞尽脑汁，最后下定决心，去找莫泽尔。在我们这些人当中他是一个相当富裕的人。

莫泽尔和他的妻子非常同情我，叹息，气愤，给我喝了茶，给了我两大张钱票（每张十万卢布）。我把钱卷起来，去了列吉宁家。好像我一生当中从来没有感受过像那天那样的轻松心情。

从绒布这件事可以得出第三条规则：任何时候都不要把东西放在背后。之所以如此，当然是因为东西会神不知鬼不觉地被刮脸的安全刀片划开，或者被点燃，然后被毁坏的东西就变得一文不值了。

尽管我发了誓，但我当然无法做到永远不去集市。如果不算粗平布、带耳罩的帽子和短棉大衣，市里几乎没有国营的商品。

这些镶着灰色人造羔羊皮的带耳罩的帽子不知为什么运来时是被压成一大捆一大捆的。这一捆捆的帽子放在商店里，也没有人打开，所以它们就散发着一股腐烂的味道。

所有的东西只能去集市买，特别是钓丝和钓鱼钩。

每次去集市回来时我心里都有一种说不出的气愤，觉得感受到了压抑和屈辱。无耻的贪婪、无助的贫穷、对人的尊严的嘲弄、动物般的粗鄙与欺骗，这些景象都让我感到屈辱。

欺诈的现象尤其多——小打小闹的、瞅准空子下手的，以及公开而蛮横无理的。

在所有大木箱的阴影里都有人在玩"三片叶子""小绳结""骰子"等游戏，出老千做鬼，打架斗殴。那些酒鬼赖皮放开嗓子号啕大哭，脸上涂满血迹，威胁说会用极其巧妙的方法跟欺负自己的人算账，那些方法让人头皮发凉，胆战心惊。

有些游荡的疯子被人从后面绑上破衣烂衫、一束束报纸，然后那人会把它们点燃。

有时在集市僻静的角落里突然聚集起密密的人群。人们一声不响地、怀着强烈的好奇心往前挤,挤到人群的中间位置,那里可以听见低沉的击打声和被压低的叫喊声:那里要么是在凶狠地猛揍小偷,要么是把被怀疑偷东西的妇女扒光衣服搜查,旁边是一群没戴头巾的乡下女富农在尖声哄笑。

有的时候我无法理解到底在发生什么事。小偷被痛打一顿之后,浑身青一块紫一块的,他挣脱开来,然后却伴随着人群齐声发出的叫好声装腔作势地表演起下流舞蹈,而被脱光衣服的妇女紧紧揪住被偷的妇女的头发,两个人在尘土里不断地滚来滚去。

在见识敖德萨集市之前,我从来没有见过在哪一个地方汇集着如此之多的人类的恶习和仇恨。尤其令人感到惊诧和痛心的是,与这些丑恶相伴的就是那么美好的事物——温煦的大海波光闪耀,漂亮的城市在喧响,金合欢花盛开,阳光让楼房染上些许金色,尽管饥肠辘辘,大大小小的街道上还是有很多面带笑容的人,花香沁人心脾,远处的海面上,洁净的星星在低处闪亮,宛如浮标上的亮点。

不过,我在集市上也曾遇到过好人。那都是些怪人,或者是有着坎坷的生活经历却徒劳无获的人,但他们在那里却成为人性的典范。

我记得一位视力很差的老人。他卖立体镜照片。总是有一些孩子围着他。一整天他都免费给他们看巴黎和罗马、莫斯科和马德拉岛的风光照片。完全搞不清他靠什么生活。那时节是没有哪一个活人会去买立体镜照片的(除了伊贾·利乌什茨)。伊贾去买,也只是出于对这位老人的同情。

在马路上,老人身边放着一个褪了色的、满是尘土的地球仪。每一个想看的人花上五十卢布就可以转动这个地球仪,在上面去找各个有诱惑力的国家和城市,比如复活节岛、赞比亚河或者加拉加斯市。

离这位老人不远处有一个测字算命的先生。他根据字体给人算命。一整天他都坐在一个长凳上,透过一个很大的放大镜研究书信和信封。

他算命时总是生气,训斥来算命的人,甚至朝他们大喊大叫。但尽管如此,顾客还是很喜欢他,特别是女性。

而他大声喊出来的都是让人吃惊的话。

"我已经为您算了三次,女公民,"他对着一位面容憔悴的妇女喊着,"您应该抛开您的这位同居者,如果您不想和他一起成为阶下囚。"

"说得对,是应该抛开。"妇女含含糊糊地附和着。

"离开吧,维尔卡!你明白,这个人是希望你好。"她的女伴们劝她说。

"结果,"算命先生委屈地喊道,"我就像一个寄生虫似的从您那里捞钱,每次收三百卢布。而这都是因为您不能痛下决心!这简直太不像话!既然您不想听我劝,那么就别到我这儿来了。我再也不给您算命了。到此为止吧。"

还有一次他喊道:

"根据字母的形状,您自视甚高,小伙子。您以了不起的大人物自居,高声吵闹。然而只有通过掌握知识和学会忍耐,而不是放肆无礼、满口脏话,才能获得正确的生活方式。我早就发现,您总是在'梅花十'维其卡那一伙人中间转来转去,而不是老老实实做事,给年迈的双亲带来快乐。"

而最令人感动的是卖鸭舌帽的苏斯曼老人,他在集市的偏僻角落开了一个小店铺,牌匾上写着"华沙鸭舌帽"。

他全天都和打杂的伙计——一个无精打采、带着病容的男孩儿米利亚坐在小铺子里。那个男孩儿睡觉，不时发出轻轻的打鼾声，而老头戴着眼镜，慢条斯理地看报纸，长吁短叹，不满地看着稀稀疏疏的顾客。

有一次我和雅沙·利夫什茨去了他的帽子店。

"您为什么还要新帽子呢？"苏斯曼气呼呼地问雅沙，"您现在的帽子还很不错。"

"这是我的事！"雅沙同样气呼呼地回答。

"您习惯到处乱扔帽子吗？"苏斯曼带着讥讽的语气问，"还您的事呢！米利亚，给这个同志随便拿一顶鸭舌帽。我要到邻居那儿去一趟。"

他走了。雅沙因为这位怪异的卖货人气得直呼哧，他开始试戴帽子。米利亚把镜子举到他面前，有两次因为要睡着了差点把镜子摔掉。

雅沙拿不定主意。他戴上一顶棕色的帽子，问我他戴着合不合适。

我还没来得及回答。苏斯曼走进来，扫了雅沙一眼，问道：

"米利亚，刚刚到铺子里来的那个顾客在哪儿呢？"

"就是他。"米利亚无精打采地答道，指了指雅沙。

"不！"苏斯曼高声说道，往后退了退，两手一拍，他留着大胡子的面庞洋溢着幸福的笑容，"不！你胡说八道什么，米利亚！站在我面前的是一位戴着苏格兰帽的勋爵，真正的张伯伦勋爵[1]。而刚才那个顾客，抱歉，其貌不扬的样子，有点像个流浪汉。"

"这位就是他，"米利亚肯定地说道，还是带着那副无精打采的样子，"只是他戴了一顶新帽子。"

"哎呀呀！"苏斯曼喊了起来，"十万卢布这么便宜的帽子能让一个

---

[1] 这里大概指当时任英国财政大臣的奥斯丁·张伯伦（1863—1937）。

人焕然一新！当然了，如果帽子是手艺高超的师傅做的！帽子能够制造奇迹！"

雅沙忍不住哈哈大笑起来。苏斯曼也笑得流泪了，他很满意自己的奇思妙想，友好地拍了一下雅沙的肩膀。

"买卖把我们变成了演员，"他笑着说，"我会成为一名喜剧演员的，这是实话！这我们就熟悉了。请随时来我这儿聊聊，要不然待在这个空荡荡的小铺子里会把人憋闷死。我给您做一顶夏款帽，这种样式即便是劳合·乔治[1]也不曾有过，而且他这一辈子也不会有。只要能弄到好布料。"

大家都很满意，而米利亚重新坐到柜台后面的板凳上，又开始打盹，并发出鼾声。

"这回你们相信了吧，"苏斯曼叹着气说，朝米利亚歪了一下头，"我这里有一个怎样的交谈者。这只会让人发疯，完蛋！"

"您想要什么，年轻人？"每一次在敖德萨的集市上都有人这样问我。我想要什么？我想要的只有一样：让这个贫穷和肮脏的神庙付之一炬，在风中消散。最后这样的事情终于发生了。

是的，顺便提一下，列吉宁相信我以二十万卢布的价格卖了他的绒布。直到二十年后在莫斯科这个骗局才被他发现，列吉宁郑重地还了我那二十万卢布，他给我的是两张一九三九年发行的面值为十卢布的纸币。当时，他以自己的方式笑了起来，不出声，却笑得浑身直抖。

---

[1] 劳合·乔治 (1863—1945)，1916年至1922年任英国首相。

"我向您保证会出现莫泊桑的"

有一期《海员报》刊载了一篇名为《国王》的短篇小说。小说的署名是"伊·巴别尔"。

小说讲的是敖德萨匪帮头子本齐昂·克里克（也就是本尼亚·克里克），要把自己青春已逝的姐姐德沃伊拉强行嫁给一个软弱无能、爱哭鼻子的小偷。这个小偷娶德沃伊拉只是因为对本尼亚怕得要命。

那是巴别尔最早的所谓"摩尔达万卡"短篇小说的其中之一。

在敖德萨人们把城市铁路货运站附近的那部分叫作"摩尔达万卡"，那里住着敖德萨的两千个强盗和窃贼。

为了更好地了解摩尔达万卡的生活，巴别尔决定在那里的一个老犹太人齐列斯家住一段时间，齐列斯在妻子——哈瓦大婶大喊大叫的压迫下生活了一辈子。

在巴别尔租住了这个温和的、像侏儒一样的老头的一个房间后，一些事情很快就发生了急剧的变化，为此巴别尔迫不得已从一直散发着煎洋葱和樟脑球味道的齐列斯的宅子里仓皇出逃。

但稍后,等到读者习惯于摩尔达万卡那时的生活的特点后,我再讲这方面的事情。

短篇小说《国王》写得简练准确。它像碳酸汽水一般带给人一股清爽气息。

从青少年时起,我就觉得一些作家的作品有如魔法一般。在读了短篇小说《国王》之后我明白了,又有一位魔法师来到了我们的文坛,明白了,这个人所写的所有作品永远不会是平淡而沉闷的。

短篇小说《国王》中描写的一切都与我们所见的完全不同,不仅是其中的人物、他们的行事动机,还有出人意料的情境,陌生的生活习俗,充满活力的、鲜明生动的对话。在这篇小说中存在着一种与荒诞文学毫无二致的生活。在每一个细节中都可以发现作家锐利的眼光,你会突然发现,要么是某个精致的段落,要么是某个好像从法语翻译过来的句式——一个明快而华丽的句式闯入了文本,就如同强烈的阳光出其不意地照进窗来。

这是一种全新的、非同寻常的体验。在这篇散文作品中回荡着的,是一个风尘仆仆、随着骑兵军去远征的人的声音,不过这个人同时还拥有以往文化的全部财富——从薄伽丘到勒孔特·德·李勒,从代尔夫特的弗美尔[1]到亚历山大·勃洛克。

是伊贾·利乌什茨把巴别尔带到《海员报》编辑部的。我不曾遇见像巴别尔这样外表如此不像作家的人:驼背,由于遗传的敖德萨哮喘几

---

1 扬·弗美尔(1632—1675),荷兰画家,生于荷兰的代尔夫特。

乎看不见脖子，鸭嘴鼻子，布满皱纹的额头，一双闪着明亮光芒的小眼睛，乍看起来他引不起别人什么兴趣。他可能会被当成推销员或者经纪人。当然，这只是他在开口说话之前给人的印象。

随着最初的几句话出口，一切都发生了变化。在他细细的嗓音里可以听出一种执着的嘲讽。

很多人无法直视巴别尔火辣灼人的眼光。从性情上看，巴别尔是一个揭露者。他喜欢把人逼入绝境，因此在敖德萨人们都知道他是一个不好相处的人，一个好惹事的人。

巴别尔到《海员报》编辑部时手里拿着吉卜林的一本短篇小说集。在和编辑热尼卡·伊万诺夫交谈时，他把书放到了桌子上，但总是急不可耐，甚至有点如饥似渴地时不时瞅一眼那本书，他在椅子上扭来扭去，站起来，又坐下。他显然很着急。他是一门心思要读书，而不是和别人进行这种迫不得已的礼节性交谈。

巴别尔很快就把话题转到吉卜林身上，他说，应该像吉卜林那样用钢铁一般的散文风格去写作，并且能非常清楚地想象出笔下应该出现的一切。短篇小说应当像军事报告或者银行支票一样准确，应该用像拟定命令和填写支票的那种清晰率直的风格来写。当然，吉卜林正是这样的风格。

巴别尔用几句出人意料的话结束了关于吉卜林的谈话。说这番话前，他摘下眼镜，他的面庞立即变得柔弱而温厚。

"在我们敖德萨，"他说，眼睛里闪烁出讥讽的目光，"不会有自己的吉卜林。我们是心平气和的热爱生活的人。然而我们会出现自己的莫泊桑。因为我们有辽阔的大海、阳光、美丽的女性和许多有助于思考的食粮。我向您保证会出现莫泊桑的。"

然后他马上就谈起他到过莫泊桑在巴黎的最后一所住宅的情况。他谈起了被阳光晒暖的粉红色花边灯罩，形容那个灯罩像那些身价不菲的交际花的裤腿，谈起了发蜡和咖啡的味道，还有宽敞得让病中的作家感到恐惧的房间，长期以来，这位作家让自己习惯于在构思和将其付诸最简洁的描述之间保持严格的界限。

在说这番话时，巴别尔还饶有兴致地提到了巴黎印刷厂。巴别尔的法语发音很好。

由巴别尔所提出的一些见解和问题，我明白了，这是一个具有罕见的毅力、不屈不挠的人，他希望见识一切，不嫌弃任何知识，表面上看有怀疑主义甚至犬儒主义的倾向，而实际上相信人类天真而善良的心灵。巴别尔喜欢重复《圣经》中的一句格言："力量使人贪婪，只有悲伤能使心灵满足。"

我从自己的窗户看见巴别尔从编辑部出来，驼着背，开始沿着滨海林荫道有树荫的那一侧走。他走得很慢，因为他刚一走出编辑部，就马上打开了吉卜林的书，开始边走边读。有时他停住脚，为的是让迎面走过来的人绕过他，但他一次也没有抬起头看他们一眼。

对面的人绕过他，疑惑地回头望望，但谁都没有对他说一句话。

很快，他就消失在悬铃木的树荫之中。在流动的黑海气流中，悬铃木如天鹅绒一般的叶子在微微摆动。

后来我经常在市里遇见巴别尔。他从来不是一个人活动。总有一些所谓"敖德萨文学青年"像蚊子一样贴在他周围。他们飞速捕捉他的犀利语句，然后立即将它们在全敖德萨散布开来，并且心甘情愿地去完成他委派的很多差事。

发现有人敷衍了事，巴别尔会十分严厉地处罚这些兴高采烈的青年,而对他们厌烦之后,就毫无怜悯之情地赶他们走。常常是他对哪位青年的抨击越激烈,被抨击者越发引以为豪。"文学青年"们简直就是因为有巴别尔的抨击而充满活力。

但是,不仅仅是"文学青年"把巴别尔视若神明。老一辈文学家——那时在敖德萨也聚集着几位——跟敖德萨年轻的作家和诗人一样,对巴别尔也非常敬重。

之所以这样,不仅仅因为这是一个才华横溢的人,还因为他作为一个作家为阿列克谢·马克西莫维奇·高尔基所认可和喜爱,还因为他刚刚从富有传奇色彩的布琼尼骑兵军回到敖德萨,最后,还因为他是那一时期我们的第一位真正的苏维埃作家。

不要忘记,那时苏维埃文学才刚刚形成,除了勃洛克的《十二个》和亨利·巴比塞的书《火线》的译本,敖德萨还没见过什么新书。

无论是勃洛克,还是巴比塞,都给我们留下了令人震惊的印象:在这些作品里已经鲜明地闪现出新时代的诗歌和散文的光彩,而勃洛克的诗歌也好,巴比塞的严肃散文也好,我们都能背诵。

我和巴别尔的密切接触是在夏末。那时他住在喷泉区第九站。我那时在休假,和伊贾·利乌什茨一起在离巴别尔住的别墅不远的地方租了一处破烂不堪的别墅。

我们这处别墅的一面墙就悬在陡崖之上。经常有一块块颜色艳丽的粉红色墙皮从墙上掉下来,撒着欢儿连蹦带跳地奔向大海。因此我们宁愿睡在朝向草原的露台上。那里更安全一些。

别墅附近的花园长满了齐腰高的带点灰色的艾蒿。其间点缀着指甲大小的罂粟花骨朵,好像鲜艳的朱砂碎屑。

我和巴别尔经常遇见。有时几乎一整天我们都一起坐在岸上,和伊贾用自动钓鱼竿一边钓鲈鱼和鰕虎鱼,一边听巴别尔娓娓而谈。

他是一个天才的讲故事能手。他的口头讲述比写出来的故事更有感染力、更完美。

怎样描述一九二一年在喷泉区我们一起度过的愉快而又忧伤的那个夏天呢?让它变得快乐的是我们的青春,而它给我们留下忧伤的印象,是因为我们心头总是萦绕着淡淡的不安,或许部分是因为那些神秘莫测的南方之夜。南方的夜就在我们近旁,在我们露台的第一个石头台阶外面垂下它的大幕。

站在露台上,我可以向夜色中伸出一只手,但是马上就会缩回来,因为手指尖感受到了宇宙空间近在咫尺的凉意。

快乐汇聚成了一个由我们的谈话、玩笑和故弄玄虚交织而成的多彩线团。那时在敖德萨人们已经把故弄玄虚叫作"捉弄"。后来这个词迅速传遍全国各地。

对于我而言,不知为什么,忧伤还体现在每逢夜晚海平线上一直都在闪耀的清晰火光中。那是一颗很低的星星。没有人知道它的名字,尽管每天夜里它都一直友好而执着地注视着我们。

不明白为什么,忧伤还隐含在夜晚不再喧嚣的石头公路的气息里,在挨着我们别墅的门槛安家落户的一小株野马鞭草的天蓝色瞳孔里,也隐含在那时我们非常清晰地感觉到时间流逝过快的那种感觉中。

悲伤暂时还统治着世界。但对我们年轻人而言,悲伤与幸福是相伴左右的,因为时间是充满希望的——希望拥有合理的命运,希望摆脱挥之不去的灾难,希望在无尽的寒冬之后一定是春暖花开。

或许,我在那个夏天很好地明白了,"天才的力量"意味着什么,而在那之前我一直觉得这是一个毫无意义的说法。

巴别尔的在场使这个夏天变得趣味盎然。我们大家都生活在他的天才的余光之中。

在这之前几乎所有我遇见的人都没有在我的记忆里留下特别明显的痕迹。我很快就忘记了他们的面庞、嗓音、话语，他们的步态，还有很多其他的东西，即使有时也会突然想起他们脸上某一条颇有特点的皱纹。而现在不同了。我会贪婪地在自己的记忆里描绘出人们的面貌，这是巴别尔教会我的。

巴别尔经常在傍晚时分乘坐有轨马车从敖德萨返回。有轨马车代替了完全被遗忘的有轨电车。有轨马车只走到第八站，从远处就能听到它的当啷声，它的所有螺栓都快散架了。

巴别尔从第八站步行回来，风尘仆仆，疲惫不堪，但眼睛里却闪烁着狡黠的光芒，他说：

"嘿，在车厢里老太太们闲聊天还引起了乱子！为了'鸡蛋'。你们听听！你们简直会开心得大哭起来。"

他开始转述那个聊天的事。我们岂止是笑得泪流满面。我们简直笑得无法直起腰，完全被他的这个讲述征服了。于是巴别尔一会儿拉拉我们中的这个人，一会儿拽拽另一个，并且用喷泉区第十站一个我们熟识的女小贩的嗓音喊着问：

"您彻底疯了，年轻人？还是怎么了？"

听着巴别尔的讲述，只要一闭上眼睛，就能马上体会到待在敖德萨有轨马车闷热的车厢里的感觉，会十分直观地看到所有同行的乘客，似乎您和他们一起生活了很多年，一起吃了足足一普特的盐。或许，他们这些人在大自然中根本就不存在，他们纯粹是巴别尔杜撰出来的。但对我们来说，这又有什么关系呢？他们的生活是那么的具体生动：打鼾，咳嗽,叹息,相互之间意味深长地递着眼色,关注着那位被敖德萨人说成是像高尔基一样聪明的巴别尔"先生"。

我们从他的口头讲述中知道了为"慈善家国际"组织而叹息的格达利老头,知道了在"积重难返的"法斯托夫车站发生的贩盐事件,知道了骑兵队的疯狂冲锋和布琼尼惊人的冷笑,听到了神奇的哥萨克歌谣,在他写有这些内容的短篇小说被刊载之前,我们就通过他的讲述了解了这些。有一首歌曲对巴别尔有着特别的震撼力,于是后来在敖德萨我们经常唱那首歌,每一次我们都更惊诧于其中的诗意。现在我忘记了这首歌的歌词。仅仅它的前两行在我的记忆里留有印记:

父亲屋顶一颗原野上的星,
还有我母亲那只忧伤的手……

这颗"原野上的星"尤其令人痛苦和压抑。每逢夜晚我甚至经常在梦中看见它——在家乡贫瘠原野上的苍穹中唯一一颗静谧的星。

总的说来,巴别尔都是很乐意讲那些故事的,有关阿列克谢·马克西莫维奇·高尔基的,有关革命的,他还讲到他自己,巴别尔,未经官方许可就住在了彼得堡的阿尼奇科夫宫,有一次睡在亚历山大三世办公室的长沙发上,还小心翼翼地看了一下沙皇的写字台抽屉,找到了一盒华美的烟卷——土耳其苏丹阿卜杜勒·哈米德赠给沙皇亚历山大的礼物。

这些粗大的烟卷是用粉红色的纸卷成的,上面有金色的阿拉伯花体字。巴别尔非常神秘地赠给我和伊贾一人一只烟卷。晚上我们就把它吸掉了。淡淡的香气在喷泉区第九站的上空弥散开来。但我们马上就头疼得要命,像醉汉一样扶着石头围墙走来走去整整一小时。

就是在那时我从巴别尔那里知道了温顺的犹太老人齐列斯不同寻常的故事。

巴别尔在齐列斯和他郁郁寡欢、行动迟缓的妻子哈瓦大婶的家里住了下来，房子在摩尔达万卡的中心地区。他决定从这个敖德萨郊区的生活及其带有浓郁地方色彩的习俗中取材，写几篇短篇小说。巴别尔对当时已成为传奇人物的米什卡·亚蓬奇克(本尼亚·克里克)那样的匪徒情有独钟，这些匪徒有着独特的个性和不容置疑的才干。巴别尔希望更好地研究摩尔达万卡，当然，就此而言，齐列斯那所无趣的住宅就是一个很适合的地方。

在乱哄哄、大呼小叫的匪巢和给人以虚假安全感的那些住宅中，齐列斯家就像一座可靠的山岩，其他人家虽然房子里铺着针织的桌布，五斗橱上立着银质的可以插七根蜡烛的烛台，但在父母的包庇下，强盗就隐匿在里面。

齐列斯家住宅周围的邻居都是些武装齐备的豪勇的年轻人，对他形成了铁甲合围。

巴别尔把自己研究摩尔达万卡的目的告诉了齐列斯。这并没有给老头带来喜悦。相反，齐列斯十分担忧。

"哦，巴别尔先生！"他摇着头说，"您是那样一位有名望的老爸的儿子！您的妈妈是一个美人！人们说，那个布罗茨基的侄子还向她提过亲。您要知道，不管您是一个什么样的作家，摩尔达万卡都根本不适合您。别再打摩尔达万卡的主意了吧。我告诉您，您在这里不会获得一丝一毫的成就，而且还会挣来满满一口袋的不愉快。"

"什么样的不愉快？"巴别尔问道。

"我怎么知道是什么样的！"齐列斯模棱两可地答道，"就说那个'五卢布'[1]，您能猜透他脑子里会生出什么鬼念头吗？我不是替柳西卡·库尔以及所有这一类的无耻之徒说话。巴别尔先生，您最好不要冒险，而是悄悄地回到叶卡捷琳娜街您老爸的家。我跟您说一句掏心窝子的话，我自己已经后悔出租给您一个房间。但我怎么能够拒绝这么一个让人开心的年轻人呢！"

有时巴别尔在齐列斯租给他的房间里过夜，他几次听见哈瓦大婶小声责骂老头，怪他租给巴别尔房间，让一个陌生人进了家门。

"你这么做能得到什么好处，吝啬鬼！"她对齐列斯说，"一个月收那么十万卢布？这么做却会失去自己最好的客户。斯捷波瓦雅街的拉扎尔·布罗伊德准会捉弄你，嘲笑你。他们那些人都会跑到布罗伊德那儿去的，我以过世的伊多奇卡的名义发誓。"

"密探们等的正是你的布罗伊德，要把他抓住。"齐列斯信心不足地回击道。

"怎么不早点把你抓了呢？这个住户会让你两手空空。不会有人再给你一分利。那时候我们靠什么养老？"

齐列斯心里很难过，辗转反侧，久久不能入睡。

巴别尔不喜欢老太太的这些莫名其妙的夜间谈话。

他觉得其中藏着某种危险的秘密。他也久久地睡不着，努力猜想哈瓦大婶窃窃私语些什么事。

摩尔达万卡的夜很长。远处的路灯灰蒙蒙的光落到斑驳的壁纸上。壁纸发出一股醋精的味道。偶尔从街上传来匆匆赶路的脚步声、尖细的

---

[1] 匪首的名字。

哨声,有时甚至会听见近处的枪响和妇女歇斯底里的哈哈大笑声。笑声从砖墙那边传过来,仿佛这号啕大哭似的笑声被深深地砌进了墙里。

雨夜里特别难受。水在铁槽里流动,发出细微的叮咚声。身子稍稍一动,床就吱吱嘎嘎地响,还有什么活物整夜都在壁纸后面慢条斯理地咀嚼着腐朽的、烂成碎屑的木头。

巴别尔真想起床,回到自己住的叶卡捷琳娜街。在那里的第四层楼上厚厚的墙壁内,安静、昏暗、安全,桌子上放着修改了几十次并重新抄写的最近一部短篇小说的手稿。

巴别尔会走到桌子跟前,小心翼翼地抚摸着这份手稿,仿佛在抚摸一头不太驯顺的野兽。他经常在夜里起来,把一本厚厚的大开本百科全书竖起来,挡住小煤油灯,在灯下反复读三四页手稿。每一次他都能找到几个多余的词,并带着幸灾乐祸的心思把它们删掉。"语言的清晰和力量,"他说,"完全不是表现在已经无法再往一个句子里加添什么,而是体现在从这个句子当中已经无法再删减什么。"

所有见过巴别尔工作的人,特别是见过他夜间工作的人(很难见到处在这种状态下的他——他写作的时候总是避开人),都会对他充满忧伤的脸庞以及他特有的善良和痛苦的神情感到震惊。

在这些枯燥的摩尔达万卡的夜晚,巴别尔为了能马上回去看到自己的手稿,付出再多他也心甘情愿。但是他觉得在文学领域自己就是一个侦察员和一个士兵,他认为,为了文学他应该忍受一切:无论是孤独、引起哮喘严重发作的油灯熄灭后的煤油味儿,还是房子的墙外那边哭天抢地的妇女的叫喊。不,不能回去。

在一个这样的夜晚,巴别尔突然想到:显然,齐列斯是一个平常人身份的眼线!齐列斯就是靠这个生活。他为此获得自己的提成——"份子钱",所以巴别尔对于老头来说确实是一个不方便的租户。

他会把这个老眼线的那些敢于冒险但同时又十分谨慎的主顾吓跑。齐列斯贪图额外的十万卢布,让一个什么公子哥进入了摩尔达万卡的心脏地带,谁愿意因为齐列斯的小算盘而愚蠢地遭受事情败露的厄运呢?

更何况这个公子哥是一位作家,因此也就比他是一个普通皮条客或啤酒馆里的赌棍更加危险。

巴别尔终于明白了齐列斯说的会有一口袋不愉快的暗示,并决定几天后就从齐列斯家搬出去。但他还需要几天时间从这个老眼线口里探听出他所能讲的一切趣事。而巴别尔知道自己这一冥顽不化的特点——刨根问底,残酷而执着地挖掘,或者,像敖德萨人所说的,"靠着上帝帮忙,让人掏出心窝"。

但这一次巴别尔没有让老齐列斯掏出心窝。一个强盗抢在了巴别尔的前面,好像是谢尼卡·维斯洛乌希,而且他不是照这个说法的转义,而是照这个说法的严格字面意义去做的。

有一次,巴别尔去了市里,齐列斯在他的住宅内大白天就被人用芬兰刀一刀刺死了。

巴别尔回到摩尔达万卡,正碰上宅子里的警察,在他自己租住的房间看到了刑事侦查处的处长。处长坐在桌旁做着记录。那是一个身着蓝色斜纹布马裤的彬彬有礼的年轻人。他向往着也能成为作家,因此对巴别尔很恭敬。

"我请您,"他对巴别尔说,"带上自己的东西马上离开这栋楼。不然,我无法保证您的人身安全,甚至最近这几昼夜都保证不了。您自己明白:摩尔达万卡!"

于是巴别尔匆忙离开了,哈瓦大婶嘶哑的哀号让他浑身打颤。她诅咒谢尼卡和其他所有她认为与齐列斯的被杀有牵连的人。

那些诅咒非常吓人。彬彬有礼的刑侦处处长甚至劝巴别尔：

"不要听这些疯言疯语。早晨她头脑还是清醒的，还提供了证据。这会儿她就发了疯。一会儿就会有罗曼诺夫卡镇疯人院的车来把她拉走。

而在隔壁，哈瓦大婶一绺一绺地把花白的头发扯下来，再扔掉，一边摇晃着身体，号啕大哭，嘴上还喊着：

"西蒙啊（她叫着谢尼卡的正名），让你喝掺了老鼠药的伏特加，死在你吐的臭大粪里！让你用脚踹你的亲娘，那条老毒蛇米里阿姆，让她生下你这么一个恶种和魔鬼！让摩尔达万卡所有的男孩磨快他们的铅笔刀，把你千刀万剐，砍你十二天十二夜！谢尼卡，让你身上着火，让你肚子里的油烧开了把你胀死！"

巴别尔很快就知道了齐列斯死亡的全部情况。

原来，齐列斯的死是他自己的错。所以除了哈瓦大婶，摩尔达万卡没有一个人怜悯他。一个人也没有！因为齐列斯实际上是一个不正派的老头，所以说，实际上没有什么办法能够使他逃脱死神。

事情是这样的。齐列斯在他死亡那天的前一天夜里，去了谢尼卡·维斯洛乌希那里。

谢尼卡正在前厅一个镶着雕花黑镜框的华丽穿衣镜前刮胡子。他瞥了齐列斯一眼，说道：

"攀上公子哥了，齐列斯先生？祝贺您！您清楚苏维埃的一项新法律：如果来到了一个正在刮脸的人跟前，那么你就尽快做完你的事，把你的劲全用上。我允许您说十个词解释，就像在中央电报局。您多说一个词我就在您的提成，或者说份子钱里扣您二十万卢布。"

"要么您从小生下来就这么不善于开玩笑,谢尼亚[1],"齐列斯陪着笑脸问道,"要么随着岁月的流逝您渐渐变成这样的?您觉得呢?"

齐列斯在生活中甚至在办事的时候是胆小怕事的,但和别人谈话时他却敢放肆无礼。他被认为是敖德萨资格最老的眼线不是没有缘由的。

"好吧,您讲吧,老活宝,"谢尼卡说道,并且拿着剃须刀在空中甩动起来,就像用弓子拉小提琴,"讲吧,趁我还没有完全失去耐心。"

"明天,"齐列斯用非常低的声音说道,"下午一点有四十亿运到'孔科尔季亚'合作组。"

"好!"谢尼卡也低声答道,"您会得到您的份子钱。不扣您的。"

齐列斯拖着沉重的脚步走回家。谢尼卡的做法令他不快。以前谢尼卡在办严肃的事情时是不允许自己开玩笑的。

齐列斯把自己的想法告诉了哈瓦大婶,她当然喊了起来:

"多少年来你就像最大的大傻瓜,在原地打转转!你干吗扭过脸去看伊多奇卡的相片?我问你呢,不是在问她!很清楚,谢尼亚不会做这件事的。他会因为这肮脏的四十亿卢布栽赃给你。这个事到头来就是竹篮打水一场空——就是这样!"

"那如何是好呢?"齐列斯哼哼唧唧说道,"他们会把我逼疯的,这些强盗!"

"去找'五卢布'吧。或许,他会贪图你的几十亿伪钞!那样你至少不会成白痴。"

老齐列斯戴上柳斯特林薄呢便帽,步履沉重地去找"五卢布"。那

---

[1] "谢尼卡"的另一种小称。

个人正在房子旁边小花园里白色金合欢树丛的荫凉里睡觉。

"五卢布"听齐列斯说完，迷迷糊糊地答道：

"走吧！你可以指望拿到份子钱。"

齐列斯满意地离开了。他感觉自己就像一个给生命投了纯金保险的人。

"老太婆是对的。难道能指望上谢尼亚吗？他像一只飞蛾，像怀了孩子的女人一样任性。他先是同意，而后又耍着剃刀拒绝，——这对他来说又算得了什么呢，如果他觉得这件事过于麻烦的话。"

但是饱经世故的老眼线齐列斯在一生中第一次也是最后一次打错了如意算盘。

到了第二天下午一点钟，在"孔科尔季亚"合作组的出纳处旁，谢尼亚和"五卢布"碰了头。他们开诚布公地互相对视了一下，之后谢尼亚问道：

"你能不能受累说说是谁让你参与这件事的？"

"老齐列斯。那又是谁让你插手这件事的？"

"也是老齐列斯让我做的。"

"这样的话？""五卢布"问。

"这样的话，老齐列斯就不能再活着了！"谢尼亚回答。

"阿门！""五卢布"说了一声。

两个强盗和和气气分了手。按照规矩，如果两个强盗在一宗买卖中撞了车，那么这桩买卖就要取消。

四十分钟之后老齐列斯在自己家里丧了命，当时哈瓦大婶到院子里晾衣服。她没有看见凶手，但是她知道除了谢尼亚或者他的人，没有谁能做得了这件事。谢尼亚从来不曾原谅别人的欺骗行为。

"那个"男孩子

巴别尔的别墅里住着很多人：巴别尔本人、他静默而严厉的母亲、他的妻子——红头发的美人儿叶夫根尼娅·鲍里索夫娜、巴别尔的妹妹梅丽，还有他的岳母和岳母的小孙子。巴别尔把所有这些人称作"考德洛[1]"，言语中带着戏谑和不敬的色彩。

话说在七月的一天，巴别尔家里发生了一桩奇怪的事。

为了弄明白这一事件全部的所谓"精华"，需要谈几句巴别尔婚姻方面的情况。

巴别尔的父亲，一个奔波劳碌的人，在敖德萨有一个不大的农业机械仓库。有时老头让儿子伊萨克[2]去基辅工厂主格龙法因的工厂采购这类机械。

1　кодло，乌克兰语，意为坏种、败类。
2　伊萨克是巴别尔的名。

巴别尔在格龙法因家里认识了他的女儿,毕业班的中学生热尼娅[1],很快他们就开始了两情相悦的恋爱。

当时没有可能谈到结婚。巴别尔,一个大学生、穷光蛋,一个敖德萨中等商人的儿子,要做格龙法因家富有的继承人的丈夫,显然是不合适的。

热尼娅第一次提及出嫁的事时,格龙法因解开长礼服,双手插到背心的开叉处,晃动着鞋后跟,发出人人都明白的鄙夷的声音:"嘘——嘘!"他甚至根本不愿意费劲用言语表达他的蔑视——那对于这个其貌不扬的大学生来说过于尊敬了!

这对恋人只剩下一条出路——私奔到敖德萨。

他们就这样做了。

再往后一切都按照老套的模式发展:格龙法因老头把巴别尔整个家族祖宗十代骂了个遍,并且取消了女儿的继承权。事情就像萨沙·乔尔内[2]的著名诗篇《爱情不是土豆》中所写的那样。那首诗中,在类似的情况下,老爸法尔福尔尼克由于气恼打碎了家里的一套餐具,号啕大哭的法尔福尔尼克太太擤鼻涕弄湿了第十块手帕,而诱惑少女的大学生被赶出家门,而且诗人用华丽的辞藻称他为"勾引最贞洁的、如罂粟花般纯洁的少女的挑唆者"。

但时光没有停下脚步。发生了革命。布尔什维克没收了格龙法因的工厂。老工厂主竟然沦落到这样的地步:不刮脸就出门,衬衣上不戴活

---

[1] 热尼娅是叶夫根尼娅的爱称。
[2] 萨沙·乔尔内(1880—1932),原名亚·米·格利克贝格,俄国诗人,1920年侨居国外。

领子、只有一个金色的袖扣。

但有一次,一个令人震惊的消息传到了格龙法因家里,说巴别尔"这个毛孩子"成了一位大作家,说马克西姆·高尔基本人非常看重他(而且和他关系很好)——"你们想想看,是马克西姆·高尔基本人!"又说巴别尔得到了巨额稿费,还说所有读过他作品的人都怀着一种崇敬的心情说:"巨大的天才!"一些人还补充说,大家都在羡慕下这么一桩好姻缘的热涅奇卡[1]。

显然,两个老人失算了,现在该是和解的时候了。不管他们的自尊心多么痛苦,他们还是首先向巴别尔,用一种形象的说法,伸出了和解之手。这一情况表现为,在一个美好的日子,巴别尔过于客气的岳母——格龙法因老太太突然出现在我们这里的第九站,她是从基辅专为和解而来。

想必她对自己能否成功完成这个棘手的任务不是很有信心,因此,为了缓和紧张气氛,把孙子——八岁的男孩柳夏——也从基辅带过来。实际上她还不如不带这男孩来。

巴别尔家热诚欢迎了岳母的到来。但是,当然,巴别尔内心深处对她和傲慢的格龙法因老头还是没有好感。而岳母试图改正以前的过错,甚至处处讨好巴别尔,随时都在尽力强调自己作为一个亲戚对他的好感。

我和伊贾·利乌什茨早晨经常在巴别尔家吃早饭,吃饭时几次重复出现同一个场面。

餐桌上端来了煮鸡蛋。格龙法因老太太机敏地盯着巴别尔,如果他没有吃鸡蛋,她就会难过地问道:

---

1 热涅奇卡是叶夫根尼娅的爱称。

"巴别尔（她不叫他的名字，而叫他的姓），为什么您不吃蛋呢？您不喜欢吗？"

"谢谢您，我不想吃。"

"这么说，您不爱您的岳母啦？"老太太翻着白眼，嘻嘻哈哈地说，"我可是特地为您煮的。"

巴别尔勉强把东西塞进嘴里，匆匆吃完早饭，推开饭桌走了。

伊贾·利乌什茨给这个叫柳夏的男孩起了个外号——"那个"男孩子。想解释这个南方用语的内涵几乎是不可能的。但还是在柳夏出现的第一天，我们每一个人就亲身感受到这确实是"那个"男孩子。

柳夏两只薄薄的耳朵由于好奇从早到晚都红得非常厉害，就好像被什么人十分享受地揪了很久。柳夏想知道一切与他无关的事情。他以魔鬼般的机警秘密关注着巴别尔以及我们的举动。避开他是不可能的。无论我们身处何处，一分钟后我们就会在柽柳的枝叶里或者岸边的礁石后发现柳夏被阳光照得晶莹透亮的耳朵。

显而易见，由于备受好奇心的煎熬，柳夏瘦得难以置信，皮包骨头。他黑色的、酷似油橄榄的眼睛总是非常迅速地转动，四下张望。在这同时，柳夏一分钟之内提出的问题就达到三十个，但他从来不等别人回答。

这是一个极其烦人的男孩，性格特点是非常好动。只有在睡觉时，他才能安静下来。白天，他总是在不停地乱动，蹦蹦跳跳，转来转去，扮鬼脸，掉东西，打碎家什，凶恶地吼叫着在花园里跑来跑去，摔倒，骑在门槛上玩，装模作样地哈哈大笑，逗弄狗，学猫叫。要是他感到什么人让他受了委屈，他就愤恨地拽自己的头发，令人讨厌地干号，不流眼泪。他口袋里装着断了尾巴、半死的蜥蜴和螃蟹，在吃早饭时把它们放到餐桌上。他缠着别人要东西，说无礼的话，经常拿走我的钓丝和钓钩。除了所有这些特点,他说话还声音嘶哑。

"这是什么?"他问,"这有什么用?用这个毯子可以制造炸药吗?如果喝下一杯放了海边沙子的茶会怎么样?是谁给您想出帕乌斯托夫斯基这样的姓?我奶奶只是在午饭之后才能把它正确地说出来。您能够在有轨马车全速前进的时候从后面抓住钩杆,让它停下来,把它往回拉吗?如果将螃蟹熬成酱会怎么样?"

不难想象,我们是多么"喜欢"这个男孩子。"地狱之子!"巴别尔这样说他,眼睛里迸发出蓝色的火花。

只要柳夏在场,巴别尔就会心情烦躁,无法写作。他在我们的别墅休息,以避开柳夏,由于精疲力竭,叫苦不迭。他对柳夏说话时,叫他"孩子",但说话的声调非常可怕,要是这个傻里傻气的男孩哪怕能意识到一点儿什么,一定会吓得头发直竖起来。

天气炎热,日复一日,但我们没有看出岳母打算离开的迹象,哪怕是隐隐约约的迹象。

"一切都毁了!"巴别尔痛苦地说道,用手抱着头,"一切都落空了!脑袋像铜锅一样嗡嗡响。好像这个地狱之子从早到晚都在用棍子痛打我!"

我们大家都绞尽脑汁琢磨,怎样使巴别尔摆脱柳夏和他甜言蜜语的奶奶的折磨。但就像经常发生的情况一样,一个幸运的机会救了巴别尔。

一天清早,我去巴别尔家,叫他按我们前一天晚上约定的一起去洗澡。

当时巴别尔坐在一张不大的桌子后面写作。他一副被害得筋疲力尽的模样。我走进房间时,他浑身抖了一下,头也没有回,就开始紧张地把手稿往桌子的抽屉里塞,差点没把手稿撕破。

"咳——咳!"他看到我后,放松地出了一口气,"我还以为是柳西卡[1]呢。我只能在这个怪物睡醒之前工作。"

巴别尔用化学铅笔写作。我一直都不能理解,怎么可以用这种颜色很淡、笔芯像铁钉一样硬的铅笔写作。在我看来,所有用化学铅笔写出来的东西的效果要比墨水写出来的差很多。

我对巴别尔说了这一点。我们争论起来,所以错过了无疑可以救我们的那几秒钟,那时柳夏还没有沿着走廊悄悄走近。假如我们没有争论,就能及时偷偷走掉了。

当柳夏旗开得胜地闯进了房间后,我们明白,我们成了落网之鱼。他马上就奔向了巴别尔的写字台,想打开抽屉(他认为那里藏着一些极有意思的东西),但巴别尔敏捷地避开,用钥匙锁上了抽屉,把钥匙从锁眼里拔出来藏到了口袋里。

这之后,柳夏开始把桌子上的所有东西一件接一件拿在手里,问都是什么。最后他开始从巴别尔手里抢化学铅笔。在时间不长的争夺后,他夺走了铅笔。

"啊——啊!"柳夏大声喊起来,"我知道这是什么!'铅笔——画笔,想画随你!'"

巴别尔厌恶得浑身发抖,于是我对柳夏说:

"这是化学铅笔。马上把它还给伊萨克·埃马努伊洛维奇[2]!听见了吗?"

---

1 柳西卡是柳夏的昵称。
2 巴别尔的名和父名。

"化学的，技术的，戏剧的，打引号的[1]！"柳夏唱起来，单脚跳着，对我置之不理。

"啊，天哪！"巴别尔痛苦地说道，"我们快点去海边吧！我再也受不了了！"

"我也和你们去，"柳夏大喊一声，"奶奶同意我去。我用猎人的话发誓。如果您需要，伊贾[2]叔叔，我把她带到这儿，让她自己和您说？"

"不！"巴别尔用心力交瘁的声音近乎哭着说，"一千次不！我们走！"

我们去了海滨浴场。柳夏在靠近岸边的地方扎猛子，呼哧呼哧地喷鼻子，吐泡泡。巴别尔专注地看着他，后来抓住了我的手，用阴谋家那种从齿缝里发出的声音说：

"您知道，还是在那里，在我房间的时候，我发现什么了吗？"

"您发现了什么？"

"他折断了化学铅笔的尖儿，把它塞到了自己的耳朵里。"

"那又怎样呢？"我问道，"不会有什么事的。"

"不会就不会吧！"巴别尔无精打采地应和着，"随他去吧。让他扎猛子吧。"

我们谈起了赫尔岑——巴别尔那个夏天在重读赫尔岑的作品。他肯定地对我说，赫尔岑比列夫·托尔斯泰写得要好。

我们洗完澡，在回家的路上，继续没精打采地争论着关于赫尔岑的话题，柳夏向前跑去，又转过身来对着我们，开始蹦蹦跳跳，装腔作势地做一些动作，唱歌：

---

[1] 这些词俄文发音都相近。
[2] 伊贾是巴别尔的名伊萨克的昵称。他与文中提到的利乌什茨同名。

赫尔岑-梅尔岑，烤熟了，加上胡椒粉！

烤熟了，加上胡椒粉，赫尔岑-梅尔岑！

"我恳求您，"巴别尔用极其痛苦的声音对我说，"给这个私生子的脖子来一巴掌。要不然，我真要管不住自己了。"

但柳夏显然听到了巴别尔的这些话，他从我们身边跑开，和我们保持一定距离以保证自己的安全，又故作丑态耍活宝，大声喊叫起来。

"唉——唉——唉，瘟神！"巴别尔咬牙切齿，小声说道，在这之前我从来没有在他的声音中听到过这样强烈的憎恨，"再这样下去一天，我要么会发疯，要么会上吊。"

但上吊的事并没有发生。当大家都坐着吃早饭，格龙法因老太太酝酿着她例行的"鸡蛋"节目（"巴别尔，这么说，您不爱您的岳母啦"）时，柳夏从椅子上爬下来，抓着自己的一只耳朵，开始在地板上滚来滚去，发出撕心裂肺的哀号，两脚乱蹬乱刨。

大家都急忙站了起来。从柳夏耳朵里流出令人恶心的深色浆水。

柳夏一直不停地用令人恐惧的声调大呼小叫，女人们也叫喊着，在他身旁转来转去。

恐慌笼罩着整个房子。巴别尔坐着，仿佛呆住了，惊恐地看着柳夏。柳夏像螺旋桨一样在地板上打着转，大声叫着：

"痛啊，哎哟，痛啊，哎哟，痛啊！！"

我想插句嘴，说柳夏是在胡说，他不痛，而且也不可能痛，因为柳夏扎过猛子，耳朵里灌进了水，而在这之前往耳朵里塞了……

巴别尔在桌子底下抓住了我的一只手，用力捏了一下。

"一个字也别提！"他低声说道，"别提化学铅笔的事。您会害了大家的。"

岳母号啕大哭。梅丽用棉花擦净从柳夏耳朵里流出来的紫色液体。巴别尔的母亲要求立刻把柳夏送往敖德萨一个耳鼻喉科教授那里。

这时巴别尔跳了起来,把餐巾往桌子上一扔,弄翻了一杯还没喝完的茶,他因为生这些头脑糊涂的无知女人的气而满脸通红,大声说道:

"妈妈,您疯了!您这是不用刀子要这个孩子的命。难道敖德萨有医生吗?都是些招摇撞骗的人!全都一个样!您自己非常清楚。一些庸医!不学无术之徒!他们治支气管炎,结果能给人治成大叶性肺炎。他们从耳朵中取出一只蚊子,会造成鼓膜穿孔。"

"天哪,我该怎么办啊?"格龙法因太太大声喊道,跪到地下,双手向上高举,放声大哭,"主啊,请给我启示,我该怎么办啊?"

柳夏两脚踢着地板,发出各种各样的哀号。他的嗓音明显嘶哑了。

"您也不知道该怎么办吗?"巴别尔生气地问道,"您?一个土生土长的基辅人也不知道吗?就在你们基辅有一位顶呱呱的耳鼻喉科泰斗,格林布拉特教授。只能信任他。我的建议是:您带孩子回基辅,立刻动身!"

巴别尔看了看表。

"三小时后有一趟火车。梅丽,给柳夏包扎一下耳朵。包扎得紧点。给他穿上衣服。我送你们去火车站,把你们送上火车。别着急。"

岳母带着柳夏随同巴别尔迅速动身了。他们动身之后,叶夫根尼娅·鲍里索夫娜马上开始无缘无故地哈哈大笑,直至笑出眼泪。于是我恍然大悟,明白了基辅泰斗级人物之说纯粹是即兴创作。巴别尔表演了这一即兴作品,堪比一流的演员。

从那时起,喷泉区第九站又归于宁静。我们大家重新感觉到自己是理性的存在。敖德萨的夏天牢牢地停留在炎热和水草的气味之中,那种久违的对敖德萨夏天的感觉也重新回来了。

一周后,从基辅来了一封岳母的信。

"您是怎样想的?"她气愤地写道,"格林布拉特教授查明这是什么病?格林布拉特教授查明,这个坏蛋往自己耳朵里塞了一截化学铅笔芯。再没有别的。再没有别的,一丁点别的也没有。这下您高兴了?"

苦役般的工作

柳夏事件之后大家都平静了下来，进入到那种大病初愈后的安详状态。伊贾把我们的这种状态称为"悲剧后心灵得到洗涤的状态"。

巴别尔开始更多地投入工作。现在他走出自己的房间时总是一言不发，还有点闷闷不乐。

我也写作，但写得不多。我陷入了一种相当奇特而又愉悦的状态。我心里把这种状态叫作"渴望观察"。这种状态以前我也有过，但从来没有像在喷泉区这样，几乎整个这段时间我都持续地处于这种状态。

伊贾的休假结束了。他开始在《海员报》工作，只有傍晚才来别墅。有时他在敖德萨市内过夜。其实对此我还是很高兴的。当着伊贾的面，我当然不好意思经常慢条斯理地观察我周围的事物，为某个微不足道的东西——一根带刺的树枝或者一片贝壳——花上整整几个小时的时间。

我还从未像那个夏季那样，因接触外部世界那些最细微的东西而感到如此愉悦。

由于干旱而发黄的七月的日子仿佛汇聚成了令人欣慰的漫长的一天。我经常在自己住处的花园里，躺在金合欢缓缓移动的树荫里，仔细观察随意看到的地上近在咫尺的各种东西。

但我更常到离住处远一点的海岸去，下水游到离浴场四十米左右的大礁石那儿，在上面躺到黄昏时分。礁石上有一个凹槽。我的半个身子可以躲在其中免遭太阳的照射，海浪也不会冲击到那里。在岸上没有人能够发现我。

我常常带一本书，但一整天的时间一般只读三四页。我无暇读书。钓鰕虎鱼或者看一只老螃蟹更有趣。

那只老螃蟹经常从礁石的突出部位下面出来张望，和我玩捉迷藏。我们的视线刚一汇合，它立刻就开始气哼哼地退回有点发红的、像杉树的枝条一样蓬松的水草中。如果我假装没有发现，它就耀武扬威地伸着张开的螯，小心翼翼地悄悄向我的方向接近，一直盯着放在我身边的胡萝卜。（那时我们的食物主要就是胡萝卜和西红柿。）

有一次，我看书入了迷，它成功地掠走了胡萝卜，带着胡萝卜落入水里就消失了，像一块石头沉到水底。一分钟后胡萝卜突然露出了水面。螃蟹游着追胡萝卜，试图重新得到它，但我用竹钓竿梢敲它的硬壳，于是它歪斜着身子迅速潜入了深处。我甚至觉得它害怕得大喊了一声，至少它恐惧地回头望了望我，转动了一下眼睛。

螃蟹消失了，但是波浪把半截开花的染料木树枝带到了礁石跟前。我把手伸到水中，想拿起这根树枝，我很惊讶：我的手掌在水面下，但很明显能感觉到阳光把手晒得很暖和，尽管在手掌和海面之间有几厘米厚的水层。

我很难传达那种神奇的感觉，海水使阳光的炎热变得温润，太阳的光线触碰到我的手指，手指之间是绿莹莹的水在平稳有力地穿流。

显然，这是一种近乎幸福的感受。我不能指望有任何比这更好的情形了。周围的世界似乎不太可能给予我任何比这种轻盈而友好的握手更美好的东西。

我把染料木的枝条从水中拿出来，平躺到被晒得很暖和的石头上，把枝条放到自己眼睛的近旁。

喷泉区陡峭的海岸上，染料木花繁叶茂。不过，在别墅用多孔砂岩垒起来的围墙附近，它长得尤其丰茂。染料木与这种石头很相配。显然，这种树喜热。一股股热气流从砂岩微小的孔隙中传出，在围墙附近形成了一些温暖的藏身之所。

那里染料木生机盎然，像一只体形庞大的豪猪向高处伸展着它那深橄榄色的挺拔树干。

染料木的花一旦开放，就像一块块极为柔软的多孔海绵，把太阳的金色吸收到自己的肌体里去。

它们保持着这金色，直到深秋之前都不让这鲜艳的色泽减弱。到了深秋，染料木的花就像几十个海滨的小灯塔（闪烁着从远处就清晰可见的金色灯光），终于在陡岸之上渐渐黯淡下去。

我就这样慢慢积累着我的观察。这一切都是外部世界的事实，然而它们很快成为我自身内在世界的一部分。

确实，它们没有一秒钟是在我的意识之外存在的。它们周围马上出现各种形象，点点滴滴的虚构把它们严严实实地覆盖住，就像植物表面覆盖着细小的露珠。虽然看不见这露珠下面的植物，但仍然能够十分清楚地猜到它的形状。

有一次，我和巴别尔谈起了这一话题。

晚上，我们坐在陡岸上面的石头围墙上。染料木开着花。巴别尔漫不经心地往下面投着小石子。它们大幅度地跳着朝海边奔去，碰到拦住它们的石头，就发出像子弹一样的响声。

"瞧，您和别的一些作家，"巴别尔说，尽管那时我还不是作家，"善于给生活蒙上，用您的话说，想象的露珠。对了，多么肉麻的句子啊！但缺乏想象力的人如何是好呢？比如我。"

他不再说话了。从下面传来大海慵懒而迟缓的气息。

"上帝知道，您在说些什么！"我生气地说道。

巴别尔好像没有听清楚我的话。他投着石子，长时间沉默不语。

"我没有想象力，"他固执地重复了一句，"我是非常严肃地谈这个问题。我不善于虚构。我需要知道一切，直到最后一条脉络，否则我写不出任何东西。在我的盾牌上刻着一句箴言——'真实'！所以我创作的速度慢，数量少。我创作得非常艰难。每当完成一篇短篇小说，我就衰老几岁。见鬼，哪里有什么莫扎特式的轻快与流畅、字斟句酌的愉悦、想象的纵横驰骋！我曾在什么地方写到过，由于哮喘，由于这种还是在我幼时就在我虚弱的身体中积下的不可理喻的疾病，我在迅速衰老。所有这些都是胡说八道！当我创作最短的短篇小说时，我仍然字斟句酌地打造它，像挖土工人，像需要靠一己之力挖平卡兹别克山[1]的苦力一样辛苦工作。我开始创作时，总觉得自己难以胜任。甚至会有因为疲劳而掉泪的情况。这个工作使得我身上所有的血管都在疼痛。如果有一个什么句子写得不顺，心脏就会抽搐。而它们，这些该死的句子，却是常常写不顺畅！"

---

[1] 卡兹别克山在格鲁吉亚境内。

"但是您的小说像是钢铁铸造的一般,"我说道,"您是怎么做到这一点的?"

"只是靠风格而已,"巴别尔答道,然后像一个老年人那样笑了,明显是在模仿什么人,看上去是模仿莫斯克温[1],"嘿——嘿——嘿,年轻人!我们以风格取胜,风格!我准备写一个洗衣服的短篇,但它读出来可能像儒略·恺撒[2]的散文。关键全在语言和风格。我好像擅长于此。但您清楚,这还不是艺术的本质,只是创造艺术的优质,也可以说是宝贵的建筑材料。'请再给我提供一点思路,'像一个敖德萨记者所说,'我会努力用它创作出一篇杰作来的。'我们走吧,我要让您看看,我通常是怎样做到这一点的。我是一个守财奴,小气鬼,不过,好吧,让您看看。"

别墅里已经完全黑了。花园后面,大海还在喧嚣,不过入夜时分它的轰鸣减弱了。凉爽的空气从外面飘过来,渐渐驱散了弥漫着艾蒿味儿的草原上的闷热。巴别尔点着一盏小灯。透过玻璃镜片可以看到他的眼睛有些红(他总是有眼疾之苦)。

他从桌子里拿出一本厚厚的用打字机打印的稿子。稿子不少于一百页。

"您知道这是什么吗?"

我疑惑不解。莫非巴别尔终于写了一部篇幅很长的中篇小说,对所有的人都保守了这一秘密吗?

我不能相信事情是这样的。我们大家都清楚他压缩到极限的短篇小说几乎像电报一样简洁的特点。我们知道,在他看来,超过十页的短篇小说就是冗长的、含有水分的。

---

[1] 伊·米·莫斯克温(1874—1946),苏联话剧演员、导演。
[2] 儒略·恺撒即恺撒大帝,罗马共和国末期政治家。

难道在这部中篇小说里有大约一百页浓缩的巴别尔散文？这不可能！

我看了看第一页，看到了一个标题《柳勃卡·卡扎克》，更加感到惊讶。

"对不起，"我说道，"我听说，《柳勃卡·卡扎克》是一个篇幅短小的短篇。还没有发表。难道您把这个短篇小说写成了中篇？"

巴别尔把手放到手稿上，用充满笑意的眼睛看着我。他的眼角聚集了很多细小的皱纹。

"是的，"他答道，发窘得红了脸，"这是《柳勃卡·卡扎克》。短篇小说。不多于十五页。但这里是这个短篇小说所有的版本，也包括最后的版本。稿子总共有一百页。"

"所有版本？"我小声说道。

"您听着！"他说，已经是生气的语调了，"文学不是赝品！就是这么回事！同一篇短篇小说有好几个不同的写法。多么可怕啊！或许，您认为这是多余的？而我现在还不敢确定，最后这个版本是否能出版。感觉它还可以进行压缩。我亲爱的，这样的拣选还能激发语言和风格的自主力量。语言和风格！"他重复了一句，"我取材于一件不起眼的小事：一个笑话，市场上听来的故事——我用它搞了一个东西，从此我就无法罢手。它活力四射。它是圆的，像海里的鹅卵石。它的存在是靠各个部分的衔接。而且这种衔接的力量如此强大，即便是闪电也无法击溃它。人们会读到它，读到这个短篇小说。并且会记住它。人们读到它时会露出笑容，这完全不是因为它活泼欢快，而是因为人类的成功总是会引来欢笑。我敢说成功，是因为这里除了我们没有其他人。在我有生之年，您不要对任何人透露我们的这次谈话。请您答应我。艺术的恶魔或者天使，怎么称呼随您的便，不知怎样来到我这个小经纪人的儿子身上，这当然不是我的功劳。我听命于他,像一个奴隶,一个驮运东西的骡子。我把自己的灵魂卖给了他,所以应该以最好的方式写作。这是我的幸福或者苦难。感觉上,终究是苦难。但假如从我这里把苦难拿走,那么我全部的血液将从我所有的血脉中、从我的心脏中与它一起立即消失,那时我最多只不过是一个嚼烂的烟头。这种工作让我成为一个人,而不是敖德萨的一个街头哲学家。"

他沉默了一会儿,随着又一阵苦恼心情的袭来,他说:

"我没有想象力。我只是渴望拥有它。您记得吧,勃洛克有以下诗句:'我见到迷人的彼岸和迷人的远方。'[1]勃洛克到达了这个彼岸,而我是走不到的。我看见这个彼岸非常遥远。我的头脑过于清醒。命运让我的内心里生出对这一迷人的远方的渴望,哪怕就因为这一点也应该有一种感恩之心。我全力以赴地工作,尽我所能,因为我想参加众神的节日,我担心我会被从那里驱逐出来。"

他眼镜上的凸镜片后闪着泪光。

他摘下眼镜,用缝补过的灰白色上衣的袖子拭去泪水。

"我不曾为自己选择民族,"突然间他断断续续地说道,"我是犹太人,犹太佬。有时我觉得我能够理解一切,但是我永远也不能理解一点——为什么会出现那种愚昧卑劣,还被无聊地称为反犹主义的事。"

他沉默了。我也不说话,等着他心情平静下来,双手不再发抖。

"还是在童年的时候,发生了屠杀犹太人的暴行,我保全了性命,但我的一只鸽子的头被揪掉了。为了什么?……可别让叶夫根尼娅·鲍里索

---

[1] 引自勃洛克的诗《陌生女郎》(1906)。

夫娜进来,"他低声说道,"请轻点关上门,挂上挂钩。她害怕这样的谈话,听到后能一直哭到早晨。她觉得我是一个非常孤独的人。或许,确实就是这样?"

我能做什么应答呢?我没说话。

"就这样,"巴别尔说,他因为近视俯下身来看手稿,"我像骡子一样工作。但我不抱怨。是我自己选择了这苦役般的差事。我就像大桡战船上的桨手[1],一生都被锁在船桨上,也就爱上了这条船桨,连同它的细枝末节,甚至连同它被我的手掌磨得发亮的木料上每一道细密如线的纹络。由于跟人的皮肤多年接触,最粗糙的木头也有了好看的色泽,变得如同象牙。我们的词汇也是如此,俄语也是如此。用温暖的手掌去接近它,它就会变成一个有生气的珍宝。

"不过,让我们从头谈起吧。当我写一篇短篇小说的初稿时,我的手稿看起来令人厌恶,简直太可怕了!这是把几块或多或少还算成功的小东西拼凑在一起,是用最枯燥的辅助连接手段,所谓'桥梁',把它们联结起来,就像是用几根脏绳子把它们捆起来一样。您读一遍《柳勃卡·卡扎克》的初稿,您就会相信,这是不可救药、软弱无力的呻吟,不合适的辞藻堆砌。

"但创作就是从这里开始的。这就是它的源头。我逐句检查,不是检查一遍,而是几遍。我首先把一句话中所有多余的词汇删除。这需要敏锐的眼睛,因为语言把自己的垃圾、重复的语句、同义词,还有简直就是废话的文字巧妙地隐藏起来,好像总是在想方设法把我们蒙骗过去。

---

[1] 古代欧洲的一种苦役,把犯人禁锢在大桡战船上做桨手。

"当这项工作结束后,我用打字机重新打一遍稿子(这样文稿更清晰一些)。然后把稿子放两三天——如果我有足够的耐心的话,然后我再一次逐词逐句地检查。我一定还要找出一定数量疏漏掉的滨藜和荨麻[1]。这样,每一次重新誊清文稿时,我都要加工到这样的程度,哪怕是狠狠地吹毛求疵,也无法在文稿中看到一丁点脏东西。

"但这还不是全部。请等一等!当扔掉垃圾之后,我再检查所有的形象、比喻、隐喻是否新颖、准确。如果没有准确的比喻,那么最好什么比喻也不用。就让名词以它自身的质朴存在吧。

"比喻应该像计算尺一样准确,像茴香的气味一样自然。是的,我忘记说了,在扔掉语言垃圾之前,我把稿子划分为简单明了的句子。多一点句号吧!我希望把这一规则写入供作家参照的政府法律条文里。每个句子就是一个想法,一个形象,不能再多。因此不要害怕句号。也许,我写作中使用的句子过短。这部分是因为我长期患有哮喘。我说话不能用长句子。因为我的气息不够。长句子越多,气喘越厉害。

"我尽力把形动词和副动词从手稿中去掉,只把那些最必要的留下。形动词使语言变得生硬、笨重,而且破坏语言的旋律。它们发出难听的声音,就好像坦克拖着履带翻越石头堆。一个句子里有三个形动词,就会置这个句子于死地。'献上的''获取的''集中起来的'等等,诸如此类的形动词都是如此。副动词总归比形动词轻松一些。有时它甚至使语言具有一些自由奔放的特点。但是滥用副动词会使语言变得没有筋骨,像猫叫一样。我认为,名词只需要一个形容词,一个精挑细选、最恰当

---

[1] 指冗余的词句。

不过的形容词。只有天才才能允许自己把两个形容词用于一个名词。

"所有的分段和标点符号都应该正确处理,但应当从文本能对读者产生最大影响的观点出发,而不是生搬硬套条条框框。分段是很神奇的东西。它能够平稳地改变节奏,而且常常像闪电突现,以完全出乎意料的形态展示我们熟悉的场面。有些作家很优秀,但他们对分段以及标点符号却马马虎虎。因此,尽管他们的小说质量很高,但其中仍有匆忙和疏忽的痕迹。连库普林也有这样的小说。

"小说中的线条应该像版画上的线条一样坚实、干净。

"《柳勃卡·卡扎克》的不同版本把您吓着了。写这么多版本都是为了拔除莠草,把整个故事拉成一条直线。最后的结果就是最初的版本和最后的版本之间差别之大,就像沾满油污的包装纸和波提切利的画作《初春》[1]之间的差别。"

"确实是苦役的工作,"我说,"在决定要当一名作家之前要考虑二十次。"

"主要的问题是,"巴别尔又说道,"做这个苦役般的工作的过程中不要让文本失去生机,否则全部工作都将是一场空,鬼知道会变成什么!这需要像走钢丝一样小心。是的,就是这样……"他做了补充,顿了一会儿又说,"应该让我们大家都立下誓言:任何人任何时候都不玷污自己的事业。"

我离开了,但一直到清晨都无法入睡。我躺在露台上,望着一个雪青色的行星闪耀着极柔和的光辉,穿过广袤无垠的天空,忽明忽暗,试

---

[1] 即波提切利的《春》。

图接近地球。但它终究没成功。

夜的黑暗广大无边,不可揣测。我知道,在这样的夜晚,大海散发着微弱的光辉,远处什么地方,地平线后面群山的山巅发出反光。山巅渐渐凉了下来。它们徒劳地把自己白天的温暖献给了这个世界的空间。假如它们把温暖献给马鞭草的花该有多好啊!那种花在这个夜晚用像手掌一样的花瓣遮住自己的面庞,使它免受黎明前的寒冷。

早晨,伊贾·利乌什茨从敖德萨来了。以前他总是晚上来,所以,这一次他这么早来,让我大吃一惊。

他不看我的眼睛,说起四天前,即八月七日,亚历山大·勃洛克在彼得格勒去世了。

伊贾转过身去避开我,好像被呛了一下,请求说:

"您去找伊萨克·埃马努伊洛维奇,把这个情况告诉他吧……我做不来。"

我感到我的心跳得很厉害,快要在胸膛里爆炸了,血液也从头部往下流。但我还是到巴别尔那里去了。

从那里的露台上传来茶匙平静的碰击声。

我在门旁站了一会儿,听见巴别尔因为什么笑了起来,于是我躲到了围墙后,为了不让别人从露台上发现我,然后我又返回了自己破陋的别墅。我也不忍心告诉巴别尔勃洛克去世的消息。

近的和远的

> 我看见你屈尊走进一个拥挤不堪,甚至令人无法入眠的住所。我还是无法相信这是真的。
>
> ——德拉克洛瓦

滨海一带的日子很长时间都是沉寂无声的。毗邻萨尔玛特人[1]红色黏土地的是大海如钢铁铸造一般的沉重身躯。海岸上散发着浓郁的、夹杂着尘土气息的滨藜味道,滨藜早熟过了头,已经凋零。伊贾·利乌什茨回忆起勃洛克的诗句:

> 渐趋衰亡的牧草的沉寂——

---

[1] 萨尔玛特人,游牧部落,公元前6世纪至前4世纪居住在自托博尔河至伏尔加河的广阔地域上,4世纪为匈奴所灭。

> 这却是世界的光辉时刻……[1]

那些日子我们无休无止地谈勃洛克。一天傍晚，巴格利茨基从市里来。他留在我们这里住，几乎一整夜都在读勃洛克的诗。我和伊贾默默地躺在黑暗的露台上。夜间的风吹过，干枯的葡萄叶子不时噼啪作响。

巴格利茨基像土耳其人那样盘着腿，坐在一个烧饼般平整的旧床垫上。他的哮喘要发作了。他喘不过气来，吸着哮喘粉。这种微微泛绿的药粉发出烧焦了的干草味。

巴格利茨基呼吸起来就像是在用麦秸吸空气一样困难。空气先是发出咝咝的声音，接着呼呼作响，最后在他患病的支气管里发出呼噜呼噜的声音。

哮喘发作时，巴格利茨基无法与人交谈。尽管他的嗓子由于患病呼吸不畅，但他还是想读勃洛克的诗。我们也没有劝阻他。

巴格利茨基很久都在安慰自己，小声说着："马上就会过去的。马上！只是别和我说话。"后来他还是读起诗来，之后出现了类似奇迹的情况，这也是我们所期望的——诗句的节奏使巴格利茨基的气喘开始渐渐平息，巴格利茨基刚毅、充满浪漫色彩的声音在艰难的喘息声中变得越来越清晰、越来越坚定。

他读的都是极为著名的诗句，为此我们很感激他。

> 厚重的帘帷挂在门旁，

---

[1] 引自勃洛克的诗《秋之舞》(1905)。

> 夜的雾气弥漫在窗外。
> 尝过恐惧滋味的唐璜，
> 你那讨厌的自由何在？[1]

不知何故，无论是诗句，还是巴格利茨基的这种嗓音，都让我觉得有一种无可挽救的悲剧色彩。我强忍泪水。

寂静、黑暗、令人迷惑的闪烁的星光又回来了。从露台的一角又传来那熟悉诗句的庄严曲调：

> 我预感到你的存在。岁月流逝。
> 我预感到你的存在，容颜不变。
> 火光中的整个地平线清晰无比，
> 我默默地把你等待、思念和爱恋。[2]

我们整夜都是这样度过的。巴格利茨基读着、几乎是在唱着关于俄罗斯的诗句，《西徐亚人》，"在永恒的宁静的臂弯里"安睡的拉文纳[3]。直到天快亮时他才睡着。他是坐着睡的，靠着露台的墙壁，在非常累人的梦中痛苦地呻吟。

他的面庞憔悴，变得瘦削了，苍白中透出淡紫色的嘴唇上好像沾了一层艾蒿果汁结成的硬皮，他整个人变得像一只羽毛蓬乱的大鸟。

---

1 引自勃洛克的诗《骑士团团员的脚步声》(1912)。
2 引自勃洛克的一首无题诗 (1901)。
3 意大利北部的港口城市。

几年后，我在莫斯科回想起了巴格利茨基嘴唇上的这层白色硬皮。我走在他的灵柩后面。再后面是骑兵连的马匹踏着鹅卵石，发出嘚嘚的响声。

生着病、呼吸困难的萨穆伊尔·雅科夫列维奇·马尔夏克在旁边慢慢走着，信赖地靠着我那时还很稚嫩的肩膀，说着话：

"您理解吗？'岁月经受着……马蹄和石头的考验……水域透着……不朽的艾蒿的味道，——我们的唇上……也有艾蒿的苦味……'[1]这写得多么……出色啊！"

弥漫着灰尘的天空笼罩在无聊闷热的亚基曼卡上方。孩子们在院子里大声喊叫，他们在玩"救命棒"的游戏。乐队低声奏响了哀乐进行曲。骑兵连的马匹受音乐的影响，开始放缓行速。

而在一九二一年那个遥远的早晨，巴格利茨基乘坐头班有轨马车回敖德萨市里，甚至没有喝好茶，也没有去巴别尔那里。巴格利茨基身体不适。他咳嗽得很厉害，支气管发出咝咝的声音，他沉默不语。显而易见，他熬夜把自己的肺熬坏了。

我和伊贾把巴格利茨基送到有轨马车车站，随后顺路去找巴别尔。和平常一样，发生不幸的时候，我们不由自主地想找人倾诉一下。

巴别尔正在自己的房间里写作。他立刻推开了手稿，把一块沉甸甸的灰色小圆石压在手稿上。

偶尔，想取悦于人的海风吹进房间，于是周围容易被吹动的所有东西——窗帘、纸张、玻璃杯里的花——都像绊在套索上的小鸟一样开始

---

[1] 引自埃·格·巴格利茨基的诗《来自黑面包和忠实的妻子》(1926)。

颤动。

"唉，该怎么办呢，孤儿们？"巴别尔痛苦地说，"我们现在怎么办？哪怕我们再活二百年，也等不来第二个勃洛克了。"

"您见过他吗？"我问巴别尔。

我希望巴别尔回答的是"没有"，那样我的心情会好受些。我没有嫉妒心，可是，我非常羡慕所有见过勃洛克、听过他声音的人，这种羡慕的心情持续的时间很长。

"是的，见过，"巴别尔答道，"甚至去过他在普里亚什卡河和军官街拐角的住处。"

"他是一个什么样的人？"

"完全不是您想象的那样。"

"您怎么知道我认为他是什么样的人呢？"

"因为我也像您那样想象过他。他完全不是堕落的天使，也不是极其细腻的情感和思想的化身。他是一个头发花白，沉默寡言、坚强，但显得很疲惫的人。他很有教养，所以他不流露自己的阴郁心境，也不炫耀自己的知识，不让他的交谈者感到压抑。开始时我和他面对面坐在餐厅弯曲的维也纳木椅上交谈。那种椅子老是使人想打哈欠。房间令人心情沮丧，完全不像戴着白雪面具的光明骑士的住处。他的书房根本没有尼罗河上的百合和令人陶醉的女子黑丝绸衣裙的芳香。只有书籍上灰尘的味道。一栋最平常的楼里一套平平常常的住宅。你们瞧！你们的脸已经拉得老长。你们已经不满意了，以后你们会说我是一个怀疑主义者、犬儒主义者，说我的心中没有什么热情，而且还会指责我，说我只看见华美的色彩下面露出的灰暗底色，而色彩本身，我没注意。你们所有这些说法都是中学生的玫瑰色呓语。像勃洛克所具有的那种精神之美无须镀金相框的装饰，也不需要管风琴的悲鸣，也不需要任何的香气。就其气质而言，勃洛克是一个预言者。他的目光中甚至有预言者的坚忍不拔。他看到了旧世界在劫难逃的命运。覆灭的种子已经发芽。黑夜延宕，似乎漫漫无期。因此，对全新的革命那种令人不适的、刺眼的曙光，他也表示欢迎，把它看成一种救赎。他把革命融入了自己诗的世界，创作了《十二个》。他当然是一个先知。无论在他的幻想中，还是在他从说着俄语的声音里听到的那震撼人心的音乐中都体现了这一点。

"他善于把所看到的东西从生活的一个层面转移到另一个层面。在那里它获得了对于我们这些缺乏洞见的人来说意想不到的特点。我和您看到花，比方说，盛夏，在街心花园里，在一般的花园里看到玫瑰，但对勃洛克来说这还不够。他想让新的、前所未有的玫瑰在大地上绽放。他这样做了：

> 透过迷雾、火光、严寒
> 我每时每刻都能梦见
> 在洁白轻柔的雪中绽开的
> 玫瑰，秋天的玫瑰花瓣……[1]

"瞧，你们为没见过勃洛克感到遗憾。这是可以理解的。而我，假如我有哪怕最微不足道的一点想象力，我都会想办法尽可能具体地想象出，比方说，勃洛克在这四行诗里所说的一切。通过清晰、准确的想象，

---

[1] 引自勃洛克的诗《你要明白，我弄错了，我弄错了……》(1907)。

世界就会呈现出它隐秘而美好的一面。要是百年才得一见的奇人还活在这个世界上，吟唱自己的诗歌，该多好啊！他抓起我们这些渺小的、被'正确的'生活毁了的人的手，把我们带到高居北方大海岸边的沙丘之上，那里——你们还记得吧？——'晚霞用天空造出一个深深的多彩高脚杯'和'一束霞光向另一束伸出双手'。那里的空气一尘不染，甚至让人觉得远处红色的浮标——一种粗糙而简陋的装置——如'额花上的宝石'[1]，在暮色中发出熠熠光辉。"

我惊诧于巴别尔出色的记忆力，他总是能背诵出诗句，而且几乎不会出错。

"所以，"巴别尔想了想说，"勃洛克熟悉通往美的领域的道路。当然，他是一个巨人！他一个人能在心中产生如几千架竖琴发出的那种雄壮乐声的回响。然而，大多数人却认为，他家餐厅里放着曲背椅，世界大战期间他做过'地方骠骑兵'[2]——这具有某种意义。只要出现令人厌恶的偏见和无知指责的苗头，人们就趋之若鹜，津津乐道。"

我第一次从巴别尔口里听到"几千架竖琴的乐声"这样的比拟。巴别尔在谈话中用词是严苛的，甚至是腼腆的。日常语言中所有华而不实的和金丝线般华丽的字眼都会使他懊恼得眉头紧锁，满脸通红。或许正因为这样，那些所谓令人精神昂扬的词汇中的每一个词在他口里都失去了矫揉造作之感，而"一语中的"。但他很少说这样的词，而一旦说出，他总是会立刻意识到自己的失误，并开始自嘲。他的这一特点有时会让周围的人生气。其中，伊贾·利乌什茨就不能忍受巴别尔的这种有时是

---

[1] 上述诗句均出自勃洛克的诗《在北方的大海上》(1907)。额花是女性的一种发饰。
[2] 指当时的民间组织"全俄地方自治联盟"。

犬儒主义式的自我攻击。我与巴别尔的所有争吵——当然，这种情况很少——也都是因为他的自我嘲弄和硬装出来的犬儒主义。

可是巴别尔没有嘲笑自己说的"几千架竖琴的乐声"。我从他断断续续的话中猜到，夜里有时他独自读勃洛克的诗，读给自己听。那时他就摘下了面具。

是巴格利茨基彻底暴露了巴别尔的真实情感。巴格利茨基有时爱以纯粹孩子般的率真重复别人的话，如果他喜欢那些话。有一次，我们谈勃洛克的时候，巴格利茨基咳嗽两声清清嗓子，不是很有把握地说：

"你们清楚，只有竖琴的曲调与诗人低沉的嗓音是同音度的。勃洛克的嗓音就是这样的。我可以在竖琴的伴奏下以不同的音调朗读他所有的诗。我保证，这是实话！我能像从各色丝线纠结在一起的线团中抽出金线那样，唱出每一句诗的曲调。人们听着听着，就会忘记还存在着时间、生死、宇宙的运动和自己心脏的跳动。曾经有一位多愁善感的德国蹩脚诗人，喜欢创作像害了伤风一样的诗歌，后来终于写了一首还算不错的小诗。我忘了这个大有希望的年轻人叫什么名字。那首诗写的是，人类的每一个词汇之中都包含着美妙的声音，这些声音只服从于伟大的诗人和音乐家的意志。只有他们善于把这些美妙的声音从词汇坚实的内核中发掘出来。"

"埃佳，"伊贾·利乌什茨说，"你不要重复，也不要歪曲巴别尔的话。我从他的这些话里听到的是混乱不堪的思想。"

"是我自己这么想的。"巴格利茨基谦虚地答道。

"是吗？"伊贾故作惊讶，"你从什么时候起变得这么能言善辩了？"

"别再没完没了！"巴格利茨基动气了，"够了，爱讥讽人的孩子，大白鼠一样聪明的少年，别再缠着我了！您让我喘口气吧，见鬼！您为什么总追着我，竭力向我证明我不像您期望的那么聪明呢？"

我成功平息了争吵，但巴格利茨基还是唠叨了很久，抱怨"有文化的改信基督教者"和"来自囤货场的神童们"不可理喻。

让他感到委屈的是，伊贾不明白已经开始的谈话中的全部美妙之处，却像童话中百无聊赖的小鬼一样插入谈话。

人们对诗歌不够尊重的态度常常会使巴格利茨基感到严重受辱。为此他有时甚至与人打架。

一般说来，敖德萨的文学青年，除了巴别尔和几位女诗人，都有好寻衅惹事的特点。有时他们试图通过动拳头甚至猛抽耳光的方式来解决某些文学争论，甚至是解决像关于三音节诗格变体或者亚历山大诗[1]这样一些抽象问题的争论。

---

1 亚历山大诗（得名于古代法国关于亚历山大·马其顿的一首长诗），指法国的十二音节诗或者俄罗斯押相邻韵的六音步抑扬格诗（第六音节后有一顿），是古典主义文学大诗歌体裁的基本诗格。

出于高尚目的的闹剧

城市里贴出了一些像稀番茄汁颜色的海报。海报通知,近日在普希金街一个闲置的大厅将举办敖德萨全体诗人参加的奇妙晚会。

海报的整个版面斜着用大写字母印着两行黑体字:

晚会结束时将痛打诗人
格奥尔吉·申格利!

下面有人加了括号用墨水补写道:
"如果他敢来的话。"

这个晚会的门票价格不菲。三小时内门票售罄。

伊贾推测,海报上关于痛打云云的字样是告知了申格利本人并经他同意才印上去的。

诗人格奥尔吉·阿尔卡季耶维奇·申格利是一个心地善良的人,但长相有点异国特色。我无论如何也不能理解为什么敖德萨的一些诗人对待他的态度总是带着一点不友善。我细细问过巴格利茨基，但他的回答令人费解。最后我的想法是，对申格利的敌视只是一种文学游戏。它为敖德萨的诗意生活增添了一些活跃的气氛。

依我看，申格利乐于参加这个游戏，他更多是在扮演像真正的罗马人一样镇定自若的敌人，尽管实际上并不是这样。

与敖德萨的诗人们发生争执时，申格利瘦削的面庞就变得苍白，像是用大理石雕成的一样。伊贾说申格利的胸像可以作为古罗马集会广场上的一个装饰。

"或者，也许可以作为万神殿的装饰物？"他目光中闪现出不安的神色，用不是很有把握的口气问我。

申格利高高的个子，眼睛像青年人一样神采奕奕。在敖德萨市里行走时，他总是头戴热带软木盔，打着赤脚。申格利不唯有这些外貌上的特点，而且拥有渊博的学识，创作过精美的诗歌，翻译过法国诗人的作品，同时也是个待人友善、颇有教养的人。

申格利的这些特点使得他成为很多敖德萨诗人眼里的另类，这些诗人是一些故意放浪形骸的年轻人，他们引以为豪的是任何"玩意儿"都不能让他们心动，特别是他们没有沾染上诸如拥有过分的书卷气和忍让态度这类致命的恶习。

我初次见申格利是第一次世界大战初期在莫斯科伊戈尔·谢维里亚宁的诗歌朗诵会上。他在谢维里亚宁本人朗读诗歌的间歇读了他自己的诗。那是一首写他的故乡——石子遍地的刻赤——的诗，那是一片十分古老的土地，在那里，"萨尔玛特人、西徐亚人、匈奴人、温德人，在荒野上的黏土里沉睡——无数传说世代流传，令人牵肠挂肚。"

> 我的身上带着涨潮的气息，
> 和从前一样，我的血液被温暖，
> 那是与南方的大海一样的暖流。[1]

我一直觉得，我能够像从事写作一样投入地做其他一些事情，比如：航海、考古，或者在地理学上再次发现早已被发现的土地。

考古学是研究古代的科学。对于童年的我来说，所谓古代，就具体体现为针茅草上方风的飞掠，体现为由于酷热被烤焦的、变得荒无人烟的古老土地，而那风倏忽之间带来了近海的清新气息；所谓古代，还体现为已经破碎的瓷砖，那是伊朗陶瓷工人用瓦灰色的瘦削手指劳作的成果；此外，它还体现为亚该亚人[2]那船头形状的黑色黏土烟斗，一个扎波罗热人把它丢在了佩列科普咸水湖的近旁。古代土地的颜色——赤褐色、棕红色、粗布色——总是让我心驰神往。

在我的想象中，大地上那些古老的地域一直就是这样的面貌。我初次看见这些地域时，又惊又喜，这些证明地球令人难以置信的年龄的色彩比我预想的要多得多。

在到过希腊和意大利的群岛之后，我对这一点确信无疑。在那里，透过早晨远方的靛蓝色空气或者透过夜晚雾蒙蒙的、庄严的红黄色，显露出赤褐色的土地。古代沉浸在许许多多的色彩和色调里，其中山岩的朱砂色和树叶的橄榄色、日落的暗金色与伊奥尼亚海夜晚空气的淡紫色交织在一起。

---

[1] 引自申格利的诗《我闭上眼睛，越过海岸……》(1918)。
[2] 又译为阿卡亚人，是古希腊的主要部族之一。

相对于北方，古代这种缺乏变化却强烈的色彩与南方更相符合。在南方，这些色彩更突出。在南方，这些色彩也更常见。

在罗马的随便什么地方您从旅馆的窗户往外望，就会发现人工雨从旋转的镀镍管里喷洒到清新的草坪上，您也会立即在近旁，甚至在大斗兽场的巨大竞技场上，看到极为古老的土地。

这土地给人的感觉那么古老，就像罗马、近处的亚平宁山脉和干旱得化为水泥灰的卡拉布里亚上方的天空一样古老。

卡拉布里亚散发着酷热的气息，就像无风的天气里燃起的特大火灾。它的海岸散发着刚刚凿出火星的火石的气味。如果不是有一片雄浑的、清新的紫色海水水域从四面八方冲洗着这个干旱的国度，它的外观会引起我们一阵战栗，就像走到地狱门前给人造成的那种感觉。

实质上，对古代的感受，与对永恒、对已在大地上流逝的时代、对未来的感受毫无二致。无论身处何处，人都不会停止思索，并在自己的想象中看见往昔以及未来时代的图景。不知何故，我对于时间特别敏锐的感受就是在大海沿岸的一些地区产生的。

我没有按部就班地叙述，但现在也许可以做一个插叙，大略说说我对大海和沿海地域是怎样的一种感觉。

无论从远洋轮船的甲板，还是渔民的平底帆船低低的甲板上，都可以看到大海。

从平底帆船的甲板上您不仅能在近处看到海，当帆船从暗礁旁边通过时，您甚至能够嗅到近在咫尺的海水强烈的气味。刹那间，暗礁从流经它们的水中显现出来，裸露出由浓密的水藻形成的乱蓬蓬、湿漉漉的表面。

就在这一瞬间——在这一波浪过度到那一波浪时，水藻就会散发出浓烈的味道，您的肺里都是它的味道，熏得您头昏眼花。

从远洋轮船高高的甲板上是嗅不到大海的气味的。热机油、烟草、用于保持厕所空气清新的液体芳香剂的气味冲淡了它。

在漫长的、标准的热天里，大海的气味才变得浓烈，在那些地方人才会产生对大海的真正的感觉。譬如，在雅尔塔几乎没有这些气味。那里海浪拍击着的岸边散发着变软的烟蒂和橘子皮的味道，而不是滚烫的石头防波堤、旧缆索、百里香、杂乱散放在岸上生了锈的一九一二年型号的鱼雷、码头地面上因为盐渍而变得花白的木板、渔民粉红色的渔网的味道。

只有在像刻赤、新罗西斯克、费奥多西亚、马里乌波尔或者斯卡多夫斯克这样的港口才有海的味道。

有一些供人休养的滨海地区，建有卖冰激凌的湛蓝色亭子，立着很多女运动员和少先队员的石膏像，到处可见绣花尖顶小圆帽、凉鞋、条状睡衣和毛茸茸的浴巾。也有被千年的太阳烤焦的海岸——这些海岸被南方广大的水域的反光、世界上最洁净的空气的热流烤焦了。

由于这样的太阳和空气，海岸形成了粗粝的颜色——赭石色、烟灰色、像铸铁表皮一样的浅灰蓝色，它们是远古时代的颜色，永恒的颜色。数不胜数的海浪一个世纪又一个世纪一成不变地拍击着这些赤褐色的海岸，拍击着这裸露着的、石化的黏土。

真正的大海，其气味、喧响和色彩的变化数不胜数。假如我有时间，假如不是一种臆想的恐惧心理控制着我，令我担心破坏散文的平衡，我会很乐意把这种意外的插叙扩展到整本书。

我必须承认,我可以如此陶醉地阅读希腊旅行手册、鲍特金[1]的《来自西班牙的信函》和米克卢霍-马克莱的日记,就像用两个手掌摆弄海沙,全身心都得到休息,并且能感受到不时有风用它凉爽、潮湿的手掌温柔地拍打我的面颊。那风仿佛感到喜悦,因为在荒芜的海滩上——包括仿佛像熊一样在海平线吸着海水的、雾蒙蒙的淡蓝色的海角——除了我之外,空无一人。

就让坚挺的草丛在岸边悬崖上整天地沙沙作响吧。这种轻柔的沙沙声——亘古不变的声音——就在这些沿海地带一个世纪复一个世纪地喧响,带给我们对智慧与质朴的向往。

我和伊贾、雅沙·利夫什茨费了很大的劲儿才挤进举行诗人晚会的大厅。那里,在狂热的喧哗、笑声、轻快的口哨声中,诗人切切林[2]用嘶哑的男低音喊着自己的诗。

当诗人弗拉基米尔·纳尔布特上台后,喧哗声稍稍平息了一些。他是一个患有手臂麻痹症的人,有一张聪明但显得暴躁的面庞。我非常喜欢他出色的诗歌,但这之前一次也没见过他。

纳尔布特不去管沸腾喧哗的听众,开始用令人恐惧的冷酷嗓音朗读自己的诗歌。他读的时候带有乌克兰口音。

  而我是一段腐朽的原木,

---

[1] 瓦·彼·鲍特金(1811/1812—1869),俄罗斯作家。
[2] "切切林"可能是"奇切林"的笔误。阿·尼·奇切林(1889—1960),俄罗斯未来派诗人。

> 一具经年累月被风化的棺椁……

他的诗给人一种惊恐不安的印象。然而突然间一种令人感到沉重的、无法想象的柔情出人意料地钻入了这些忧郁的诗行：

> 我愿用无眠之夜写下的诗行
> 讲述关于您、关于您、关于您的故事。[1]

纳尔布特朗读着，大厅里变得鸦雀无声。

在被年轻的小伙子和姑娘们挤得水泄不通的舞台上，出现了瓦连京·卡塔耶夫[2]头上红色的非斯帽。

舞台不时轻轻地发出令人忧惧的咔嚓声响，甚至摇摇晃晃，看上去很可能要坍塌。

"难道这还是诗人吗？"雅沙·利夫什茨问道，他倾向于提一些幼稚的问题，"在这儿他们的数量抵得上整整一个中等规模的欧洲国家的诗人总量。"

申格利坐在舞台附近一个厨房用的板凳上，软木盔放在膝盖上。大概，风尘仆仆、晒得黝黑的古罗马军团的战士到了元老院后就是这样拿着他们在战斗中弄弯的铜头盔的。

"感谢上帝，"伊贾长舒了一口气，"他来了。保证有一场闹剧看了。"

在纳尔布特之后，卡塔耶夫声音沙哑地、不满地读了自己关于盲鱼

1　引自弗·伊·纳尔布特（1888—1938）的诗《布尔什维克》(1920)。
2　瓦·彼·卡塔耶夫（1897—1968），苏联作家、诗人。

出于高尚目的的闹剧　199

的一首诗。事情是这样的：桑热伊卡和大喷泉区的渔民有时在海里捕捞到多瑙河的盲鱼，一些鱼从淡水水域到了咸水水域之后就丧失了视力。这首诗受到了听众的喜爱，但是没有引起热烈的掌声。人们在等待着闹剧的发生，显然，是为了这个而省着用力。

基尔萨诺夫[1]那时还是个没长唇髭的大男孩儿，非常喜欢寻衅惹事、大喊大叫——不停地跳起来，不管舞台上发生什么事，他都挑衅性地向申格利喊着什么。但申格利一动不动地坐着。显然，这让基尔萨诺夫非常生气，于是他一次又一次跳起来，朝申格利方向喊出很明显是侮辱性的什么话。

在基尔萨诺夫后面坐着一个胖胖的、长着一张瞌睡脸的人。每一次他都从后面拽基尔萨诺夫的夹克，用力让他坐下。夹克发出喳喳的响声。基尔萨诺夫骂了一声坐下，为的是过一会儿再跳起来。

与基尔萨诺夫一起喧哗的还有几个男孩子。

不管怎样，闹剧最终也没有闹起来。对闹剧的期待没有结果，这引起了观众的懊丧。人们开始不满地喧哗起来。

"我不明白，他们为什么这么矫揉造作地发脾气，这些诗人？"雅沙·利夫什茨问道，"发生了什么事？是推选诗人之王吗？或者是颁发诺贝尔奖金？他们想干什么？"

伊贾当时对诗人之间的争论了然于胸，什么也没有说。

可是稍后在晚会上发生了一些出人预料的事。这些事把观众彻底弄糊涂了。

---

[1] 谢·伊·基尔萨诺夫（1906—1972），苏联诗人。

一个女演员开始低声吼叫着朗读米拉·洛赫维茨卡娅的诗作。应该承认,这个做法并不成功。朗读引起了不满的嗡嗡声。但是这种不甚清晰的嘈杂声很快就变成了愤怒的狂喊乱叫。

"花拳绣腿的小诗见鬼去吧!"

"让米拉·洛赫维茨卡娅柔软的身条去见魔鬼吧!"

"您最好来朗诵'黑夜浸透着性欲的狂喜'[1]!"

这个女演员,长着一头带有杂色的金发,两只淡蓝色的胳膊像藤蔓一样垂着,她猛地抓住桌子的边缘,演戏似的号啕大哭起来。

那时申格利迅速站起了身。他性格中古老的骑士精神迸发出来。这些诗人带着他们披头散发的女友,竟无所顾忌地侮辱一个无辜的女子!耻辱!申格利朝大厅大喊了几句侮辱性的话。

巴格利茨基立刻站了起来。我笃定他一定会猛烈抨击自己的仇敌申格利,可是巴格利茨基转向听众,做了一个迅疾的动作,好像想给这整群人一个严厉的致命打击。他使劲地扬起右臂,发狂似的大喊一声,然后就失去了知觉,扑通一声栽倒在地板上。

大厅里的人们在惊慌中乱作一团。很难弄清发生了什么事情。人们叫来了"救护车"。纳尔布特丝毫不动声色,宣布晚会结束。

出口处围着争吵得嘴角唾沫飞扬、相互推推搡搡的年轻男女,形成了人的旋涡。推波助澜的喊叫和辱骂如网球一般,从乱糟糟的大厅的一端传到另一端。

几个卫生员推开人群,把疼得面无血色的巴格利茨基扶到车跟前。

---

[1] 引自弗·亚·马祖尔凯维奇(1871—1942)的诗体传奇作品《信》(1900)。

他已经恢复了知觉，苦笑着对我们说：

"我好像在肩膀那儿把胳膊弄断了。或者是脱臼了……这些小兔崽子甚至连安排一场闹剧也不会。"

他被车带走了。我和雅沙·利夫什茨挤过诗人及他们的追随者组成的人群，到了宽阔的普希金大街上。

"说实话，到底这叫什么事？"雅沙又问，"疯人院？小酒馆？或者只是孩子般的胡闹？并且还是在这样的困难时期！愚蠢！"

他非常生气。我们看见伊贾，叫住了他。他一副闷闷不乐的样子。

"没有打成架，"他不知所措地说，"他们本来就不该胡说八道，不该夸口说他们真的要打申格利。观众没有想到往回要钱，这是我们的幸运。"

"是怎么回事，伊贾？"我问了他一句。

于是伊贾讲出了这个秘密，组织这场晚会是为了帮助无人照管的流浪儿。那时是全俄中央执行委员会下设的儿童委员会负责这样的救助。儿童委员会的全权代表与敖德萨的诗人就这场晚会的事宜达成了一致意见。做出决定：为了充分保障晚会的收入，需要安排一个具有轰动效应的事件。他们绞尽脑汁，琢磨了很长时间，为的是想出一个更有刺激性的节目。

有一个诗人建议演一出痛打申格利的文学闹剧。这个点子让人感觉有新意，独辟蹊径。

申格利满心同意充当具有如此高尚目的的闹剧的主人公。

闹剧之所以没有成功，是因为并非所有的诗人都清楚这个主意。然而不管怎样晚会的票被争相购买，儿童委员会的全权代表兴高采烈，忘乎所以。他甚至盼望再举办一次这样的晚会。

港湾街上开了一家赌场。这家赌场的全部进款也都是用于救助无人照管的流浪儿。

在那里玩的是一种特殊的轮盘赌——"小马跑得快"。

有一次我和托列利顺路去了那里。烟草的烟雾在屋内悬着,就像一层一层的空中云彩。污浊的杯子里剩下的淡色啤酒泡着已经泡涨的烟蒂。一些面色苍白、戴着船长制帽的年轻人阴沉着脸,一言不发地玩着。

庄家是一个老头,头发斑白、稀疏,却梳成英国式的分头,说起话来像上了发条,不加停顿,嗓音像是白铁皮在抖动:

"赌局开始!别再下注了!公民,把您的巴掌从桌子上拿下去。它明显地妨碍我。拿开!还不算晚。请不要放肆,说些有伤风化的话。您是在一家正式的机构里,而不是在妓院里。赌博的公民们!我要把赌博停下,直到这个混账离开这里。请把他劝走吧!要么我就叫警察!就这样!结束了!赌局停止了!把你们的赌注拿回去吧!轮盘赌关了!"

这时一个身材魁梧的小伙子站起身来,他戴着一顶方格图案的"男孩子"鸭舌帽,围着毛茸茸的围巾,嘴里叼着烟卷,走到那个混账东西跟前,一声不响地抓着他的前胸,把他从椅子上拽起来(这时椅子一定咣当一声倒了),用一只手把他往门外推,随后把他扔到外面。随着每一个动作,门上方还在革命前就保存下来的钟就发出惊恐的响声。在这一幕剧的整个过程中只听到一个沉重的双重奏——小伙子和混账东西的喘息。

小伙子回到桌子跟前。庄家对他说:

"梅尔西鲍库[1],年轻人!我高度评价您的勇敢。赌局继续。大胆一

---

[1] 法语"非常感谢"的俄语译音。

些下注吧。考虑得越久,无疑就越会搞乱你们的火鸡幸运签。还是戈比幸运签[1]?在你们那里是怎么说的?"

而那个被扔到外面的人站在人行道上,抓住进赌场的人的手,真诚地对他们说道:

"如果我不打死西瓜湾的那个尤尔卡,如果我不打断这个花斑庄家的鼻子,您就往我眼珠里吐唾沫,就当我是一个下流坯!您去哪儿?!我求您,年轻人,当我的证人。欸,您没空?但我还是恳请您帮忙!"

这时他解开西服上衣,恐吓地挺着发出呼哧呼哧声音的彪悍胸膛往路人身上撞。

"那么请至少给五千卢布吧,"他用醉醺醺的、带着信任语气的耳语说,"我把它们变成一百万。一半是您的。不要把人逼上绝路啊。"

摆脱他是很困难的。大家都宁愿给他点钱脱开身。

我和托列利也是给了钱才摆脱他。剩下的钱我们一把就输光了。这个时候,那个庄家,让自卷烟的辣味呛得皱着眉头,冷冷地说了一句:

"我没看出你们的冒险劲儿。就挣一点通心粉的钱,没出息的年轻人!"

我们离开了,觉得受了侮辱。后来我又去了几次赌场,但没有赌。我观察庄家。他性格中流氓无赖式的礼数、对人的蔑视、难以置信的粗鲁这些特点有机融合,令我很感兴趣。我想了解这个老头以前是做什么的。托列利给我讲,他以前是唱歌剧的男低音。有一次,托列利甚至听他唱过靡菲斯特这一角色。

---

[1] 火鸡和戈比都是运气的象征。

缓慢的时光

八月份我在《海员报》获得了休假，我决定去奥维季奥波尔度假。

这个德涅斯特河湾的草原城市沉浸在偏安一隅的睡梦之中，它被认为是伟大的罗马诗人奥维德·纳索的流放地和辞世之地，为此它被叫作奥维季奥波尔[1]。

实际上奥维德辞世的地方还要往南很远，在多瑙河河口附近，那里是罗马苦役犯的居住区。弥留之际他曾对严酷的寒冷以及狂暴和阴郁的黑海发出过抱怨。

我不明白，奥维德怎么能认为黑海是阴郁的海。它是色彩最为鲜明、最令人愉快的大海之一。而且，在并不是每年冬季都下雪的地方，怎么谈得上严酷的寒冷呢？即便下雪，也仅仅保持几天时间，然后雪就

---

1 意为奥维德的城市。

化了，解冻的土地就会散发出春天淡淡的气息。

一九二一年的秋天十分干旱，土地都给晒得干透了。徒步走到奥维季奥波尔很困难——不是因为炎热，而是因为一团团尘土。尘土像呼啸的龙卷风横扫条条大道。由于这难以清洗掉的尘土，人们立刻变成了褐色的，像卡菲尔人[1]一样。

因此，我没有往德涅斯特河河湾方向走，而是决定沿着荒芜的喷泉区的海岸走到有轨电车的最后一站。这一站叫"科瓦列夫斯基别墅"。依照自己从来不盲目出行的习惯，我弄到一本书《古老的敖德萨》，把其中与科瓦列夫斯基别墅有关的内容都读了一遍。

我这样做是出于以下考虑：对我们打算居住的地方即使只提前稍做了解，也比对它们一无所知要好得多，这会使我们对待这些地方的态度显得认真得多。

在《古老的敖德萨》一书里，我读到了以下内容：很久以前，敖德萨一个孤独的有钱人科瓦列夫斯基在海岸边买了一块干旱的草地，在海岸上建了一栋楼，在楼旁边建了一座高高的、像灯塔一样的圆形塔楼。这个塔楼没有任何用途。像孩子们所说的，科瓦列夫斯基就这么"平白无故"建起了塔楼，心血来潮而已。他有几次在这个塔楼顶上的平台喝茶，然而后来他竟从楼上跳了下来，死于非命。

楼很快成了废墟。没有人想买这个庞大、幽暗的建筑，而塔楼也就保存了下来，在黑海水域所有的航路指南里都曾提到过这个塔楼。结果，这个塔楼就成了驶近敖德萨的一个很好的地标。因此，塔楼就受到

1　西亚阿富汗的民族。

了保护，人们不允许有人把它拆毁成石堆。

我知道，挨着科瓦列夫斯基塔楼有几所空置的别墅，于是我决定在其中任意一所我更喜欢的别墅住下来。

从敖德萨市里到科瓦列夫斯基别墅，我走得很慢，走了很久。天刚刚亮，我就从黑海街出来了。

尽管沿路没有发生什么事，但是我非常详细地记住了从市里到科瓦列夫斯基别墅的路，此后不管哪一天、不管什么时候我都能凭着记忆一步一步地找到路。

我喜欢上了这段路，这之后在不同年份我多次从敖德萨步行到那里，尽管那时已经有了有轨电车和公共汽车，甚至还有一路尘土飞扬的出租车。

这段路的全部美妙、它对我的全部吸引力，与它靠近海边有关系。这段路在任何地段都没有离岸边悬崖很远，走在这里，一直都能听得见海浪的喧嚣，能嗅到水藻的味道。

只要我弯下身，捡起路上的白色石头，吹掉上面的灰尘，甚至看都不看就能说出，这是一块海边的颗粒状鹅卵石，被中午的骄阳晒得发烫，同时也为无法记述这块已存在数千年之久的石头的一生而感到懊丧。

这段路上的一切都有大海和太阳的味道，即便是空空如也的货亭也是如此，好像曾在神话时代卖过克瓦斯。这些货亭上的颜料开裂了，一大块一大块地脱落，散发着太阳的热气。空空的锌板货摊因为滨藜和艾蒿的花粉而变成绿色。整个这条路都因为这种花粉而呈淡淡的绿色。

像是用石海绵垒成的围墙也散发着大海的味道。不计其数海里的小贻贝长到围墙的石头里。它们的珍珠母断面不时闪着光，会把人们的手划伤。

有时路面上厚厚的尘土会留下渔网拖过的痕迹。渔网是在拂晓时分拖过这里的。渔网拖平了尘土，并在上面留下一团团蓬松的水藻和已经变干的、仿佛是用铅纸剪成的鲱林卡鱼。水藻湿湿的，里面很热，散发着一股盐卤的味道，还冒着蒸汽。

蜥蜴在房顶上、在橙黄色的马赛瓦上跑来跑去。在我的想象里，这种瓦的制作（当然，是在法国南方的一个什么地方，在马赛或者土伦附近）是一种不紧不慢的活，它关系到古代手工业的秘密，因此有一定的浪漫色彩。我相信，马赛瓦工厂一定是建在离海岸很近的地方。

我曾想研究这种瓦的制作工艺，并想就此内容写一本小书。我不知道读者是否能从这样的书籍中获得什么有益的知识，但不管怎样，我会努力用这种生产工艺的诗意感染他们。

我喜欢马赛瓦还因为它与南方以及大海有关联。从莫斯科到敖德萨的列车上，只要窗外如玻璃一般透明的远方出现红瓦的房顶，我就知道大海已经不远了。

此外，拍岸的海浪总是把被打磨得发亮的马赛瓦碎片抛出来。对它那种像胡萝卜汁似的颜色和细腻的颗粒状处理工艺，我一直都很欣赏，从不感到厌倦。

大喷泉区渔民的小花园中有些地方悬挂着一串串沉甸甸落满尘土的葡萄。椭圆形的果子散发着肉豆蔻的香味，透过表皮隐约可见里面粉红色的汁液。我用一串这样的葡萄换过三支自卷的纸烟。

过了大喷泉区，路转向了草原。别墅留在了后面，不敢进入阳光暴晒的炎热地带。大道两侧轻飘飘的玉米杆的叶子在颤动。玉米棒子都已被掰掉，收割完毕，不管我查看多少次，都没有看到一个被遗漏的玉米棒子。

不知躲在哪儿的知了在鸣叫，酷热还在散发，所有干枯的草茎开始时而悄悄发出干裂的声响。我听到这种咔嚓的折裂声就感到欣喜：这意味着有风儿从大海上刮了过来，尽管微弱，但使人清爽。

这就是我在去往科瓦列夫斯基塔楼的路上的一点点所见所想。我的近旁是壮丽的大海——清新的气息和抚慰人心灵的喧嚣的深渊，好似熔化开的青金石，一直闪耀着光彩。

当热浪开始减缓的时分，我走到了科瓦列夫斯基塔楼。我看见海边的断崖上有几所别墅，四周环绕着小花园。这些别墅里所有的门窗都被拆掉了。花园里长满了高高的枯草。

我选了一所带木阁楼的别墅。铸铁的楼梯呈螺旋形上升。楼梯没有被拆除。

在上面，通往阳台的门和唯一的一扇窗户上的护窗板奇迹般地保存了下来，但窗户本身已经不复存在。主要的是木地板保存下来了。

附近还有五所几近破败的别墅。里面没有人住，只有燕子和灰色的蜥蜴。

我决定住在阁楼上的房间里。我觉得自己在那里面就像在灯塔里。

我很少体会这样充分的自由，很少意识到我有权利依照自己的意愿生活，我完全属于自己，我既是鲁滨逊，又是隐修士，我的全部时间和所有未来的日子都属于我。人们平常觉得令自己受累的生活琐事和零碎的家务活在我看来成了轻松甚至愉快的事情。

我很高兴，采到了很多干蒿和苦艾，做了一把打扫别墅的蓬松的笤帚。

趁着天还亮，我下到岸边，在那里采集了很多干枯的、仿佛擀制成软毡子的水藻。我只挑选让风吹透的、没有药味的老水藻。对于在地板上睡觉来说这是非常好的垫子。

缓慢的时光 209

人们早就明白这个道理，一个人的东西越少，它们就越可爱，每一件物品也就越密切地和人的生活经历相关，并在任何情况下都能获得更大的意义。

我把背包里的东西都拿出来。我带着一种感恩的心从背包中掏出小煤油灯、一小瓶汽油、两包烟草、面包干、糖精、晒干备用的胡萝卜茶、红色的粗盐、谷类粮食，还有一些食品。我从背包底部拿出海魂衫、练习本、以化学铅笔为原料自制的墨水，还有几本书。

所有其他的东西就得就地取材——在"野地"里或者在海里获取。

我随身带上了捕鱼网兜和一大堆镀银的钩子。敖德萨渔民认为，相对于黑色或者青铜色的鱼钩，海鱼更愿意咬白色的鱼钩。在我看来，这完完全全是偏见，但正是由于这种偏见我在第十六站的一个渔村用一些镀银鱼钩换了一瓶浑浊的葵花籽油，从那时起我感觉自己成了一个真正的大富翁。

第一天夜里我是在令人困倦而愉悦的状态中度过的，没有完全睡着，但也不是完全醒着。我一边睡着，但能很清晰地听到浪涛的喧嚣声、蝉鸣、岩屑的沙沙声和旧电线轻柔的呼啸声。这根电线一整天都在小铁门附近的电线杆上摇晃。

有时所有声音突然间消失了，但过了几分钟，好像什么人突然间在草原上长出了一口气，像一只大野兽一样，想睡得更舒服些。

我闭上眼睛，转瞬间再睁开眼睛看，蓝色的微弱光亮已充满房间，直照到天花板。从颜色上看，无法把它和天空区分开。窗外的天空看上去就是一片浓雾弥漫的深渊。在天空的蓝色中出现了一条一条深红色的云彩。或许，黎明临近了。但我没有马上想到这一点，继续打瞌睡，每隔十分钟就醒一次，每一次我都感到很惊讶，我的房间就像照片的底片那样，在黑暗中越来越清晰、越来越细致地显现出来。

当一只小鸟停在阳台的栏杆上，早晨最终到来了，小鸟轻轻啼啭，说道：

"黄蜂在睡，黄蜂在睡，黄蜂在睡，你不要睡！"

"不要睡，不要睡！"它执着地重复着，我看到它的头上一小簇黄色的羽毛像一团蓬松的火焰，在太阳的第一缕光辉照耀下闪闪发亮。

太阳俯临千百万公里的地球空间，如果仅仅是为了首先照亮一只鸟像一小束毛线似的独一无二的冠羽，那么太阳乃是太过庞大的天体。

我起了床，然后去海边洗澡。海岸陡峭，有些地方几乎就是垂直的。往下走简直很危险。

就在那天早晨，我从露台下方的天窗爬进去，在那儿找到了一把生锈的铁锹，还有几件急需的东西——一把小锤子、一堆有点弯曲的钉子、一卷铁丝和一个印有"蒙巴谢-兰德林"[1]字样的铁皮罐。

我拿上了所有这些东西。它们正好是我要用的东西，"恰逢其时"，还有一点——人就是这样健忘——几天之后我已经深信，如果我没有找到这些东西，在别墅一天也过不下去。比方说，假如没有铁皮罐，我拿什么来盛悬崖上那株柽柳下微微渗水的一眼泉的淡水？或者，假如我没找到小锤子，用什么砸扁渔网上的铅坠？

但最珍贵的东西，当数仅次于装蒙巴谢水果糖的铁皮罐的那把铁锹。

我不慌不忙地干了三天，在陡岸上最陡峭的地段挖出一条带台阶的峡谷小路——一条窄窄的土楼梯。

---

[1] 当时的糖果品牌。

我喜欢这种与土打交道的"挖土工人"的活。黏土在铁锹铲过的断面上发出琥珀的光泽。在这些断面上能看见不知什么植物难以置信地又长又粗的根，而它在地面上仅仅有五厘米高。

所有这一切都很美。但最美好的是，就在第一天早晨我惊讶地发现，整个这片干枯的海岸，连同它的带刺植物、岩堆、金色的染料木、海风、砾石遍地的海滨浴场、一堆堆的水藻、天空和云朵，整个这片炎热的、浅紫色的海岸不属于任何人，或者，更确切地说，只属于我一个人。

一个星期里我连一个人影也没遇见。

假使我愿意，我可以在悬崖上挖出一个非常不错的洞穴，或者拦截泉水，在岸上造出一个小湖，或者在浴场上用让盐渍染成灰色的碎木头块、旧舢板的船身和木头浮标搭出一座座金字塔，或者砍下崖柏的树枝，散放在自己房间的地板上，让房间里充满树脂的香味。任何人都无法禁止我做这些。

最终我就是这样做了。我的住处多出了很多出乎意料但很有趣的东西。在近旁几座废弃的别墅里我找到了一个铁灯笼、一个沙漏钟和一把中国伞。我把这些东西都拿到了自己的房间。

白天过得很慢。太阳不慌不忙地走着。

时间好像停滞了，放缓了脚步。或许，它想完全停下来。

但是我知道，全新的然而一成不变的白天必将升起来接替早晨——白天总是这样一成不变，一周之内所有这些白天给我的感觉就是不间断的、没有尽头的一个白天。

我习惯了这一不间断的白天持续的炎热（黑夜给人的感觉是，它只是为了让人有个喘息的时间，暂时避开白天的强光而被创造出来的），习惯了它单调的嘈杂之声，似乎在地底深处有一根铜弦在鸣响，习惯了空气被晒得很热，不再透明，像一块凝固的玻璃，还有，习惯了天空的蓝色那种浓淡不均的景象，在风的逼迫下，它有时变浓，有时变淡。

据说，人时不时过一段孤独的生活是有益的。

我以自己的生活经验知道，孤独有很多种。我在此不把它们一一列举，但我知道，有身处人群中的孤独，有森林中的孤独，有伴随痛苦的孤独，还有在海边孤独，那常常是一种近似于沉默不语的心灵升华的状态。

这是一种寂静无声的升华，那时人甚至痛恨任何谈话。他更喜欢保持沉默。另外，当你白天被晒得又黑又热的身体突然间被傍晚的拍岸浪和大海被风搅起的轻柔泡沫淹没并冷却，用我们单调的语言又能说些什么呢？泡沫将在你的身体上融化，用芬芳气体的小气泡微微刺痛皮肤，轻凉地、小心翼翼地触摸发红的皮肤，就像从那些古老的岛屿上吹来的风，在那些岛上，或许一尊尊贞女狄安娜的青铜像迄今还在土地里沉睡。

不过，这种触摸更多地让人想起出浴少女的湿润的发辫。

在身处海边的孤独中，在这种与深沉的辽阔空间面对面的接触中，人总会产生一种意识：即使没有获得永生，那么至少大海也赠予了我们更长久的生命。

所有的白天我都是在海岸上度过的，直到日落。我经常在大山岩的阴影里进入梦乡。我读上几行书，就一小时一小时地望着一片片飘浮的云朵。显然，幸福就包括这种无忧无虑的状态，没有一丝一毫的不安。

显然，确实如此，因为我那时的感觉就是幸福的。纯净、原始、未被任何东西玷污的光倾泻到大地上，于是我完全忘却了，按照迷信的人们的说法,这种出人意外的、巨大的内心的平静不可能永远不被破坏。

所以说,报应到来了。

有一天,我躺在海岸上,透过眯缝着的眼睫毛注视着各种颜色的热气球——它们在我面前一个淡紫色的空间里旋转。我在想,这是一个什么样的空间——是大海上的空气吗?或者,也许这是任性地改变了原来的紫黑色、想要微微闪出银色和浅黄色光芒的天空。

在我思索这些的时候,从高高的悬崖上传来一声不太清晰的人的喊声。我转过身,看见在宁静的蓝色天空的尽头有一个人挥舞着鸭舌帽。这个人抓着一个身穿褪色的红色无袖长衫的小人儿的手。那个小人儿也怵怵惮惮地向我挥着像秸秆一样纤细的手。

"您好!"那个人从悬崖上喊,"看到您非常健康我很高兴,康斯坦丁·格奥尔吉耶维奇!您上来到我们这儿来一会儿!"

我的心紧缩起来。我就知道会这样:会有什么人碰见我在此处幽居,会彻底破坏我近些天所做的百年不遇的梦。在草原的酷热中,在萨尔玛特草地的沙沙声和本都[1]水域的喧嚣声中,甚至这个善意的"您好"听起来都显得虚伪而庸俗。

我不情愿地直起身来,爬上悬崖,尽力猜想这个带小女孩的人是谁,他找我有什么事。

"您真了不起!"这时那个陌生人又喊了一声,"隐修士!苦行修士!

---

[1] 本都海为黑海的旧称。

鲁滨逊！水手谢利基尔克[1]！塔柱僧西蒙[2]！让-雅克·卢梭！"

我爬上那条窄窄的小路，抑制着涌上心头的强烈愤怒，一直没开口，为的是不骂人，而那个人在红褐色土地和色彩浓重的壮丽天空的交界处继续嘲讽我。他喊道：

"奥德修斯！米克卢霍-马克莱！海盗！塔夫里达的伊菲革涅亚[3]！伟大的哑巴！"

为了制止这个装腔作势的人，我终于抬起了头，认出了他是瓦夏·列吉宁。他拉着他六岁的女儿基拉的手笑着。

"我是不是在这个艾瓦佐夫斯基院士所赞美的海岸上巧妙地捉弄了一个傻瓜？"他问了我一句，并且伸出手帮我上完最后一个陡峭的台阶（这就是不久前我自己挖出并且很为之自豪的台阶），"承认吧，您生气了。我把您找到了，简直是奇迹。托列利说，您肯定是住在这里的什么地方，就在科瓦列夫斯基塔楼附近吧。"

小姑娘皱着眉头，用忧郁的、湛蓝的眼睛看着我，抓着父亲的胳膊。

"我们一起去我的别墅吧，"我建议，"喏，城里怎么样？没发生什么事吧？"

"是的，没发生什么事，没什么特别的。"列吉宁答道，他的眼睛里突然间泪光闪闪。不知怎么，他的眼睛里刹那间充满了泪水。几滴泪珠顺着脸颊滚落下来，掉到皱皱巴巴、已经洗旧的衬衫上。

"别哭了，爸爸，"小女孩严肃地说道，"我留在这里。我不害怕。"

---

[1] 英国作家史蒂文森的小说《金银岛》中的主人公。
[2] 4世纪至5世纪的苦行修士，塔柱苦修指在塔柱之上固定苦修的形式。
[3] 希腊神话中阿伽门农的女儿。

列吉宁用破了洞的手帕擦干眼泪，讲道，他的妻子得了斑疹伤寒，躺在家里说胡话，他陷入绝望的境地，心慌意乱，把小姑娘带到我这里，因为在市里没有可以安置她的地方。不可以让她和母亲待在一个小小的房间里。他在敖德萨没有朋友，于是这就……他的声音突然中断了。小姑娘的嘴唇忽然一撇，哆嗦了一下，她又说道：

"好，我留在这里，跟叔叔……"

"是科斯佳叔叔，"列吉宁提醒道，"留下吧。只要妈妈的病一好，我就来接你。您在这里还要待很长时间吧？"他问我。

我慌张起来。

"是的，"我答道，"当然，需要待多长时间就待多长时间。"

"好吧，留下吧，我亲爱的小心肝。"列吉宁弯下身，嘴唇紧贴着小姑娘的头说，"要爱科斯佳叔叔，听他的话。他是我们非常好的朋友。"

他向我伸出手，连看也不看我，嘟囔着说：

"好吧，我走了。否则，玛丽亚·伊万诺夫娜就一个人躺在家里。她还神志不清。"

他转过身走了，而我，手足无措，和一个小姑娘留在了空旷、炎热的草原。我甚至没有发现，列吉宁什么也没有为小姑娘带，什么包裹，甚至最小的包裹都没带。她就是穿着身上的那身衣服来的。我望着列吉宁的背影，突然感到一只热乎乎、汗津津的小手抓住了我的手指，小姑娘说：

"我们一起在这里生活吧，就像做游戏。"

我很难理解她说这些话想表达的意思，但从那时起，草原上的生活确实就像在做游戏——有时像现实，有时像梦幻。

从那时起，我提心吊胆，为这个像蜻蜓一样脆弱的生命担心的恐惧一直伴随着我，直到最后列吉宁让托列利到我们这里来。然而，我记得，那起码是三周之后的事了。

这样，我就生活在一种恐惧、绝望、怜悯和温情的状态中。所有这些情感融为一体，无以名状。这种状态有时放松一些，有时即使是因为像从瘦瘦的、颤抖的手指中拔出一根刺这样的小事，也会充满苦痛。

但归根结底，托付给我的是一个信赖我的小生命，于是我让自己保持镇定。然而，我剩下的食物非常少，一点肥皂也没有，并且除了我已经穿坏的皮夹克，找不到任何能够为小姑娘盖的衣物。而夜晚天气已经变冷，秋天的气息越来越经常地在黎明时分就透到房间里来。

迄今为止我都不明白，为什么那些日子我没有因为绝望而变得头发花白。我害怕一切：灼人的太阳（我一直觉得小姑娘中暑了）、大海岸边的悬崖（她无论如何不能从悬崖上掉下去摔死，因此我很感谢我在硬黏土当中挖出的台阶）、寒冷的夜晚（小姑娘一定会感冒）、狂风或风暴、饥饿（我算了一下，食物只够我们吃七天了）。

所有的书籍，所有的自省和幸福的念头都被我抛到九霄云外了。它们好像就不曾存在过。可能由于过分恐惧，在最初几天我甚至不曾注意小姑娘一直在帮助我——捡生火做饭用的细木条和干野蒿，用艾蒿笤帚打扫别墅和花园，用铁皮罐头盒打泉水。实际上，她为了一滴水也不溅出去，几乎要走一小时的时间。

她很少问我什么，她更愿意不靠我的帮助而自己猜出一切。

她几乎没哭过。但是有一天，从悬崖上掉下一块石头，砸伤了她的腿，她号啕大哭，哭得那么绝望，就像孩子在夜里被抛弃在荒无人烟的地方时那样。我用干净的布给她包扎热乎乎、鲜血淋漓的腿，她搂着我的脖子，浑身颤抖。

当然，我明白，她哭不是因为石头碰到她，使她受了伤，而是因为这些天在她的生活中累积起来的过度的痛苦。

最可怕的是，无法把泪水涟涟、火辣辣的面庞埋在妈妈的胸前，发出哽咽而随意的哭诉，而她明白，全世界只有一个人能把自己全部的抚慰、爱和保护都给予她。这个人就是妈妈。

现在妈妈却在敖德萨得了非常严重的热病。或许妈妈甚至已经离开了人世。不能往这方面想，为的是自己能活下去。她们两个——妈妈和她——都为她们离别之后的每一个小时而懊悔。因为每当她们相互之间的爱少了一个小时，那个被人厌弃、人们称作死亡的黑暗深渊就迫近了一个小时。

我相信，小姑娘当时正是这样一种状态，我也不知道该做些什么，能让她笑一笑，哪怕是稍微地笑一笑。而当她只是微微笑一下时，我却相信，她这样做只是为了安慰我。

没有孩子的人永远不会明白，这个充满悲剧性偶然事件的荒诞世界离我们多么近，就在身边。他也未必会明白，什么是包容一切的爱。

当然，必须要活下去。我们的生活是残酷的。但是我被一些操心事给吞没了，所以没有去关注这种残酷性。

出现了这么多操心事，我也许不能全都列举出来。

首先是洗澡。我们是在海里洗澡，但在这无边无际的大盆里洗过之后，脸上溅得都是腐蚀性的盐渍，必须用泉里流出的冰凉的淡水再冲洗干净。

没有肥皂。只能用细沙搓脸和手。但几天后我发现紧挨着浴场的悬崖的石灰石里有一条稍稍泛蓝的变硬的淤泥。

我从小就记得长条形的"漂白土"牌肥皂。它在海水里洗涤效果非常好，是用某种蓝色的克里米亚黏土制成的。我甚至现在还记得塞瓦斯托波尔哈尔琴科制皂厂的商标，上面印有船锚图案和一个大胡子叔叔——工厂主——的肖像，他制造出"漂白土"肥皂，为人类造福。

我把几块蓝色的黏土抠出来，试着用黏土来洗湿漉漉的手。用了之后手上有一层黏黏的东西。我把这层黏东西洗去之后，看到了下面完全洗净的皮肤。

"这就是漂白土！"我朝基拉喊道。

"漂白土，漂白土，漂白土！"她第一次喊了起来，用那条好腿在我旁边跳来跳去。

基拉收集起漂白土，把它泡软，再把它像和面一样搅拌好，然后再用这块面做成一个个小长条，放到太阳底下把它们晒干。我终于非常小心翼翼地洗了我自己的衬衫和基拉的唯一一件红色的无袖长衫。然后我们马上就把洗完的衣服晾在沙子上。

确实，无袖长衫上有一半的织线洗了之后变成了干净的灰色，有些地方破了洞，但无袖长衫却久久地散发着海水的味道。

我甚至大胆地和基拉带上几块自制的肥皂，去了喷泉区第十六站。我指望用肥皂换一些食品。

一个有着华丽的名字——克拉丽萨——的年轻渔妇，我第一个向她推荐自己有奇效的漂白土，她一直笑着，用可怕的责怪表情看着我说：

"啊呀，别逗我笑了！啊呀，别把我当傻瓜，年轻人！真够瞧的，我是您的大婶！这是普通的漂白黏土。这玩意儿就像海水一样多。而您的女儿确实像杏子一样漂亮。"

我向克拉丽萨解释了基拉是谁。

缓慢的时光　219

"在这儿站一下！"克拉丽萨命令道，用破旧的短裙擦干汗津津的嘴唇，往菜园走去。她从那里给我用篮子带了西红柿、茄子、胡萝卜、辣椒和两大串葡萄。

"哎，等等！"她用乌克兰语说，"就这么办吧，把您的漂白土给我，把所有这些连篮子都拿走吧。"

我于是向她道谢。

"真够瞧的，我是您的大婶！"她惊奇地说，"您这是干什么？您昏了头吗？今天我要到我老爹那里去。他在桑热亚沙嘴捕鱼。大约两星期后我回来，您到我这来。一定要来。我们就熟悉了。我知道了您住在科瓦列夫斯基塔楼附近。"

她向我伸出粗糙的小手。不知何故我想把这只手在自己的手里握得时间更长一点。她笑着抽回手说：

"这么跟我开玩笑不合适啊！否则我可要当真了。走吧，只是要回头看一次。这是礼貌。"

我走了。我回了一次头，看到了克拉丽萨含笑的眼睛和牙齿，决定以后不再来这里了。

仅仅过去了几天，生活就自然而然走上正轨，稳定下来。我又能读书了，开始在浴场上把我脑袋里所想到的一切都讲给基拉听。

不能说那是童话。不，那完全都是真实的，一点也没有脱离现实的故事，是根据身边随时发生的事讲的。如果需要，那我就把最先想到的这件事做个例子。

基拉在沙子里找到了一些被海水磨光的玻璃瓶碎片。她把它们当作宝石。她无论如何也不愿相信这是普通的玻璃，敖德萨郊区所有的空地上都有一层这样的碎玻璃。

在某种程度上她是对的。如果在地球上玻璃像金刚石一样少，或者相反，假如金刚石像玻璃这样多，那么，当然，玻璃就像金子一样珍贵了。

有一次，基拉问我人们是从什么地方挖出玻璃的，我只得给她讲，玻璃不是挖出来的，而是用沙子造出来的。我开始给她讲这方面的情况，半小时后我非常惊讶地发觉自己讲的根本不是那方面的内容。

我给她讲，人们往一个玻璃球的里面镶嵌上了极为稀有的黑郁金香的唯一一颗种子，并用船把玻璃球运到了荷兰这个国家，因为这粒种子，花匠之间开始了一场血腥的战争，而战争结束的原因只是，一个两岁的小男孩不知不觉离开了聊天聊得忘记时间的保姆，来到守护用这颗种子培育出来的黑郁金香的哨兵跟前，趁着哨兵躲到有条纹的哨棚后、在风口吸烟的时候，男孩把这朵花摘掉了。很多年之后，荷兰妇女给这个小男孩立了一块纪念碑，纪念他免除了一场自相残杀的战争。因为小男孩刚一毁了这唯一的一朵花，战争的起因也就消失了。在这块纪念碑上，小男孩被雕刻成正在以不可思议的孩子的激情把帝王般高贵的黑郁金香撕成碎片。

我没发现那个界线——在什么地方这个关于玻璃的故事突然变成了虚构。在基拉第一次郑重其事地提出意见之后我才开始清醒。

"郁金香不是用花籽种出来的，而是从球茎里长出来的，我知道，"她说，"我们家有过郁金香。如果把它摘掉了，那么一年后会长出另一个。而那些荷兰人真傻，连这个都不知道。平白无故地开始了这场战争。"

她沉默了一会儿，叹了口气，又说了一句：

"还是花匠呢！"

我的脸红了。我的虚构还从来没有这么愚蠢到被人揭穿，即使小时候也不曾有过。基拉用眯缝的含笑的眼睛看着我。

确实，花匠之间的战争不可能因为郁金香的花籽而开始。至少也要因为球茎才可能爆发战争啊。

从那时起，我坚定地确立了一个讲故事和虚构的不成文规则。这一规则讲的是：在每一篇、哪怕是最神奇的童话中也应该有现实的基础。

每隔两三天我就带着基拉去一趟五公里之外的干咸湖。我把基拉放在海岸上金合欢干枯树丛下一块小得可怜的树荫里，我自己则跨到海岸附近平坦的岩石上，在那里钓鰕虎鱼。这种垂钓跟娱乐没有丝毫共同之处——鰕虎鱼那时是我们唯一的一种鱼类食物。

它们在干咸湖里黑压压地游来游去。每次我都必须钓到不少于四十条鰕虎鱼——这是我提前计划好的。

我钓鱼，基拉乖乖地坐在树荫里，努力地数着钓到了多少条鰕虎鱼。十以后的数她就不会了，所以，每数完十个，她就在自己身旁放上一个空贝壳。攒到四个贝壳之后，她就喊着告诉我，再往下就由我自己来数了。

当然，基拉很喜欢做这件事。她乖乖地坐在那里，还因为她不想从那片小小的树荫里移到八月份依旧炎热的太阳光下。

后来我们考虑，临近晚上的时候去干咸湖要轻松和愉快得多。特别美好的是，沿着落日下无边无际的浴场，沿着拍岸浪的最边缘返回，那里，每次海浪冲击上来后的刹那间沙子就变硬了。走进无边无际的夜幕之中也是很美妙的事。夜幕上空高处孤零零的一朵云彩金粉色的花瓣闪着亮光。

我有一点面粉。我用它烙了一些无酵饼。面粉快要用完了，一种惊人的恐惧在我心头悄然而生。

我去了第十六站找克拉丽萨，但她没有从她父亲那里回来。我问她的邻居，一个上了年纪的渔民，有没有面粉卖，他只是笑了笑，没有回答。

我打算离开了，他却叫住了我。

"哎，您停一停，"他说，抓住我的衬衫的袖子，摸了摸布料，"您身上穿的衬衫是什么货？不会是英国货吧？"

我身上穿的确实是一件烟草色的英国士兵衬衫。那是我在市场上用一份茶叶换的。

"怎么了？"我问道。

"是这样，您听着，"渔民神秘地说，"您沿着草原上的大路去克良伊恩-列本塔尔。那里紧靠道边长着一棵野梨树，过了它往右走有一条沟谷。您下到那条沟谷，在那里您会看到一条小路。沿着小路走，就到达了蒸汽磨坊，到达了扬谷风车那里。整个磨坊不比我的农舍大。凭这件衬衫那个磨坊就能大大方方地给您五磅面粉。"

"有那么多？"我疑惑地回答。

"那里的磨坊主是一个很特别的人，"渔民还是那么神秘地说，"去吧。您自己会看到的。另外，您有没有碰巧听到什么新政策？现在我们像鼹鼠一样生活——一个月只能拿到一次报纸。"

说话的当天我和基拉就去了磨坊。

当然，不应该把基拉带在身边，但留下她一个人我不放心。因此我们就一起去了。

尘土在大道上空盘旋。为了不错过通往沟谷转弯处的野梨树，只得沿着大道走，踩着这尘土走。炽热的黏土粉尘甚至透过鞋掌烤脚。

基拉走得很慢，后来就一瘸一拐地走了。我把她抱起来。她用像小

缓慢的时光　223

茨冈人一样黑黑的手搂着我的脖子，艰难地呼吸着。

我惆怅地向四周看了看。如果不算挂着半截电线的电报杆那又短又窄的阴影，直到地平线任何地方都没有一块阴凉地。我们就在这点阴凉里歇了几次。周围燃烧着干旱的白色火焰。

基拉一次也没抱怨过。她把下巴颏放到我的肩头，一声不吭，疲惫地看着草原。那里有几头瓦灰色的犍牛在轭下弯着身子走着。它们的舌头伸出来很长，已经挨着地面了。它们呼哧呼哧艰难地喘气，经常停住脚不走。赶车人绝望地、嗓音中带着哭音朝犍牛吆喝着"驾——驾"，用一根曲棍打着犍牛积满灰尘的两肋。犍牛满是汗水的皮上留下像亚述人楔形文字一样的印痕。

到那棵梨树下我们休息了很长时间。树叶在风中唰唰作响，仿佛是金龟子扇动硬硬的鞘翅发出的声音。

沿着干涸的石灰石沟谷我们终于走到了磨坊，走进了四周围着"蛮石"高墙的院子，一下子坐到这堵墙的阴影里，就像发呆似的坐了一个小时，也许是两小时。

院子是空的。没有人出来见我们。在磨坊的瓦顶上方的白铁皮烟囱冒着烟，还有些地方有蒸汽在小心翼翼地发出咝咝的声音。

后来院子里出现了那位奇特的磨坊主。那是一个全身上下都是面粉的老人，留着旧式的契诃夫式的胡子，戴着夹鼻眼镜。眼镜的镜片被因沾满面粉而弄白的手指摸脏了。

老人走到我们跟前，摘下夹鼻眼镜，久久地端详着我和基拉。

然后，他什么也没问，离开了，给我们拿来一罐凉水。我们闭着眼睛喝起水来，觉得一股沁人心脾的清凉直达手指尖。

老人一直等着我们把罐子喝空，冷淡地看着我们，一言不发。

"您是磨坊主吗?"我喝完水问他。

"不是,"老人答道,"我是做葡萄酒的。"

"怎么您什么也不问我?"我说,脑子里闪现出一个念头:在我面前的可能是一个精神病人。

"因为我知道您需要什么。"老人回答,他的目光深处突然闪现出一种慢条斯理的狡黠的微笑。

"这到底该怎么办?"我问道,指了指自己的英国衬衫,"别的我一无所有。"

"那您穿什么返回去呢?在太阳底下超过了五十摄氏度。"

"我在这儿坐到傍晚。我家里还有一件衬衫,只不过是破的。"

"您为什么没有穿上呢?"

"不知道,"我无所谓地答道,"我累了。四天没吃面包。"

"那小姑娘呢?"

"小姑娘在昨天晚上之前有面包干。"

"坐在这儿!"老人说道,又走了。

他离开了很长时间。显而易见,暑热达到了极限。我根据弥散在草原上空的低沉声音做出这样的判断,那声音好像数百万落入蜂蜜里的甲虫发出的单调的嗡嗡声。

出来的不是老头,而是一个老妇人,同样全身都是面粉,她给我们拿来六个西红柿、包在布里的盐、两块新鲜的面包。我们几分钟就把这些东西吃了个精光,然后就睡着了。

当长长的、仿佛两条疲惫不堪的胳膊的日影落在烟灰色的地面上,我醒了。太阳在尘土中暗了下来。从沟谷中微微吹来凉爽的气息,甚至好像开始散发出一些水的气息。

缓慢的时光　　225

那个老妇人站在我旁边。

"起来吧,"她说,"把小姑娘也叫醒吧。太阳落山时睡觉不好,会得寒热病的。这是卡济米尔·彼得罗维奇给您的。"

她把一小袋重重的面粉放到我旁边的地上。我站起身来。

"谢谢!"我说道,我解开自己的衬衫,开始着急地从头上往下脱。

"不需要,"妇女说,"我们不会变穷的。以后再还给我们。您这是干什么?上帝保佑您!"

我自己没想到这一点,拥抱了这个女人,吻了她的手。我想对老头道谢,但是女人说他去了什么地方。在这个平坦得像一个巨大的盘子似的草原他能去哪儿呢!

基拉很长时间不说话,怎么也不能彻底醒来。在大道上我们遇到一辆四轮大车。大车往磨坊运来两袋小麦。显然,由于热的原因,磨坊夜里干活。

后来基拉觉得,大道上已经变凉的尘土仿佛在她烫伤的脚底下爱抚她,她笑了起来。

"麻雀,"她说,"就是在土里洗澡的。我自己见过。我也想洗个澡,只是您不允许。"

当然,她是在调皮,这从她眯缝着的眼睛可以看出来。

炎热的日子慢慢地过去了,但是,无论是列吉宁,还是托列利,都没有来找我和基拉。我已经开始真的担心了——基拉的母亲别是出了什么事。基拉也开始想家,求我把她送回家,送到敖德萨。我想方设法不提回去的事,装作无忧无虑、心情愉快的样子。

最后我投降了,并且已经选好了返回城里的时间,但是出现了一件非常讨厌的事情。这件事破坏了我的计划。

事情是这样的：尽管和雅沙·利夫什茨在阿卡迪亚偷过柴，但我绝不是小偷，从来没有做过，以后也未必会去做。

但是在第十六站我不得不再一次偷东西，这一次不是偷柴，而是最平常的西红柿。

我没剩下任何可以用来换食品的东西。

我说我还有一件旧衬衫，是对磨坊主老头说了谎。为什么——我自己也不知道。我希望克拉丽萨再一次怜悯小姑娘而给一点蔬菜，但这个渺茫的希望我也不得不放弃。首先，克拉丽萨到现在还没有从老爹那里回来，其次，我明白，克拉丽萨对我可能抱有某种女人的期望，在这种情况下我不能向她借东西。

我在夜里去偷西红柿，当然，可以理解的是，我对基拉只字未提。但发生了一件荒唐事。因为近视我在黑暗中绊了一下，绰号为"哈拉布德卡岗棚"的守夜老头大喊一声开了枪，把作为弹药的一把库亚利尼克湖的脏盐射到了我后背的肩胛骨下方。

守夜老头因为自己那么准确的一枪而十分苦恼，他决定弥补自己的过错，送给我一篮子精挑细选的西红柿。结果是我白白吃了苦头。

呈扇形散开的盐粒对我的刺伤很轻。但不管怎样，伤口还是疼得要命。我把一块湿布搭在后背上，用从泉中接来的淡水湿敷伤口，花了整整两个钟头。我没有包扎伤口——一小块绷带也没有，我只是不穿衬衫在阴凉处坐了两天，直到伤口愈合。我对基拉说我是从悬崖上摔下来擦伤了后背。

这件事情之后过了几天，托列利和伊贾·利乌什茨到了第十六站。

托列利是来接基拉的。列吉宁的妻子已经恢复了健康，只是还在耍性子，哭，因为饥饿，还有她那两条乌黑的无光泽的辫子被剪掉了。而

缓慢的时光　227

伊贾·利乌什茨来通知我该返回《海员报》了。

我带着一种忧伤的心情回到敖德萨市里,就像在一个自由的短暂夏天之后回到中学的感觉。我也曾急切地想返回去,返回第十六站,返回我的海岸,假如不是怕难为情,我一定会悄悄地大哭一场。

这个小故事就这样结束了。不过故事的最终结局或许应是在很久之后,在一九四七年,在莫斯科作家之家的书市上。

列吉宁把一个身材高挑、矜持、镇定自若的女人带到我跟前,说道:

"瞧!请看!这就是那个基拉,为了她您后背挨过一颗善意的盐弹。"

基拉脸红了,向我伸出了手。

"您还记得我们住在喷泉区的情形吗?"我问道。

"是的,"她回答得不是很有把握,"就是说,如果实话实说,我记得一点点。您的面庞我完全忘了。"

不知何故我有点难过,于是,为了不冷场,我问道:

"那您现在做什么?"

"我大学毕业了,现在读研究生。我已经结婚了。等一下,我介绍您和我丈夫认识一下。"

她离开了我。我等了几分钟,但她没有回来。于是我悄悄离开了作家之家,后来也不能对自己做出解释,为什么我会消失,尽力不让别人发觉。

"再见，我的敖德萨，光荣的卡兰金！"

我之所以盼望返回喷泉区，是因为秋天已经临近了。这是我在敖德萨生活的第二个秋天。

当时我确信（是的，大概就是现在也愿意认同这一点），在我经历的所有秋天中，敖德萨的秋天是最光辉灿烂的之一。不仅仅在草原、别墅、有着空旷花园的喷泉区是这样，在城内也是这样。

我在一些诗句中找到了对敖德萨秋天的准确描写（现在我不记得在哪里读过这些诗句）：

> 秋天的空气纤弱而又危险。
> 另一种曲调，另一种时序。
> 秋天的城市美好而令人迷恋，

它的喧嚣也变得更加亲昵……[1]

每逢早晨，还在阴影中的街道上就散发出枯萎的紫罗兰的味道。然而无论在大花园里，还是在房前的小花园中，我都没看到紫罗兰。很明显，这不是紫罗兰的味道，而是早晨的阴影的味道，或者是刚刚洒过水的马路的味道，或者，还有微风的味道。风是从辽阔的大海上吹过来的。它从大喷泉区灯塔的方向飞驰过来，悄无声息地驰过草原上的瓜园，浸润了枯萎的茎叶的淡淡甜香，然后再艰难地潜入法国林荫大道枝繁叶茂的灌木丛，穿过城郊的海岸，那里渔民小屋的屋顶上晒着甜瓜的硬皮，西红柿被慢慢放熟。

所有这些都使这阵风带有了我在这里提到的味道，清新洁净的味道。空气的确是纤弱而危险的，但不是因为这样的空气容易让人感冒，而是因为只要呼吸一口，就已经不能摆脱一种愿望：希望这样的秋天不要结束，要一直驻留在街上有着温和的谈话和笑声的敖德萨的上空。

在南方的城市里，人们不像北方人那样拘谨。所以，南方的街道更纯朴、更具有抒情色彩。那里的街道很容易变成展现人的善良、戏谑和好奇心的舞台。

我曾说敖德萨的秋天是光辉灿烂的秋天。我在青年时代就听过这个词（丘特切夫的《光辉灿烂的夜晚》），但是很长时间我都不了解它的确切含义。

直到上了年纪的时候我才知道，这个词表示安详、庄重、照亮一切

---

[1] 出自女诗人薇·米·英贝尔的一首无题诗（1916）。

的阳光,常常用来形容傍晚或者秋天的光亮。

敖德萨的秋天是光辉灿烂的,是充分意义上的光辉灿烂。静谧的、逐渐呈现的粉红色光在街上弥散。这种粉红色光的产生不仅是因为空气中不散的薄雾,还因为地平线上空的太阳越来越低,太阳光渐渐失去了它的威力,从清晨开始就已染上日落时分微红的色调。

但是很快,秋天的晴朗被雾霭替代。阳光渐渐枯竭。这一忧伤的季节和《海员报》的意外关闭在时间上吻合了。

海员协会似乎没有足够的钱再出版报纸。当然,是可以弄到钱的——报纸受到了非同寻常的欢迎。秘密在于,报社的正式编辑,那个留着花白小胡子、由于做事不果断而总是咳嗽的退役海运船长波霍德金,他就像害怕瘟疫似的害怕自己的报纸,害怕我们大家,害怕报社的职员,挖空心思地要摆脱这份报纸,找各种借口停办。

除了在阿卡迪亚以《海员报》即将关闭为由在自己的别墅举办一次缅怀报纸的活动,波霍德金想不出其他更好的办法。

我们带着激愤的情绪来参加这个小型宴会,潜意识里是想制造一出闹剧。为此我们需要随便对什么事情加以挑剔,哪怕是吹毛求疵。当然,挑剔的理由找到了,而且完全不是微不足道的理由。

我们刚一走进别墅,我们的火气就更大了——所有房间里都弥漫着轻微的、十分有害的煤油烟雾。

原来,波霍德金船长在养小鸡仔。他自豪地让我们参观放在暖和的露台上的一长排孵化器。孵化器下面的煤油灯时不时发出噼噼啪啪的声音,冒着呛人的烟。

我们大家都热爱大海、港口的生活,钟情于船舶和航海的魔力,听到有关孵化器和小鸡仔的消息,觉得这是对航海职业的严重侮辱,对我们的理想的严重侮辱。

巴格利茨基并没有首先祝酒，却喊出了一番狂怒的话，抨击"假冒的"海员、庸俗市侩，抨击躲到发臭的孵化器的世界中的人，他们远离了大海的自由，远离了风在桅索上发出的类似贝壳中发出的喧响声，远离了由于不可预料而显得十分美好的生活。

接着热尼卡·伊万诺夫跳起来，碰翻了椅子，大声高喊，因为愤怒而唾沫横飞：

"同志们！这个海军制服上的狼獾皮（他愤怒地冲着波霍德金船长那边一指），这个对丈母娘俯首帖耳的没有主见的人关闭了我们杰出的报纸！为了什么？为了稳稳当当地坐着卖他患了佝偻病的小鸡。我认为这不仅仅是不成体统！这是需要报复的耻辱！因此我呼吁大家：捣毁孵化器！彻底捣毁！让它们变成烟！让它们灰飞烟灭！我一个人对一切负责！"

不能只用我们的醉意来解释以下情况：我们用几分钟时间几乎拆毁了所有的孵化器。煤油灯冒出滚滚的烟柱。波霍德金船长拍打着自己的胸脯，连着布扯下制服上的金色纽扣，后悔地喊道：

"做得对！我活该！我放弃了！"

他的妻子，一个满头是浅棕色发卷的矮女人，抓住我们的手，气急败坏却软弱无力地扳着我们的手指，愤怒地低声说道：

"无赖！我要把你们都关进监狱！你们在我这儿一个个都脱不了干系！你们给我好好记住！"

如果不是有大海的干预，这桩荒唐事最终会怎样结束，真是无从知晓。船长的别墅位于岸边的峭壁附近。那个晚上风暴滚滚而来，冲击着这些峭壁。其中的一块峭壁近旁突然响起了轰隆隆的爆炸声，房子震颤

并晃动起来,所有玻璃稀里哗啦地发出愉快的声响飞了下来,船长把手臂举向空中,喊道:

"安静!不要惊慌!是鱼雷在峭壁旁边爆炸了!是该得的报应!做得对!这个抱窝鸡,"他向妻子跺着脚,"把我弄成了细面条。"

鱼雷爆炸之后我们立刻就散了。我们几乎是跑着出去的,尽力快一点离开这所令人憎恨的房子,玻璃被打碎之后,房子张着大口,还一直散发着煤油的臭气和油烟。

临近冬天时,在黑海街就只剩下我孤身一人。

还在干旱的秋天的时候,下房里很暖和,甚至很舒适,但是在下了头几场大雨之后,整间屋子受了潮,就像没拧干的海绵。屋子的墙壁出现了一条条黑乎乎的潮湿的痕迹,散发出生石灰岩和白灰浆的味道,并且不知从哪里开始爬出一群群虚弱的、勉强能动的蜘蛛。

应该搬到一个干燥的地方。但往哪儿搬呢?

《海员报》的打字员吕西安娜帮我解决了问题。报纸关闭之后她到了一个艺术合作社,在那里做亚麻布女帽。合作社不管什么都做,只要能赚钱:做过女帽、木底鞋、打火机、女士胸衣,为机关画牌匾,为电影院画胶合板宣传画,做完全代替酵母的神秘粉状物。

合作社位于以前的"阿尔什万格公司"成衣店的一层。以前有剪裁间和试衣间的商店二层空置着,很冷。

吕西安娜给我出主意,让我私自住到二层去。对此合作社没有反对:如果有人在商店过夜,那么合作社免于偷盗的可能性就增大了。

阿尔什万格成衣店里很干燥,但里面像街上一样寒冷。而那年冬天就是以持久、冰冷的北风开始的。城市很快结上了一层冰,并且每天早晨都被撒上一层硬硬的雪粒。

我搬到了阿尔什万格成衣店。我锁上下房，把钥匙带在身上，一直到开春，最初的暖和天气到来时。

我把自己劳苦功高的小铁炉安在了一个试衣间的通风装置上。我睡在宽宽的玻璃门上，那是从合页上卸下来的。我把玻璃门放到装着刨花的箱子上。每天夜里旧床垫都从滑溜溜的玻璃上滑下来几次，我也随之掉到石头地板上。

《海员报》停办以后，我开始在《机床报》工作。那段时间留给我的记忆就是：地下室般昏暗、潮湿寒冷的编辑部，以及一大群完全无事可做的小男孩儿通讯员。报社里最善良的库尔斯（他总是装出一副自己是个坚定不移、残酷无情的政委的模样）把这些不计其数的小男孩儿搜罗来，并给每个人都发了面包卡。

男孩儿们因为完全无事可做，天天不停地玩井字棋和"捉傻瓜"纸牌游戏。但是他们起码不会挨饿。

是的，冬天是令人苦闷的。港口封冻了。灯塔那边的冰里停着运送油橄榄到敖德萨的保加利亚轮船"瓦尔纳"号。油橄榄也冻硬了。

那时苏维埃政权还没有自己的轮船。从废旧轮船堆放场往船只修配厂运了两艘旧轮船，人们开始把它们翻新。一艘轮船是"季米特里"号，另一艘是"彼斯捷尔"号。

这是怎样的工作，可以根据以下情况做出评判："季米特里"号上需要钉上三百个铆钉，但在敖德萨找了两个月连一个铆钉也没找到。为此，《机床报》上以黑体字登出了造船厂一位工长给编辑部的一封信，信的标题带有责备意味：不，同志们，这样我们得不到幸福！

我有一种清晰的感觉，敖德萨的生活完结了。在生活中我已经几次有过这样的感觉,从来没有错过——就是说,应该离开了。然而,没有任何这样的可能性:没有钱,也没有出差机会。

有一次,一个灰色的、凄凉的冬日,伊贾·利乌什茨冲进《机床报》编辑部,从小铁炉旁激动地玩"大王牌"游戏的男孩儿们的身边跑过来。他喊道,《海员报》复刊了,一周之后应该发行第一期。

原来,一些从前做地下工作的老海员和布尔什维克党员设法使报纸复了刊。

这之前还发生过一些令人惊奇的事。

没有了《海员报》,热尼卡·伊万诺夫因悲伤过度病倒了,一动不动地躺了两个月,甚至拒绝说话。

玛丽娜为了让他和女儿们不挨饿,拼命奔波。"神经病!"她说丈夫,但是她的黑眼睛里马上涌出为他自豪的泪水,"请在全世界找出第二个这样的怪人来吧。你们知道他说什么吗?'像我们的《海员报》这样的报纸是不会死去的。'"

我和伊贾高兴地热烈亲吻。怒不可遏的编辑库尔斯从自己的办公室跑到走廊。孩子们四散奔逃。

库尔斯大喊大叫,说他不会放我走,说这是怠工、破坏活动、捣鬼,还有反革命。我和伊贾只是哈哈大笑作为回答。库尔斯挥了一下手,做了妥协。

我多次证实,任何好事都不会重复。如果要等待好事,那么当然,每一次等来的都是与原来所体验到的不同的东西。但人生就是不完美的,所以人们总是在期待着好事再来,期待着自己的往昔岁月能够复活,在人们看来,经过时间的打磨,这些往昔岁月显得更加迷人和不同寻常。

我回到了《海员报》。然而它已经不是过去的《海员报》。有些东西变了。我还不能捕捉到这种变化，但报纸变得枯燥了，而编辑部的生活也变得有点无趣。

因此，当伊万诺夫建议我以《海员报》通讯员的身份跑一趟黑海各个港口——从敖德萨到巴统——时，我感到很幸福。事情是这样的，人们不知在哪儿寻觅到了七十个铆钉，"季米特里"号轮船终于修理完毕，它被派往高加索海岸。这当时唯一一艘苏维埃政权的轮船的首次出航，就是从敖德萨到巴统，途经一些不久前刚刚肃清白军的地方。

"季米特里"号为克里米亚半岛和水兵们运送鱼雷以及一些食品。那些水兵必须在那些刚刚收复的、几乎被完全破坏的饥饿的港口地区建立工作秩序。

此外，"季米特里"号轮船还带了一些乘客和大约二百个去克里米亚半岛购盐的盐贩子。在那个时期没有人对这事表示惊讶。

"季米特里"号在一月份的最初几天从敖德萨起航。

最后，敖德萨让我看到了换一个城市未必会出现的惊人场景。我说的是著名的"乐师萨什卡"的葬礼，对这个人物，库普林在他的标题为《冈布里努斯》的作品中有过出色的描写。

在敖德萨我习惯了反复阅读各种报纸中的所有内容，包括广告。你永远也不知道在哪里会碰上敖德萨风格的上乘之作。

我记得一则葬礼的通告，无论是内容方面，还是巧妙的排版都使我受到了震撼。通知的形式是这样的：

一棵橡树轰然倒下

哈伊姆·沃尔夫·谢列布良内

变成孤儿的枝蔓在沉重的悲哀中

低下头颅。遗体已送往二号犹太人墓地
于某时某地。

这是一则非常生动的通告。可以相当清晰地想象出这棵"强壮的橡树",这个赶大车的或者港口装卸工的形象——习惯于每天早饭吃一俄磅肥猪肉和"一把"油橄榄、喝半瓶伏特加的哈伊姆·谢列布良内。但是这些"变成孤儿的枝蔓"——强壮的哈伊姆的儿女们,尤其让大家都心生怜悯。

有一次《敖德萨消息报》刊登了一则阿隆·莫伊谢耶维奇·戈尔德施坦去世的讣告。故去的人好像是叫这个名字。确切的我不记得了。如果在下方,姓氏"戈尔德施坦"的下面没有在括号里印着"《冈布里努斯》中的'乐师萨什卡'"的字样,谁也不会注意到这则通告。

在那之前我深信,几乎所有的文学人物都是虚构的。生活和文学在我的想象里从来没有不可分离地合二为一过。因此有关乐师萨什卡亡故的通告让我的心情有些不平静。

我再次读了《冈布里努斯》。这个故事中的一切都像生活实录一样准确,同时故事充满人性关怀,让人感动得潸然泪下,写得如同杰里巴索夫大街上的夏夜一样鲜明生动。

那种我不知如何称谓的特性——艺术的真实性抑或高尚的情感——到底赋予了这个故事什么呢?显而易见,库普林本身的高尚情感和人性关怀赋予了这个故事真正杰出的艺术特征。

我很难相信,从童年时代起对我来说就是文学人物的乐师萨什卡,确实就住在旁边一座敖德萨旧楼的阁楼里。

我很幸运。我看到了短篇小说《冈布里努斯》的真正结尾——乐师萨什卡的葬礼。生活本身代替库普林写完了这个结尾。

敖德萨所有工人区、港口和郊区的人把乐师萨什卡送往墓地。

几匹瘦马拉着运棺材的黑色马车，经常由于呼吸困难而停下来，能听见它们的支气管发出的哮喘声。每一次人群都耐心地等这几匹马最终缓过来，恢复均匀的呼吸。马歇好之后，长着栗色头发的车夫不用吆喝，它们自己就把头伸到套索里，低垂着头，继续拉棺材。这些痛苦不堪的马匹非常好看的眼睛里含着浑浊的泪。

走在我旁边的是《海员报》的采访记者洛文加德老头。他看着送葬的马，回想起乐师萨什卡偶尔演奏古老的茨冈罗曼司《迎着晨曦备好的一对枣红马》，而绰号叫马拉费特的街头女歌手薇拉唱得非常动情，竟使"冈布里努斯"酒馆的一些顾客失声大哭。

栗色头发的车夫抽着马合烟，熟练地往马路上吐着唾沫。破鸭舌帽遮住了他的一只眼睛。这个老头浑身上下的模样都说明，生活已经不是萨沙[1]在世时的样子了。"这是怎样的生活啊，给这些不幸的马钉个马掌就要花费差不多一百万卢布！以前用一百万卢布可以买下整个磨坊近街区，还有它的小花园、杏子、红菜汤和马匹！"

棺材后面跟着一大群人，围着保暖头巾的老太太摇摇晃晃，步履艰难地走着，她们当年还是引人瞩目的美人的时候就都很了解萨沙。人群里几乎没有年轻妇女。

女人们紧跟着棺材走，在男人们前面。按照敖德萨穷人们的礼数（"这就是您见到的敖德萨，不是乱糟糟的文尼察"），人们总是让女人走

---

[1] 萨沙和萨什卡都是亚历山大的昵称。

在前面。跟在女人后面的是乐师萨什卡冻得皮肤发紫的同事。

在已被封起来的"冈布里努斯"酒馆的入口处,送葬的行列停了下来。乐师们从被风吹得鼓鼓的大衣下面掏出乐器,于是,一首古老的罗曼司让人意想不到的忧伤旋律在安静下来的人群上空飘荡起来。

> 春天不是为我而到来,
> 布格河不是为我而泛滥……

人群中有人开始脱帽,擤鼻涕,咳嗽,擦眼泪。然后不知是谁在后边用嘶哑的、不大自然的愉快嗓音喊道:

"现在我们一起演奏萨什卡的歌曲吧!那首喜欢的!"

乐师们交换一下眼神,互相点一下头,猛地拉起了弓子,于是活泼、动感十足的声音在街道上传播开来:

> 再见,我的敖德萨,
> 光荣的卡兰金!
> 明天我们就要被赶往
> 荒岛萨哈林!

我往人群里看。这些人都曾经是"冈布里努斯"酒馆的常客:水手、渔民、走私贩、司炉、工人、车夫和装卸工——身体结实、性格开朗、天不怕地不怕的敖德萨人。如今他们怎么样了?"生活把我们彻底毁了",那些与海打交道的年迈的老人都对此表示由衷赞同。"老实说,生活你是糊弄不了的。要生活,人就得强忍着,就像扛五普特重的货包,也得撑住了把它从背上扔到船舱里。瞧,这就算扔掉了,但幸福还是没有享受多少。是啊,等不到幸福了——不是那个年龄了。瞧,萨沙现在就躺在棺材里,苍白、干瘦,就跟那只小猴子似的!幸福是给年轻人预备的!俗话说,他们把舵掌握在手里了。让他们去过自由和公正的日子吧。我们为了那种自由生活的到来也没少努力啊。"

洛文加德小心翼翼地抓住我的胳膊,说:

"是我第一个把亚历山大·伊万诺维奇·库普林带到'冈布里努斯'酒馆来。他坐在他的伏特加旁边,眯着一双蒙古人的眼睛,不时咧着嘴笑。一年之后这个短篇小说突然就问世了。我为这个故事哭了,年轻人。这是对人们的爱的杰作,生活垃圾中的一颗珍珠。"

我不知道洛文加德和库普林认识,但从那时起我一直觉得库普林只是没来得及写洛文加德的故事。

这个孤独、落魄的老头唯一迷恋的就是敖德萨港。各个报社都愿意为他提供有利的工作,但他总是拒绝,留给自己的只有敖德萨港。

从早晨到日落,任何一个季节,任何天气条件,他都要把所有的港湾转一转,登上轮船,向水手们详细询问航程的一切细节。他能熟练地说几种语言,甚至能讲现代希腊语。他以同样温文尔雅的礼貌态度与船长以及港口的无业游民交谈。交谈时,他在所有人面前都要把那顶旧鸭舌帽摘下。

港口的人给他起了个外号叫"编年史家"。尽管他的老式做派在语言粗鲁的港湾居民中间显得有些荒唐,但从来也没有人触犯他,人们也不允许别人欺负他。他对于海员们来说就是一个特殊的乐师萨什卡。

十一级

"季米特里"号把为塞瓦斯托波尔提供的浮动鱼雷的外壳装进船舱,把去克里米亚购盐的二百个盐贩子放到甲板上,驶离了敖德萨。

只有伊贾·利乌什茨来送我。

那是一个有点冷但没有风的冬日。防波堤上昨天还是水洼的地方,有了一层像云母一样薄薄的冰壳,冰壳发出破裂声。稀疏的雪花飞来飞去,让人感觉好像可以把所有的雪花数一遍。

海鸥一边向上飞起,一边用红色的、冰冷的爪子扑打着水面,似乎想让爪子暖和一些。

"季米特里"号停泊在防波堤旁,倾斜得很厉害。在近处看,它要比从上面、从林荫道往下看到的显得小一些。"季米特里"号的所有缝隙里都冒着蒸汽,发出令人惊恐不安的咝咝声。轮船上散发出浴室和洗衣间的味道。

甲板上堆满了袋子。盐贩子们——头巾围到眼睛的女人和脚蹬散发着焦油味的靴子的男人——在袋子上或坐或躺着。

我被安排在一个四人铺的舱里，但里面却安置了八个人。四个人躺在铺上，三个人躺在地板上，还有一个人，一个来自伏尔加河的河运人员，则坐在洗脸池的盆里，因为反正洗脸池里也没有水。

他睡觉也是在那里。夜里我们用毛巾把这个伏尔加人绑在旋入墙里的挂衣架上，为的是不让他掉出来，砸到其他睡着的人。

但伏尔加人没有抱怨。在水兵中间他觉得不好意思，尽量在暗处猫着。

除了我和伏尔加人，舱里其他人都是军人身份的水兵。我和两个最年轻的水兵睡在地板上。

躺在我旁边的是前海军准尉、桑热依浮动灯塔上的船长，在我们航行的第一天晚上，他眼睛看着别处说道：

"我诚恳地建议公民同志们，在发生什么事情时不要离开我们水兵。"

我一直没有说话，而伏尔加人鼓起勇气问：

"您觉得航程会有危险吗？"

"根据所有的数据，"海军准尉带着明显的满足感答道，"像法国人所说的，'季米特里'号是直接驶向敞开的棺材。"

尼古拉耶夫港的政委厉声制止了准尉。

但暂时没有任何危险的迹象。我们在下着蒙蒙细雨的薄雾中起航。城内的半圆形剧场、歌剧院的圆屋顶、沃龙佐夫宫，然后是喷泉区和熟悉的科瓦列夫斯基塔楼——所有这些都摇摇晃晃地缓缓没入黑暗中，最后一下就完全消失了。无边无尽的波浪一浪逐一浪，低声喧响着。

在厨房里找到了开水，于是，我们坐在地板上，津津有味地喝了很多加糖精的茶。

晚上海浪的喧响声开始变得更大了，但是蒸汽和煤烟令人心平气和的味道以及轮船有节奏的颠簸让大家的心绪平静下来。

我沉沉地睡着了。不知过了多长时间，当我醒来，洗脸池上方亮着的灯朦朦胧胧地好像离我很远，甚至有一公里远，伏尔加人摇晃得很厉害，他抓着水盆的边缘，我的肩膀撞到了舱门上，周围的一切都发出各种声响。只听见"季米特里"号重重吸了一口气，陷入水里，又艰难地从水里爬出来。

"你瞧，大风暴！"水兵中有人不满地说，"一小时之内就掀起了七级浪。"

但水兵们都很平静，这也让我们这些平平常常的凡人精神振作。

船舱里拥挤闷热，船舱突然咣当一下，试图把我们所有的人摔出去，聚成一堆，然后再把我们从一个方向拉向另一个方向，把我们像拖布一样用来擦地板。

年轻的准尉稍稍打开一点门，往走廊里望了一眼。那里已经横七竖八密密麻麻地躺着从甲板上跑下来的盐贩子。在他们当中，站着一位穿老式长襟衣服的犹太老人，用颤抖的手掌扶着狭窄的走廊的墙壁。

"您怎么站着？"准尉问道，"会晕船的。应该躺下。"

"难道您没看见，老爷，"犹太人回答，"我没有地方可以躺啊。"

我们不清楚这个从小镇子来的老头要去哪里。不管怎样，在这艘轧轧作响的海轮上，当遭遇剧烈颠簸和夜间风暴的时候，他的样子看起来十分奇怪。

准尉到走廊里，推醒睡着的盐贩子，让他们为老头腾出一个位置。

"《圣经》大洪水中的人物！"准尉回到舱里后说。

我挨着墙躺着，听着巨浪摇撼着轮船，撞击着凹凸不平的薄薄的铁皮船舷。我变得心神不宁。在离你发烫的面庞四毫米之外的地方，就是在黑暗中掀起的冰冷而狂暴的滔天巨浪，当你意识到这一点的时候，感觉真是十分奇怪，而且这是怎样的黑暗啊！

我看了看舷窗。就像地下的黑暗无法穿透一样，此时的黑暗在匪夷所思的浩瀚水域的原始混沌里漫延。

谁都没有睡觉。大家都在仔细倾听，"季米特里"号发出刺耳的嘎啦嘎啦的声响。不能理解的是，为什么直到现在各个舱内朽坏的墙壁、地板和天花板还没有变成碎末，而那时轮船的摇晃把所有的螺杆、螺栓、挂钩和铆钉都连根拔起、使它们变得弯曲、松动了。

每一次传来剧烈的响声时，我都看一看水兵们。他们镇定自若，但不时地吸烟。我也吸了很多烟，努力让自己相信，我们年迈的"季米特里"号轮船的浮力系数比我这个无知的公民同志所想象的要大得多。

我们大家都在等待早晨的到来。它却躲在极其遥远的地方，躲在浓浓的、笼罩着半个世界的咆哮着的黑暗之中。

颠簸变得更加厉害。轮船已经急速地、严重地倾斜，一会儿倒向这一侧船舷，一会儿又倒向另一侧。螺旋桨越来越频繁地从水中跳到空中。每一次倾斜，"季米特里"号都狂怒地晃动着身躯，由于吃力而发出低沉的声音。

"这样的风暴会不会把我们抛到岸上？"伏尔加人出乎意料地问道，他努力地稳在洗脸池上。

水兵们轻蔑地沉默着。直到过了十来分钟之后，严肃而心地善良的尼古拉耶夫港的政委才答道：

"风暴已经达到十级。当然，一切都有可能。但是不要指望上岸。离它越远，风浪越小。"

"为什么？"伏尔加人问。

"因为在靠岸的地方轮船一定会被波浪掀起来,再摔下来,碰到海岸的底部,摔得支离破碎。或者摔到岩石上。那可就没有人会幸免于难。"

而我呢,每过十分钟看一次表,盼望黎明的到来,梦想着我们能够航行到克里米亚北部的海岸,在那里上岸,登上那片贫穷、多石却能救命的土地。

夜里年轻的准尉起床,套上靴子,穿上带风帽的皮革雨衣,漫不经心地说了一句:

"去看看上面他们在做什么。"

他出去了,但很快就返回来,从风帽到脚浑身上下都湿淋淋的。

谁也没有向他询问什么,但是大家都紧张地等着他自己开口。

"说话是银,沉默是金,"准尉嘲讽地说了一句,"好吧,大家听着。波浪蜂拥而来,越过了甲板。四条小艇中的两条被海浪卷走了。船边梁被弄弯了。风暴达到了十一级。但这暂时还是小事。"

"好一个小事!"尼古拉耶夫港的政委嘟囔道,说着坐到床上,"请讲吧。还有什么?"

"海浪弄坏了艏尖舱,我们的船有些漏水了……"

"辅助泵还能用吗?"政委小声问。

"能用。暂时还能凑合用。但机器有故障。"

"我们还在走吗?"

"问题就在于,政委同志,我们不是划着桨走。"

"是被水冲着走?"

"准确地说是这样!"

"冲往罗马尼亚海岸?"

"准确地说是这样!"

政委站起身,猛地抓住上面的床铺。

"要是在那里……"他刚开了个头,突然又不说了,"我去找船长弄清楚。"

他走了。我们久久沉默不语。

"最糟糕的是,"一个水兵说,"在紧挨着罗马尼亚海岸的地方,战争期间德国人投放了数量巨大的鱼雷,一组一组地,简直就是奢侈。现在那些鱼雷还在那里。假如我们被带到这些鱼雷所在的位置……"

那时我们会怎样,他没说完,但即使他不说,我们也非常清楚。

政委回来了,皮大衣也没脱就坐到床铺上,吸起了烟。

舱外的海浪高度一直在攀升,带着大炮般的轰鸣拍打着轮船,发出凄厉的声响,缆绳也在呼啸。我们听着这种呼啸声,血液都变得冰凉。

"发出了 SOS 的求救信号,"政委突然说,然后沉默了一会儿,"没有用!在我们港口没有船只。而在这样的风暴天气谁也不会从博斯普鲁斯海峡起航,哪怕是'壮丽'号[1]。风暴已经达到了十一级。情况就是这样,朋友们!"

大家都不说话,心情忧郁。听得见走廊里哗啦哗啦的水声。水从甲板上漫过挡板——高高的铁门槛——灌了进来。

这样过了一天,在飓风的喧嚣声中,可恶至极的第二天来了。但风暴并没有平息,好像直到世界的末日它也不会平息。

到了第三天,大家都进入到一种麻木状态。显然,所有的人,甚至

---

[1] 英国战列舰,1909 年至 1924 年服役。参见本书《奥斯塔普·本德尔的先祖》一章。

老水兵都被折磨得筋疲力尽了。

到了第四天夜里,我闭着眼睛坐着,两个手掌撑住地板,数着轮船来回摆动的次数。船的摆动有时变得弱一些,那时我就匆忙吸一支烟。但这种欺骗性的寂静持续时间不长,心脏又一次好像停止了跳动,直往下掉,而船舱高高地升起,再歪歪斜斜地落进看不见的深渊。

后来,在挂满水珠的舷窗外,开始极为缓慢地渐渐露出让人厌烦的瓦灰色霞光,它不时停下来,似乎在思考,它该不该返回来。缆绳的呼啸声变成了魔鬼一般的尖叫。

刮起了东北风,用水兵们的话叫作"上帝的鞭子"。我听他们说,东北风一刮起来,或者三天,或者七天,或者,还有可能连刮十一天。

走廊里盐贩子们开始骚动起来,嘶哑着嗓子说话,受尽折磨的女人们哭了起来。有一个老太婆一直在舱门后发狂地小声叨咕着同一句祈祷词:"神圣的上帝啊,神圣的强大的主啊,神圣的永生的主啊,宽恕我们吧!"很明显,当轮船来回剧烈摆动的时候,老太太因为害怕,就停止祷告,只是语速很快地说着:"强大的主啊,宽恕我们吧!强大的主啊,宽恕我们吧!"

我决定第一次到甲板上去。水兵们说,舱里比舱外更难受。

尼古拉耶夫港的政委和我一起去的。

"您自己不可以,"他说,"没有我,根本就不会放您到甲板上去。会把您给冲走的。"

我们踩着水中的垫板,伴着人们呕吐物的令人恶心的气味,从直接躺在水里、不断呻吟的盐贩子们中间好不容易来到一条狭窄的舷梯前。舷梯通到上面的舱面室,从那里再通到甲板上。

政委用肩膀使劲顶舱面室的门。门开了。一股气流把我们抛到外面。

我抓住结了一层冰的缆绳,看到了我在昏暗的舱里曾经预感到的景象——前所未有的特大风暴的景象。它以一种令人绝望和惊心动魄的美让我脑子里充满了昏厥似的感觉。

我面对面地迎立在风暴之前——我是如此可怜,正在失去最后一点温暖,有如一粒人类的微尘。而它,咆哮着掀起铁灰色的冲天巨浪,把它们倾倒进黑暗的深渊,再把喷溅的水花和寒气抛向膨胀的天空,推动一座座千吨重的小山滚滚而来,撕开空气,把一堆堆发黏的泡沫甩到人的脸上。

"季米特里"号的船尾一会儿直冲云霄,一会儿没入水中,掀起长长的、陡直的波浪,从这边的天际到那边的天际。它们追逐着自己跟前泡沫翻滚的波浪,在波涛跌落下去的地方,铅灰色的洪峰涌动,展现出一幅壮观而惨烈的画面——眼前这个飓风地带,我们必须要闯过去,才能活下来。

"看!"政委喊了一声,指着海面。

我什么也没明白,疑惑地看了他一眼。

"看,多么大的气体!"他又喊了一声。

于是我看到,轰鸣的激浪之间从灰绿色的海水里冲出来一股股迅疾凶猛的水汽,像从千门大炮的炮筒射出的火药的烟雾。

稍后在舱里,政委给我解释,这些汽柱总是在冰冷的风暴侵入温暖的海面空间时从水中喷出。

然后我又在前方看到咆哮的海水形成一堵巨大的水墙,带着天崩地裂的巨大轰鸣朝我们扑来,气势雄壮,覆盖整个天际。政委抓住我的手,把我拉进了舱面室。门自己咣当一声牢牢地关上了。

"坚持住!"政委喊道。

舱面室开始一片漆黑。"季米特里"号咔嚓响了一声，顺着浪峰的断面迅速向上，然后停了下来，颤抖着，落到水里，水正好齐到船长的舰桥位置。"一切都结束了！"我想了一下，"只是不要恐惧得叫起来。"

轮船发出一声低沉的吼叫，歪斜着躺下了，我透过舷窗看见海水犹如宽阔的瀑布从甲板上流向海里。

"刚才是怎么回事？"我问了政委一个无谓的问题。

"再有两三个这样的巨浪，那就再见吧！"他大声地回答，并用鄙夷的白眼瞄了我一眼。

但第二个、第三个这样的巨浪并没有来。大海还是那样狂怒地轰鸣，但是"季米特里"号的来回摆动好像变得少一些、平和一些了。

我们终于缓过来，回到了舱里。风已经不像不久前那样尖叫，缆绳和轮船的烟囱开始不紧不慢地发出低沉的声响。正当风暴尽显狂暴的时候，发生了意想不到的转折。

长着一张深受东北风之苦的脸的水手长往舱里看了一眼，说机器又能运转了，尽管很慢，但我们毕竟可以迎着风暴前进了。

水兵们心情放松了。他们甚至开始从自己的篮子里、行李箱里掏出一些少得可怜的食物来。

我正很享受地嚼着一块大麦面包，突然，透过风暴的喧嚣从甲板上传来轮船的汽笛声，那声音好像呕吐时发出的喘息。

水兵们脸色苍白，跳了起来。周围几百海里只有风暴中的大海在肆虐。这声汽笛能是什么意思呢？

水兵们匆匆扣上制服的扣子，跑上甲板。我也跟着他们上去了。我准备亲眼看着"季米特里"号覆灭，亲身体验在"舰船沉没"这个简短词汇中所体现出来的全部缓慢的恐惧。

但甲板上什么可怕的事情都没发生。大海还是那样以排山倒海之势散发着威力。水手们穿着防风暴雨衣沿着后甲板跑着,在拉缆绳。

"我们为什么鸣汽笛?"政委朝他们喊了一声。

"出现了陆地!"一个水手答道,"塔尔汉库特[1]!"

由于这一出乎意料的消息,政委骂了一句,然后去驾驶台找船长。我跟着他沿着陡直湿滑的舷梯爬上去。

我和船长还是在敖德萨认识的。那是一个头发全白、非常瘦削、极其镇静的老头。

"抱歉,"他对我们说,"鸣汽笛惊扰你们了。我的助手和我一起值班,他看见了岸,高兴得拉响了汽笛。惊扰大家了。对于他来说想必这是情有可原的:他第一次遭遇这样的大风暴。"

"那么您,"我问,"是经常遭遇这样的麻烦事吗?"

"在哪里?"船长问道,把雨衣的防水布风帽的一角折上去,为的是听得更清楚,"在黑海海域吗?"

"是的,就是这里。"

"大约二十次吧。"船长说完腼腆地一笑。

他那双老年人的灰色眼睛被风吹得不住流泪,搭在船沿上的手在颤抖。

"战前可不一样,"他说,"那时在风暴天气航行要放心得多。而现在海里满是鱼雷。风暴把它们从锚上扯下来,带到各处。所以你就等着

---

[1] 塔尔汉库特半岛,在克里米亚最西端。

吧，不知道什么时候它就把一个鱼雷给你投到船底下。"

"可我不知为什么怎么也找不到岸，"政委不好意思地叽咕着，放下双筒望远镜，"只有一片发狂的海水。"

"这会儿您未必能看见，"船长附和说，"岸离得还很远。您看看天空。瞧，您发现天边上空云彩上发暗的一小条了吗？那里就是陆地。这是陆地反射到天空阴云中的影子。"

轮机长，一个长着一副像辣椒一样带有怒气的红脸膛的人——登上了驾驶台。

"阿里斯塔尔赫·彼得罗维奇，"他用恳求的嗓音对船长说，"回自己舱里休息一下。风减弱了。机器暂时运转正常。您这个年龄在驾驶台坚持两昼夜多，不睡觉——您知道吗，这好比自杀。全体船员都想发无线电报给航运管理局和玛丽亚·尼基季奇娜，告您的状。"

"哦，没必要这样吧，"船长笑了一下，"没有我的允许无线电报务员不能发电报。不过，我大概真的要去躺一会儿。大约三小时后我们就驶进卡拉吉海湾。这就是它。"他让我们看地图上塔尔汉库特海角北面的一个半圆形小海湾。"在那里我们要停留下来，等风暴过去。所以，到卡拉吉之前我大概要睡一会儿。同志们，见谅。"他走到舷梯跟前，又转过身来，问政委："我们轮船上的是您的水兵队吗？六个人。"

"不，不是我的，"政委答道，他警觉起来，"他们来自敖德萨。怎么了？"

"胆大妄为之徒！在船上行事粗暴、蛮横，不出示证件。有一个脚上还戴着银脚镯。应该好好检查一下。"

"我一定检查。"政委安慰他说。

"骗子手！"轮机长补充说，"懒汉！改头换面的无赖。身上挂满了武器。好在谢天谢地，风暴实实在在地把他们的脑袋打蒙了，否则他们会拼命叫嚷，玩骨牌赌博。"

轮机长走了。我和政委又在驾驶台上代替船长来值班的大副旁边站了几分钟。

我们看着东方浅铅色的天空，看着天空中暗色的、像一股不动的黑烟的条状物。如果说这是陆地的映像，那么我们离陆地还很远。

我还想在驾驶台上待一会儿，但海上航行的规矩不允许我们这样做，于是我们就回到了舱内。

在下面，走廊里和舱里一片激动的喧哗声。大家都已经知道，可以看到海岸了，我们所受的颠簸变少正是因为遥远的、值得感恩的陆地已经张开自己的羽翼保护我们，使我们免受刺骨的东北风之苦。

夜间响起了锚链快速而持久的轰隆声。这种轰隆声重复了两次。这是"季米特里"号在塔尔汉库特角附近的卡拉吉海湾抛锚停泊。

塔尔汉库特角从很早的时候就在水兵中臭名昭著。塔尔汉库特角旁边的海从来不是风平浪静的，显然，这是由于此处有各个洋流交汇的缘故。尽管使乘客疲惫不堪、让水兵恼火的颠簸持续时间不长，但海角旁边海水汹涌，水流湍急。

此外，塔尔汉库特角附近的海岸也很凶险——海岸很低，浅滩遍布，从甲板上，特别是阴天的时候几乎无法看清。在帆船居多的时代这里经常发生船只倾覆的情况，因此这个地方获得了一个不吉利的绰号：舰船墓地。

我们抛下了锚。我们所受的颠簸已经平稳、温和下来，有时甚至完全停止。那时大家都会长长出一口气。

我来到甲板上。风往脸上刮着雪粒。周围是令人感到压抑的黑暗。

在这黑暗中，拍岸浪打不进海湾，就在旁边某个地方轰鸣，声音传到南北数海里远。然后突然塔尔汉库特角灯塔上的灯光犹如一道缓慢的闪电亮了起来，给汹涌澎湃的大海围上一圈灰色的光，然后熄灭了，不久又再次亮起来。

我回到了舱里。整个轮船都已经沉沉地酣睡。只有年轻的准尉这会儿还睁开眼睛，想要说几句与众不同的俏皮话，他咕哝道："在死死的锚上做个死死的梦。"但好像又一头躺在他瘪瘪的行李箱上，睡着了。我说"好像"是因为并没有看见：在准尉说最后一个词时，我仿佛已经陷入了无尽的昏睡之中。

早晨，就在锚链哐啷啷响的"季米特里"号紧靠着的地方，我们看到了微微泛红的海岸。很可能，在整个地球上，没有比这个救了我们命的卡拉吉海湾更贫瘠的地方了。

稀疏的黑草点缀着裸露的盐土草原，有几条积雪带时而闪出微光。在低洼处和犁沟里的雪变得很硬实。

像拉直的细绳一般平坦的远方铺展着一层含有黏土的浊雾。这层浊雾的上空飘荡着低低的云层，向下抛撒着弹药般的雪粒。在这块棕黑色的土地上看不见一个人、一只鸟，看不见茅屋的废墟、水井，甚至看不见一块哪怕像墓碑的石头。

人们往往指责别人不懂得感恩，这种指责大多数情况下是有道理的。但那个时刻，在经历了残酷的风暴之后，对这个小海湾及其贫瘠的土地，我心里产生了一种真挚的感激之情。

依照《圣经》的理解，土地之所以贫瘠是因为永世受到上帝诅咒。但它却用自己干涸的、颗粒不收的躯体挡住了无情的自然力，使我们免受其害。海浪在狂怒之下猛烈冲击着近旁的海岸，力量之大，整个海岸都在震动。

尼古拉耶夫港的政委把航海望远镜借给了我。我躲在一个温暖的铁罩后面，长时间端详着海岸，希望看到人影，但无论哪里都没有见到人影以及其他生命迹象。

我无法相信，这确实就是克里米亚的土地，塔夫里达，无法相信，离此大约一百公里就有片片山毛榉树林的枝叶沐浴着芬芳的阳光。

在卡拉吉小海湾我们停留了四天。风暴威力不减，没有平息下来，所以每次一面对无缘无故就发出隆隆轰响的浅灰色大海，忧愁便开始袭上我的心头。

"季米特里"号这四天变得像一艘住宿船——港口的各色人等和退役水兵的宿舍，他们和他们脏兮兮的、爱吵架的家人都聚在那里。

这样的住宿船几乎在所有大的港口都有。一般老旧的、用坏了的轮船就充当住宿船。它们被安置在港口最远的一角的码头，为的是不因它们的样子而破坏现代的景致。

眨眼间住宿船上增加了很多陆上日常生活的东西，主要是厨房用品——小炉子的白铁皮烟囱、晾衣绳、各种床单衣服，它们五光十色，但不知为什么，主要是紫色和暗粉色的。坑坑洼洼的锌质洗衣盆，带格栅的里面装着眼睛像红醋栗似的、不时咂着嘴的家兔的箱子，还有在接桅架上洗脸、一副退役将军模样的老猫，朝在住宿船周围啄食废弃物的海鸥吠叫的狗崽。

四天的停泊时间里，"季米特里"号立即出现了很多洗过的床单衣服。洗衣服没有肥皂，用的是船舷外的水。所以床单衣服上留有黄灰色的点子和污渍。到处都开始散发出住家的味道了。

起风暴的时候,盐贩子们看着他们宝贵的财物飞落到海里,并不在意。另外一些盐贩子甚至还给水手们帮忙。

但现在,当死亡的恐惧已经过去了的时候,盐贩子们开始抱怨和指责船长擅自行事。而且没有什么可吃的。

船长援用"海上遇险"的规则,命令打开装着我们为克里米亚运送的一点大麦的底舱。大麦被分发给了乘客,但没法煮——由于风暴,船上的炉灶已经坏了。此外,淡水也不够了。

大麦里混杂着太多的老鼠屎。乘客们的做法是把这种大麦逐粒挑出来,然后就像吃瓜子似的生吃大麦粒。

"季米特里"号上的水也要珍惜,一个人一昼夜只发一升从储水舱底取出的带着铁锈味的浑水。

还是中学生时,我就读过有关帆船上传统的暴动、手枪冒出的烟雾,以及被暴动船员扔到海里的船长的故事。但在任何时间、任何情况、任何天气条件下我都无法想象,我会成为这种暴动的见证人,它就发生在二十世纪我们和平的黑海水域,有如极乐世界的克里米亚海岸附近。

暴动是六个"骗子手"——穿着肥大喇叭裤的水兵挑起的。一部分盐贩子也加入了他们的行列。

"为什么我们要停泊四个昼夜?"水兵们喊道。

他们得到的解释是,风暴还没有平息,塔尔汉库特角和塞瓦斯托波尔之间的水里有一大片战后留下来的鱼雷区,在这样的风暴天气在其中航行是不理智的。

水兵和盐贩子派代表去找船长,但是船长听他们说完,说轮船反正需要停泊多久就停泊多久,乘客不应该强行干涉不是自己的事。

"那饿死是不是我们的事?"水兵们吵嚷起来,"其他船长勇往直前

十一级 255

在鱼雷区航行，毫无惧色！而因为这个胆小鬼船长我们就要等死吗？叫他点火，起航。否则我们就不和他说废话。把他扔下船——就完了！我们给他半小时考虑。老不死的家伙，为自己那身皮胆战心惊，对我们满不在乎！我们自己把船开走！有什么了不起的!"

盐贩子们眨着凶恶的眼睛，对水兵们唯唯称是，尽管他们看着大海也有些害怕。在离我们不远的地方大海还是掀动着迅猛的、泛着泡沫的一排排巨浪。

在卡拉吉海湾停泊的第三天，"季米特里"号的水手长敲开我们的舱门。他低声说，几个水兵和一部分盐贩子聚在船长休息舱附近，喧哗着，硬要闯进舱，威胁说要把老船长扔到海里去。

尼古拉耶夫港的政委站起身，套上外套，拿上毛瑟枪，命令我们在听到他开枪之前，没有特殊情况不要到甲板上去，然后就和水手长一起出去了。政委的脸上肌肉铁青：他非常愤怒。

我们等着枪声，但一直没有听到。很快，荒唐的谣言传到我们舱。据"季米特里"号上的水手说，政委好像当即站到了"骗子手"们一边。他进到船长舱里，可以听见，他对船长大喊大叫。后来，他就出来对"骗子手"们说，船长是一个老不死的破烂货和反革命，但即使把他扔到海里，事情也不会有什么进展。应该在自己人里选出一个可以代替船长的人。这是十分严肃的事情，因为以后必须得对政府负责。因此应当在没有普通公民乘客的干预、同时没有买卖人——盐贩子在场的情况下仔细地讨论这件事。

"我们去底舱！"政委说，"我们讨论一下，选出一个船长。走吧，弟兄们!"

几个弟兄和政委刚一下到底舱，"季米特里"号的水手按照船长的命令以不可思议的速度迅速用厚厚的木板挡住了底舱，用螺栓把木板拧紧，在上面再堆满从甲板搬来的各种货物。能看出来，这是一个冒险行动，因为尽管"季米特里"号上的水手在微笑，但他们的手却在颤抖。

底舱里发出震耳欲聋的咒骂声，然后还响起了枪声。水兵们朝天开了枪。这已经完全没有意义——他们没法从底舱里出去。

我们舱里的人立刻猜到，政委是和船长商量好了，故意把水兵们带到底舱去。"像苏萨宁[1]一样！"年轻的准尉欣喜地说道。大家都为底舱里没有食物和水而着急，同时也为政委没有暴露身份而高兴。不然的话，他必然是死路一条。

"嘿，离底舱远一点！躲开！"水手长喊了几声以防万一。

傍晚，风暴开始平息。"季米特里"号收起了锚，发动机缓缓启动，驶出海湾。它马上开始颠簸起来，但这种颠簸和不久前的、起风暴时的颠簸相比，简直就像哄小孩睡觉的摇篮的晃动。

早晨，我被随意倾泻到舷窗内的阳光照醒。舷窗玻璃蒙上了一层盐。但即使透过这一层灰色的薄膜，浓浓的蓝色光芒仍然十分明亮。不再颠簸，"季米特里"号只是因为螺旋桨的转动而静静地颤动。

我跑到甲板上，眯缝起眼睛。我的泪水夺眶而出。过了几分钟，我才能重新看清周围的一切。

"季米特里"号在一片浓厚而深邃的蓝色中行进。很难捕捉到大海的蓝色过渡到天空的蓝色的分界线。鲁库尔海角在左舷方向闪闪发光，好似一道由黄金铸成的陡坡。

---

1 伊万·苏萨宁（？—1613），俄罗斯农民，假装为波兰军队带路，将其引入泥沼，后被波兰人杀害。

从缆索上掉下来融化的冰柱，打在甲板上，变成了颗粒状的雪渣。

渐渐消散的浓雾仿佛一堵墨墙矗立在船尾后面。在海湾的寂静中，在冬季有些吝啬的阳光中，在晴朗的天气以及海滨如画的美景中，作为俄罗斯一座雄伟的卫城的塞瓦斯托波尔出现了。

塔夫里达的卫城

在北港湾入口处,一艘载着全副武装的水兵的汽艇,来到"季米特里"号轮船近前。水兵们爬上甲板,打开底舱,朝下面喊道:

"祝你们蒸得愉快[1],懒汉们!一个一个爬出来!精神点儿!领头的最后一个出来!"

脏兮兮的"懒汉们"爬上了甲板。水兵们对他们进行了搜查,卸下了他们的武器,将他们逮捕并带走。尼古拉耶夫港口的政委则被很有礼貌地告知:

"港口卫戍司令将亲自来接您。"

但卫戍司令当然没来,政委只是在透着烟味的小胡子里流露出一点笑意。

---

[1] 俄式蒸浴后的问候语。

"季米特里"号在南港湾驶离了客运码头。乘客们被告知,"季米特里"号不再继续行驶。轮船上漏水严重,外壳板接缝开裂,发动机几乎彻底损坏,为此轮船将直接被送往废弃舰船停放场。

我为"季米特里"号感到惋惜,特别是当拖船来到"季米特里"号跟前,它鸣响告别的汽笛,跟随着拖船步履艰难地向垃圾场进发的时候。

不管怎样,这艘卓越的、年久失修的海船做了最后的努力,闯过了冰冷的风暴,挽救了我们所有的人。

我来到岸上。与我同行的人不知不觉间不见了踪影,只剩下我一个人。

往哪儿走呢?我当然去了伯爵码头,为的是看一看沉入古代浅黄色雾霭之中的塞瓦斯托波尔,然后再决定下一步该怎么办。假如不算上一个年轻的女诗人,我在塞瓦斯托波尔没有什么熟人。但我忘了她的地址,甚至忘了她的名字。

我坐在长椅上,晒着柔和的太阳,周围一片静谧,加上在经历了不久前动荡不安的海上航行之后出现的平静心情,我打起了瞌睡。

我应该是坐了很长时间,直到浅黄色的雾霭开始呈现出紫红色,从海上,从君士坦丁礁石上的声音浮标发出悲戚声音的那个方向刮来了冷风。

我决定去对于我这个《海员报》记者来说唯一的庇护所——塞瓦斯托波尔海员协会。

协会的秘书,一个长着忧郁的乌克兰人的眼睛、上了年纪的海员,听我说完,然后久久地看着我,一言不发。我觉得,他忘记了我是谁,便小心翼翼地咳嗽了一声。

"现在我一直在想你的事,"秘书说道,"也就是说,没有面包?什么都没有？而且，也没有住的地方？情况非常糟糕啊！"

他又沉默了很长时间，然后重重地叹了口气，伸出手去拿用褐色包装纸订成的便条本，开始在纸上写什么，写了很长时间，然后又仔细检查所写内容，点上标点符号。这是除了布拉戈夫老头之外，我的生活中第二个热衷于使用标点的人。

"您看，"他说，"您带着这张纸条去花园街海军中将科朗斯以前的房子，把这张纸条给寡居的将军夫人。只是您不要怕她，您毕竟是一个忠诚忘我的红军海员。她和她的孩子住在厢房，在朝街的正房里我们办了一个类似于幼儿园的机构，是为海员的孩子办的。我们有时生点火，凑合着给他们提供些吃的。实质上，那算不上什么幼儿园。这样的话，您可以在那里过夜，但只能是从下午五点到早晨八点，在没有孩子的时候。不过您小心点，夜里不要被冻僵。否则，那就麻烦了。"

他又递给我第二张纸条——是让海员面包房发给我一个面包的指令。

"要一点一点地吃，"秘书嘱咐说，"这是给您破例了。您要在塞瓦斯托波尔待很长时间吗？"

"我不知道。让我们从'季米特里'号上下来。只得待在这里等着从敖德萨开来第二艘轮船。"

"'彼斯捷尔'号？"秘书问。

"是的，'彼斯捷尔'号。"

"那假如它来不了呢？"秘书出乎意料地问道。

"怎么会来不了？"

"很简单！那也是一艘千疮百孔的破船，和你们乘坐的'季米特里'号一样！要想来，就得开过来。这就是问题！"

塔夫里达的卫城　　261

这是无可争辩的真理，我不能不表示同意。

"'彼斯捷尔'号，"我沮丧地说，"应该是在我们这个船之后一周从敖德萨起航。"

秘书叹了一口气。

"唉，一般来说，"他不是很有把握地指出，"如果面包不够吃……或许，我们再多给一点儿。我们考虑一下。"

我向他道了谢，就去了面包房。当时才下午三点，反正五点之前没有地方可去。

面包房位于一个偏僻小巷的第三个院子里。院子的入口处站着一个拿枪的人。他看看我的纸条，就让我进去了。

一个面包师给我拿出来一个面包，但没有递到我手里，问道：

"您用什么包面包？用什么带走？"

我没有报纸，也没有篮子。

"哎——哎——哎！"面包师带着责备的语气拖着长音，"在门洞里就会有人从您手里把它抢走的。我怎么能把面包发给您呢？我把面包发给您没有任何意义。"

"难道就这样抢走吗？"我问道。

面包师非常生气。

"您是怎么回事，是从月球上下来的吗？会被抢走，撕成一小块一小块的。他们整天整夜地在大门口守着。尤尔卡！"他叫道。

从后面的房间出来一个十岁左右的小男孩。他太瘦了，给人感觉他只剩了一双眼睛。

"尤尔卡，"面包师吩咐小男孩，"把这个带着面包的怪人带到海军准尉林荫道,走'伊日察'航道[1]。一定要保证一切顺利。同志,把面包藏到大衣里面。也不要想在街上吃。绝对不行!被看见了——那无论什么都救不了您。他们……"他意味深长地说,接着又重复道,"他们对每一个人都穷追不舍。"

"这个'他们'是谁?"我问。

"上帝啊,同志,您好像是从火星上掉下来的。怎么还问是谁?当然是饿肚子的人哪。"

小男孩带着我穿过面包房,走到两面高墙间的一条窄道。一面墙上凿了一个小门。小男孩用一把很大的铜钥匙打开门,然后我们就沿着外面一个摆满花盆(花盆里长着枯萎的倒挂金钟)的小铁梯子,登上了一栋旧楼的二层。

小男孩用钉子灵巧地打开了一扇刻有剑和旗子图案的橡木门,我们就走进了一户人家的住宅。

"悄声走,别害怕,"小男孩说,"就是不要和任何人说话。只能打打招呼,如果您愿意那样做的话。"

他推了一下第一扇门。我们走进了一个摆着钢琴的客厅,里面挂着几幅海军将军的画像,将军们神情傲慢,都留着长长的络腮胡子。客厅里还有一个鱼缸,鱼缸里没养鱼,而是堆满了黑黑的土豆皮,已经散发出一股难闻的味道。长沙发上躺着一个像小鸟一样面黄肌瘦、上了年纪的女人。

"这里整天有人游荡,"女人说,"还讲礼貌呢!打招呼!没有人请

---

[1] 指后面的一条通道。"伊日察"是教会斯拉夫语与古俄语中最后一个字母v(读и)的名称。

塔夫里达的卫城

求你们打招呼!"

我窘迫地随着尤尔卡跑到下一个房间,那里以前应该是餐厅。

从中国丝绸屏风后面探出一个英俊的年轻人的脑袋,他睡眼惺忪,头发蓬乱。他看了一眼尤尔卡,举起拳头威胁他。

"看见我的厉害了吗?"

"您不要老逞能!"尤尔卡挑衅地说道,"我以前走过,以后还要走。您怎么,认为我们会白白给你们发面包吗?凭你们给革命立下的什么功劳吗?寄生虫!"

那个脑袋马上就藏起来了。然后我们走过挂满蜘蛛网的厨房。那里坐着一个容貌可爱的年轻女子,脸色苍白,没有一点血色。她提起裙子,一动不动地看着自己肿起来的膝盖,一边用手掌揉,一边哭。

从厨房出来,我们来到一个草木干枯的花园,翻过一道不高的围墙,就到了荒凉的海军准尉林荫道的尽头。尤尔卡和我告别后就回去了。

"这就是'伊日察'航道,"最后他说,"最可靠的。给女人和没有武器的人走的。好吧,祝您能幸运地把面包拿到目的地。但愿上帝保佑,在街上别掰面包。也不要吃。"

我在海军准尉林荫道的一个破长椅上一直坐到五点钟。塞瓦斯托波尔上空笼罩着坟墓般的寂静,静得反而会让人产生有什么声响的错觉。

只有一次,旁边的什么地方有一辆手推车在鹅卵石路上发出杂沓的声响。我是在干枯的崖柏枝的缝隙里看见手推车的。

推车的是两个年轻女人。车上有一个人脸朝下趴着,光着脚,上身没穿衣服。我没有马上猜到他是个死人。

我去了花园街。

我走在一座僵死的城市里。偶尔从院落深处发出不太明显的尸体的气味。被风吹透的挡土墙上枯萎的常春藤发出吱吱嘎嘎的响声。无法相信,温暖的阳光哪怕曾有片刻时间照射到这些生了蛆虫的石头挡土墙上。

时光立刻让我退回到了两三年前。我看着奄奄一息、贫瘠的塞瓦斯托波尔,仿佛看到了斑疹伤寒和饥饿时期的基辅和敖德萨。

我走着的时候,刮起了如同刀割一般的刺骨寒风,很明显是北风。所有的街道上的房顶弓起的铁皮马上发出嘎吱吱的响声。斜风吹来,把雪卷起,这雪完全不像我们俄罗斯的雪。雪是灰色的,并且立刻在马路上与一堆堆干枯、已变成碎屑的金合欢叶子掺和在一起。石灰色的天空朝开阔的大海方向艰难移动,仿佛要带走最后一点光明和温暖,以及最后一点温柔的人类的声音。

我从地下室被拆掉窗框、仿佛张着大口的窗旁走过时,不敢往里边看。看上去,死人都给拖到那里面去了。

但坐落在城市上半区的花园街,即便在业已结束的白天的铅色光辉中,也让我觉得舒适、安静,就是偏远的、长满杂草的死胡同也常常给人这种感觉。

我找到了海军中将科朗斯的平房。大门上有铁锚的图案,院子里矗立着一根旗杆。旗杆是木头的,但不知何故没有被锯成劈柴烧掉。

再往里走,我看见了厢房,周围密密地长满了野葡萄。

我敲了敲门。一个女人低声从门后问我找谁。我做了回答。于是门开了,我在门口看见一个像掷弹兵一样身材高大的老太太,她长着一头浓密的白发,手里拿着一把有些弯曲的炉钩。她拄着炉钩,目光如炬。

"是的!"她答道,带有挑衅意味,"正是!我就是海军中将恺撒·普拉东诺维奇·科朗斯的遗孀。但在他的熟人当中我似乎没有见过您，年轻人。我的视觉记忆力超常。所以您说说，您想做什么，但要简短、清晰、合乎语法。"

我没有回答，而是把海员协会秘书写的纸条递给了她。她用两根手指接过去，将纸条抖了一抖，就好像要把里面的灰尘抖落下来，然后转过身说：

"玛丽亚，读一遍！"

一个骨瘦如柴、脸色苍白、仿佛非人间的姑娘来到昏暗的前厅，她带着黑眼圈，小手里拿着一支细细的教堂蜡烛。她像一个梦游症患者或者月夜狂症患者。她一眼也没有看我，读完了纸条，转过身，同时招呼道：

"安德烈，到这儿来，带这位先生到幼儿园去！他要在那里过夜。"

"您有面包吗？"将军夫人突然问我。

"很少。"

"这不重要！"将军夫人用炉钩使劲敲了一下地板，"我建议您做一个诚实的交换。您给我们一些面包，而我每天为您提供山羊奶。我养了一只母山羊！"她第二次用炉钩敲了一下地板，转身看着那个叫安德烈的年轻人。他进了前厅，温文尔雅地站在黑暗里。"这有什么？在这种情况下——记住了，安德烈！——故去的皇后本人也会养一只山羊，并且亲手给它挤奶。亲手！"将军夫人第三次用炉钩敲了敲地板，"您同意吗？"

"同意什么？"我问，"同意皇后……"

"不是！"将军夫人非常强硬地打断了我的话，"皇后是个少有的傻瓜和瘾君子。一只黑森苍蝇[1]！就是因为她，才发生了这场革命。我问的是您同意交换吗？

"同意。"我连忙回答。

"一俄磅面包，就可以了！"将军夫人最后一次用炉钩敲地板，并吩咐安德烈，"拿上钥匙，放这个人进正房。"

她向我转过身来，补充说道：

"但不能做蠢事！不要抽马合烟，夜里不要为了防止虱子咬把地毯卷起来（那个叫玛丽亚的姑娘啊了一声，拍了一下手），也不要喝花露水和任何令人厌恶的东西！只要上帝还赋予我力气，我就对付得了每一个人，哪怕他是最高政委。哪怕他是撒旦或者别西卜！再见！"

她转过身，拄着炉钩往昏暗的前厅深处走去。姑娘把蜡烛往高举一点，照到了我，大喊一声，把蜡烛掉到了地板上。蜡烛熄灭了，而姑娘向将军夫人的背影奔过去，喊着：

"妈妈！我的上帝啊！好像这就是他！我的上帝啊！妈妈！"

"走吧！"安德烈对我说，"我无法忍受歇斯底里患者！对不起，我没有做自我介绍：前海军准尉，现在是我妈妈的牧羊人，安德烈·恺撒列维奇·科朗斯，前军事运输船（过去叫'拉特米尔'号）上的爆破军官。"

幼儿园里空无一物，没有什么东西可以坐卧。只放着一些小小的椅子和桌子。想坐，只能坐在窗台或者直接坐在地上。睡觉我也是睡在地上，尽管将军夫人不允许，但我还是钻进了光秃秃的、积满灰尘的地毯里。

---

[1] "黑森苍蝇"是小麦瘿蚊（一种害虫）的俗称，据说最早从德国的黑森传到北美及世界其他地区。此处指末代沙皇尼古拉二世的妻子亚历山德拉·费奥多罗芙娜。

我把地毯卷成一个长筒，为了避免夜里它自己散开，我用一截电报线把它捆起来，然后头朝前往这个羊毛筒里钻。早晨还是那样头朝前从地毯里爬出来，不过是从另一头出来。这一夜我就是穿过整个用地毯卷成的筒，从这头爬到那头。

在当时塞瓦斯托波尔的生活中，对于我来说，这个羊毛筒成了可靠的，甚至是舒适的庇护所。我在冻得呈现一层灰白色的市里漫无目的地到处闲逛，只等夜晚的到来，等待那个终于可以爬进地毯的时刻的到来，我稍微暖和暖和，就开始做起条理清晰、几乎是同样的梦。我做那些梦或许是因为憋闷。

我梦到的大多是一些小城，小城位于山岩中、花园内、喧响的小河旁或者是山毛榉树林与浴场相连的海岸上。

所有这些城市里住的都是我所爱的人或者熟人。我几次在那里遇见廖莉娅和涅奇波尔爷爷，还有我的父亲和画家弗鲁别利，"方位角"号教练舰上的海军士官候补生和拉丁语教员苏博奇，诗人沃洛申和卫生员阿诺先科，"小骑士"格隆斯基和吉利亚罗夫教授，瑟京的印刷厂的排字工人和伊万·布宁，吕西安娜和阿玛莉娅·克诺斯泰。在梦里我和这些人当中的每一个人都建立了牢固的友谊和非同寻常的、令人愁肠百转的关系。当我陷入绝望的时候，经常在这些梦里寻觅熟人。我知道，就在这时他们也在寻找我，我们的相见也许可能因为一些奇妙的、欢欣鼓舞的事件而有纪念意义，但这样的相见永远也不会发生。

做了这些梦之后我开始明白，我的生命太漫长了，而此前我却觉得生命是转瞬即逝的，不会留下明显的痕迹。我从睡梦中醒来，逐一回忆这些梦，自言自语反复吟咏费特的诗句：

生命流逝，未留下明显痕迹。

心灵奔忙——谁告诉我去往何方？

预先选定的目标到底怎样？[1]

对我而言，这些诗句中所说的一切都是不准确的、错误的，但我重读这些诗句时却很满足。或许，这是因为它们与周围所发生的一切形成了截然对比。

它们，从茹科夫斯基和普希金开始的所有这些词语、所有这些音调，还没有消亡。它们在饥饿、疾病、对射中，在激情、绞刑、自我牺牲、愤怒、无法想象的贫穷、对未来坚定不移的信念中，延续着生命力，它们让我确信一个朴素的真理：人民的心灵是不可毁损的，无论是在身体上，还是在精神上，人民都是不可能被消灭的。我已经明白，未来是美好的，要对未来充满信心。我已经明白，这些年的不幸只是更加凸显了那个时期——满怀希望的时期——的人民的功绩的伟大意义。

但不得不停止所有这些构想、对诗句的回忆和奇怪的梦，从地毯钻出来，回到灰色墙壁和冰冷白天的霜雾之中。我刚一钻出地毯，立刻开始觉得冷，开始头疼。

我去将军夫人那里，站着喝完一杯暖暖的山羊奶，然后离开。

有时我和海军准尉，还有脏兮兮的山羊玛尔塔一起出门。它的毛是油腻的灰色，存放过久的硬脂或者变质有味的猪油常常就是那种颜色。

准尉用绳子拉着山羊去历史林荫大道。山羊在那里，在塞瓦斯托波

---

[1] 引自费特的一首无题诗（1864）。

尔保卫战时期英雄棱堡的所在位置啃吃干草。

一起外出的时候,准尉告诉我,他的姐姐玛丽亚是"躁狂症傻瓜",她有宗教癫狂症,她每隔一天就在教堂里为海军上将高尔察克[1]举行一次追荐仪式。几乎所有身材不高的男人都被她当作从枪口下逃出来的乔装改扮的高尔察克。她把我也当成了隐藏起来的高尔察克,我们认识的那个晚上她对母亲喊的就是这个。

一整天我都在历史林荫大道上度过,一边与准尉交谈。反正没有地方可去。我们长时间地啃着一小块又干又硬的面包。面包上有一层石灰浆。那时我觉得整个塞瓦斯托波尔的表面都盖着一层这种白色的石灰浆。它是从房子上掉下来的,在人们脚下嚓嚓作响。

然后我去海员协会的食堂,那里配给我一盘土豆面糊汤。在食堂里我竟然还能设法写些东西,并通过港口的无线电台把几篇关于塞瓦斯托波尔的报道转给《海员报》。其中的一篇报道写的是"季米特里"号及其全体船员与冰冷的风暴英勇搏斗的事,第二篇写的是从我们现在的观点看意义不大,但在塞瓦斯托波尔的那个冬天简直令我大为震惊的一件事。

人们在离炮兵港湾不远的地方开始建一所学校。这个工程当时在我看来简直有点奇幻色彩。

人们满身是冰冷的尘土,由于身体虚弱而摇摇晃晃地挖着地基,用十字镐刨着非常难弄的多石子的土地,带着嘶嘶的声音喘着粗气,经常坐在黄色的因克尔芒岩石[2]上稍稍喘口气,用衣服袖子擦拭发红的、因为不停歇的海风而充满泪水的眼睛。

---

[1] 亚·瓦·高尔察克(1873—1920),沙俄时期的海军上将,内战时期的白军将领。
[2] 克里米亚半岛因克尔芒附近的一种石灰岩。

每抡一次十字镐，人们都要费很大的力气。尽管如此，地基还是在一天天加深，然后第一批重重的石灰石板被放到了深沟里。

那时，这种实质上平平常常的现象在我看来就是奇迹。它也确实是勇敢创造的奇迹。在这种勇敢中人们对未来的伟大希望仿佛就具体可感了。

从食堂出来，我或者去南港湾的海岸，那里不停地响着射猎鸬鹚的密集的枪声，或者去市场，那里有人想用面包换药品和金子。但不管是金子还是药品，谁都没有。

有一次我去赫尔松涅斯，但是没有走到那里。草原上像烟雾一样的黑灰色的远方隐匿着一种难以平复的忧伤，在风的吹动下，野草簌簌作响，像小小的响板发出的声音那样刺耳，大海那么悲戚地呻吟，把哀悼的浪花推上海岸，使得我的心因为孤独而发紧，于是我就返回了塞瓦斯托波尔。

我在塞瓦斯托波尔停留了一周多，一份无线电报发到了海员协会："彼斯捷尔"号近日即从敖德萨起航。但我一直没有等到它。也许，它根本就没有离开敖德萨，也可能它就是沉没了。谁也不清楚详细情况，我们对此一无所知。

我继续在市里闲逛，有时顺便去看一下著名的塞瓦斯托波尔战役全景图，那里一个人也没有。画家鲁博[1]的巨幅油画被冰冷的过堂风吹得颤动起来。

我在整个城市寻找温暖的地方，有一次走进了教堂。在那里，寒气

1　弗·阿·鲁博（1856—1928），俄国画家。

钻进靴子底，有呼吸形成的一团团浓重的水汽，可是祭台附近燃着五六支细细的蜡烛，对有火就暖和的习惯性想象也使我感到一丝温暖。但我还是天天不断地打寒战。

终于从敖德萨来了无线电报："彼斯捷尔"号已到巴统，一天一夜后即将抵达塞瓦斯托波尔。于是我就住到码头上去。我们有好几个人在等待"彼斯捷尔"号。我们被允许在码头上一个贴满发黄的轮船航班时刻表的小屋子里过夜。

我欣喜地搬进了这间小屋子，哪怕只待几个小时。屋子里的一个角落里还有一个温暖的小铁炉。

这种温暖让我们大家都觉得它是一个真正的奇迹，是一种前所未有的幸福，为此一个上了年纪的女人坐在小炉子旁竟然还放声大哭起来。

"彼斯捷尔"号是早晨抵达的。从一片死气沉沉的大海里突然出现了一艘古老轮船的遥远而美丽的轮廓，轮船有着尖尖的船头和内斜桅。它的整个身躯还萦绕着雾霭和天际泛着的浅黄色的神秘烟幕，它缓缓驶进了塞瓦斯托波尔。城市也浸染着微微泛红，并被阳光染上金色的薄雾。

由淡淡寒意和轻盈蓝色编织成的海边的清新的一天是美好的。然而，当港湾上空因为无风而万籁俱寂，当"彼斯捷尔"号响起请求离岸的汽笛声时，我感到塞瓦斯托波尔更美好、更可爱，不应该弃它而去。汽笛声好像打破了由来已久的沉寂，让它碎成了千百个碎片。这些碎片带着声响沿着雾气蒙蒙的蓝色海岸飞起，为的是带着最后的哀怨的声响落在艾亚海角、拉斯皮海角、福罗斯海角、梅加农海角和卡拉达格海角——落到尚未从濒死状态中醒来、被饥饿所折磨，却永远令人沉醉的塔夫里达的所有海角，以及被海浪冲刷平整的海滨浴场。

我乘船离开的那天，塞瓦斯托波尔在我面前重新呈现出它的雄伟、质朴，呈现出它对自己的英勇和美丽的充分自信，呈现出俄罗斯的卫城——我们地球上最优秀的城市之一的身姿。

黑夜深处

"彼斯捷尔"号是在一个潮湿、温暖的早晨从塞瓦斯托波尔起航的。灰色透明的海水冲刷着轮船斑驳的船舷,想去除掉上面石化的盐渍。

但这是徒劳无益的:"彼斯捷尔"号同样锈迹斑斑、拥挤不堪,比"季米特里"号好不了多少。

我走到船尾。转动尾舵的铁销因为着力而发出喀喀的响声。舵每一次转动都在船尾后面激起浪花,浪花的喧响向四周扩散开去,经久不息。船首斜桅开始像海员们所说的那样,一会儿"滑"向这个方向,一会儿"滑"向另一个方向。

灰白的光透过云层落到城市上。在这温和的光照中我感觉太阳近在咫尺。有时我甚至觉得,我的脸庞由于看不见的太阳光线而变得温暖。

在一月的这一天,我全身心地感受到了南方的亲切、它的空气的温和,以及令人愉悦的潮湿。

塞瓦斯托波尔!我不止一次来到这个城市,先是在童年时代,后来在第一次世界大战期间,还有现在,在饥饿和荒废的时期。每一次它在我面前都呈现出全新的、不同于以往的面貌。

我预想着再过不久我看到的塞瓦斯托波尔会是什么样子。我还会看到它,我深信这一点。确实,后来我多次来到这里,生活在这里,并且爱上了它,把它当成自己的第二故乡。许多回忆、许多痛苦和欢乐都与它息息相关。

如果不是塞瓦斯托波尔,那么我未必能如此敏锐地,大概也未必能如此正确无误地看到那些虚构的却又在世界上无疑存在着的格林[1]笔下的城市,比如,喧闹的祖尔巴冈和杂草丛生的利斯。

令我受到震撼的一点是,只要人类的手轻轻触及美好的塞瓦斯托波尔的土地,就能创造出充满魅力的东西:新奇别致的小巷,淹没在紫藤花海中的石头楼梯,道路上舒适的转弯,太阳的闪光在房屋的玻璃窗上的跃动,有绿色小蜥蜴晒太阳的凉台,咖啡馆里半明半暗的氛围,涂上浓浓的水彩颜料、类似于儿童画的咖啡馆牌匾。

对我来说,塞瓦斯托波尔从来不是一个十分现实的、日常生活中的城市。

有时候我好像觉得,它在变得枯燥无趣、阴沉黯淡,在失去鲜明生动的特征。然而刹那间,窗外大海上无际的广阔空间或者熏羊鱼的气味又使我回到了现实,回到了塞瓦斯托波尔。它就像年代久远而变黄的散落的大理石,被撒到了深蓝色港湾的岸上。我又感受到城市上空旗帜的喧响,泛着油光的海浪银白色的点点闪光,玫瑰花和西红柿的芬芳,以

---

[1] 亚·斯·格林 (1880—1932),原姓格里涅夫斯基,俄苏作家。下面说的祖尔巴冈和利斯均是其小说中虚构的地方。

及远道而来拜谒塞瓦斯托波尔的爱琴海海风，和随风飘来的一串串高高的玫瑰色云彩。

我从船尾久久望着远去的塞瓦斯托波尔。后来"彼斯捷尔"号绕过了赫尔松涅斯灯塔的塔楼，前方，在左侧船舷出现了一堵高墙似的雪青色的克里米亚山脉。

离开塞瓦斯托波尔之前，因为寒冷和激动，我一天一夜没有睡觉。因此现在我的眼睛睁不开了。我在休息厅的舷梯下方找到了一个安静、昏暗的位置，躺到地板上，转瞬间就睡熟了。

我睡了很长时间。我醒来的时候，舷梯下已经很黑了。休息厅里，小电灯发出朦胧的光，弥漫着一股酸白菜的味道。

我的肚子有些痉挛。忍不住想吃东西，我一边非常害怕自己即将面临的赤贫，一边用最后一点钱要了一盘炖酸白菜。我就着我的唯一一个塞瓦斯托波尔长面包上又干又硬的皮，吃完了酸白菜。

我醒了以后觉得已经是夜里了，实际上是太阳刚刚西沉。克里米亚山脉陡峭的悬崖像是灌注了暗红色的血液，在休息室窗外缓慢而令人恐惧地移动着。甲板上从东面刮起了令人厌烦的风。带着水藻颜色的海水迎着"彼斯捷尔"号悄无声息地奔流而来。雅伊拉牧场的陡坡上因为有干枯的柞树林而呈现出棕褐色，一些地方勉强可以看到最后一点微弱的火光。

在前方很远的地方，雅尔塔港口灯塔上的灯光不时闪动着红色的眼睛。整个岸上再也没有一丝亮光。整个克里米亚被抛弃了，空旷无人，冬天的寒风肆虐。克里米亚被冻僵了。

我久久地看着海岸，搜寻哪怕小得可怜、微微闪现的光亮，哪怕是蜡烛的小火苗，以此证明在这荒凉的地方还有人的生命存在。但是，除了迅速将层峦叠嶂的山峰淹没的黑暗,我在周围什么也没看见。

晚上九点,"彼斯捷尔"号抵达雅尔塔。城市漆黑一片,悄无声息。从城郊传来零星的步枪声。

防波堤上空荡荡的。风吹过,水洼泛起涟漪,装酸白菜的破木桶随处堆放着,打着绑腿、冷得直哆嗦的哨兵把步枪往肩上一搭,走过来走过去。

乘客被告知,"彼斯捷尔"号将在雅尔塔停泊到第二天早晨,由于有鱼雷,夜里航行危险。如果愿意,可以下到防波堤,活动活动腿脚,但去城里是冒险之举。没有灯光,并且在第一个十字路口就可能被土匪拦截,扒光衣服,要么就是被杀死。

"即便土匪不抢,"站在舷梯旁边的哨兵说,"白军也会开枪伤人。他们没来得及逃跑,现在躲在山里,躲在巢穴里。应该用焊烙铁把他们从那些巢穴里赶出来,烧死。"

船长命令把轮船带离系船桩,在离岸几米的地方下碇停泊,这样任何人都无法偷偷摸摸地混到轮船上来。

我顺着摇晃的舷梯下来,到了防波堤上,向通往市里的大门走去。在大门旁我停住脚。大门上挂着煤油"马灯",一闪一闪地发着光。灯下有一个戴着压扁的海军大檐帽的老兵,坐在箱子上,膝盖间夹着一支步枪。

大门后面漆黑一片。黑暗中时而传来干树叶的簌簌声。

我往黑暗中走了几步,又停住了脚。看守冷淡地看了我一眼,就转过身去。我会不会被打死对他来说是无所谓的。他只希望我什么也不问他,别打搅他想他的家务事。被打死的人,他见过很多,多得不计其数,所以再死一个人已经不能激起他哪怕一点的普通的好奇心了。

我回头望了望。还可以回到船上,然而我心里突然生出一种莫名其妙的兴奋。我仿佛站在深渊的边缘。

我看了看"彼斯捷尔"号甲板上昏暗的小灯,突然明白了,我无法抗拒黑暗的召唤,它吸引着我前往,对于我来说,穿过浓浓的黑暗回到有着些许光亮的防波堤,比融入这黑暗,甚至比死在这黑暗之中更可怕。

我明白,我是在试探我的命运,在做蠢事,我明白夜里去市里是不理智的。但是黑暗已经成了我的主宰,我与它不可分离。心脏跳动得沉稳、有力,我让自己相信,在弄清这充满警觉的黑暗之中隐藏着什么之前,我无法回到轮船上。

经常有这样的情况,人想不起来什么称谓或者姓氏,在想起来之前,他变得像一个狂热分子,像一个神经错乱的人。他只想解开自己的秘密,对其他事情充耳不闻,缄默不语,对周围的一切视而不见。我当时大概就是这样的状态。黑夜隐藏着某种秘密,我不了解它就无法活下去。

黑暗吸引着我,就像撒哈拉沙漠吸引着法国殖民者的士兵。巴别尔给我讲过这方面的事。士兵远赴沙漠,擅离自己的岗位,一去不复返。

我没有感到恐惧。相反,我希望能够马上就发生某种意想不到的事并决定我的命运,这种愿望在我心头挥之不去。我觉得这个夜晚就是我生命中的一条界线,它后面应该是死亡或者耀眼的光芒。

现在我觉得,我在雅尔塔的状态是塞瓦斯托波尔的饥饿引发的。可是那时我就处于这种状态之中,无法从旁观者的角度对此进行评价。

我冷静地、心平气和地决定在这黑暗之中该如何行事。首先就应该是完全没有一丝声响地往前移动,紧贴着墙壁,悄悄地走过去,甚至避免因为最微小的呼吸声而暴露自己。黑暗为我做掩护,只有两种东西威胁着我的生命:能暴露实情的声响——鞋掌的嚓嚓响、呼吸声、咳嗽声、支气管急促的喘息声、脚下干树叶的脆裂声,这些声响中的任何一种,或者还有在黑暗中与别人的直接接触。

但走到干涸的小河乌昌-苏河上的一座桥时,我明白了,使我避开危险的不是所有这些预防措施,而是能准确无误地感觉到像我一样的隐藏者的靠近。每一个这样的看不见的人都是敌人。凭着某种难以描述,但在我身上存在的第六感或者第十二感——我不知道——我确定,离我几步远的地方站着一个人并在侧耳倾听。尽管我手里什么都没有,但我也像这个人一样感到手里握着铁栓,感到铁栓被手握暖了。

我还有一个优势——并且是很大的优势在于:在漆黑的夜里躲避我的敌人们不知道,在这样的黑夜保存生命的主要准则是完全不出声。因此他们经常暴露自己,这样我就及时绕开了他们。

还有,我相信人会发出比我们想象的多得多的声音。甚至转头,特别是转动整个身体发出的声响有时听起来也是十分清晰的。

还存在一个危险,就是火柴。那时没有手电筒,但火柴随时都可能发出亮光,把我暴露给敌人,导致我突然丧命。

我去哪里呢?在误入一条死胡同之前我一直不清楚。

我走了很久,有时,假如不知为什么我觉得人行道危险,我就走大马路。偶尔刮起风,吹得柏树唰唰作响,那时我就走得更大胆。

我避开路边。路边有便于雨水渗漏的排水井。

我什么时候走进了一条死胡同,我不记得了。那时应该已经是深夜。我的身体抵住了一堵石墙。右面与它邻接的也是这样一睹石墙。我举手摸了一下,但无论哪里都够不着墙的最上面。墙很高,我不可能爬过去。

左面也延伸着一堵墙。墙被一座大门隔断。紧挨着大门在墙上开出了一个狭窄的小门,在小门附近我摸到了一块牌匾。

第三堵墙,就是有小门和牌匾的那堵墙,其实很矮,最高处刚到我的肩膀。感觉墙那边的下面是一个茂密的花园,尽管没有听见花园发出声音。

我拿出火柴,立刻划着了三根,为的是让火光比平常更亮。我决定读一下牌匾。

黄色的火光照亮了牌匾,我只来得及看见上面的三个单词:"安东·巴甫洛维奇……故居"。

风吹灭了火柴。上面什么地方,在阿乌特卡公路沿线,突然砰地响起了枪声。子弹很低,在围墙上方呼啸而过,随着轻轻的断裂声,树上的一个树枝被打掉了。

第二颗子弹飞得高一些,落入了无声无息的大海的黑暗之中。

我挤进了小门的门洞中。一时间我忘掉了一切,忘掉了我这种类似精神病的奇怪状态,忘掉了穿过凶险的城市来到这里,来到契诃夫故居,像走钢丝一样紧张的全部路程。

当我还是孩子的时候来过这座房子,那是在十六年前,在一九〇六年,契诃夫去世后的第二年。

那时我不明白,现在也不明白,为什么我会来到阿乌特卡,恰恰来到这座房子跟前。那时我不明白这一点,但当然,那时我已经觉得,我是有意识往这里走的,我在寻找它,我心里有一件重要的事,是它引导我来到这里。

到底是什么事情呢?

突然间我感到了一种深深的悲伤和苦痛,感慨我在生活中所遭受的所有损失。我想到了妈妈和加莉娅,想到了远方某个地方正在燃烧的、我受之有愧的双重的爱,想到了故去的廖莉娅,想到了契诃夫夹鼻眼镜后专注而疲惫的目光。当时我的脸紧贴着石墙,我竭尽全力,尽量克制自己的情绪,但还是哭了起来。

我希望小门嘎吱一声打开，契诃夫从里面走出来，问我怎么了。

我抬起了头。群山在黑暗中闪烁着神奇、静谧的微弱白光。我猜想山上下了雪，那种会沙沙响的山间干雪，踩在脚下像砂砾一样咔嚓作响。

于是一种油然而生的正在临近、必将到来的幸福情感袭上心头。为什么——我不清楚。或许，是由于这纯洁无比的雪光，它仿佛是一个美好国度发出的遥远的光辉；或者由于一种长久积聚在意识深处、未曾说出的，那种在俄罗斯、在契诃夫面前作为儿女的感觉。契诃夫以各种不同的方式爱着自己的国家，但他总是像爱他最后一篇小说中那个害羞的新娘那样爱着它。他坚信它正在走向必将实现的公正、美丽和幸福。

我相信，它，这样的幸福，一定会到来，为了我的国家，为了饥寒交迫的克里米亚，最后还有，为了我。

这种感觉像炽热的、充满爱意的目光，是猛烈的、欢欣鼓舞的。它温暖了我的心灵，擦干了我疲惫和孤独的泪水。

往回走的时候我没有隐藏自己。有人向我开过两次枪。最后，在静寂的黑暗里，我又从港口大门旁拿枪的老头旁边走过。他还是像几个小时前那样冷淡地看了我一眼。

然后我靠着正方形的混凝土板（雅尔塔防波堤是用这样的方板垒成的），久久地坐在防波堤上，看着黑夜渐渐泛出灰色，等着"彼斯捷尔"号再次靠近码头。到那时我就会钻进休息厅的阶梯下面倒头大睡。在实际生活中我总是在等待，即便在梦里，我也会同样等待着意外的幸福和变化到来。

奥卡河流域的塔鲁萨市
一九五八年秋